Le bijou mystérieux

Du même auteur
aux Éditions J'ai lu

Le Voleur de Fiancées, *J'ai lu* 6564

Jacquie D'Alessandro

Le bijou mystérieux

Traduit de l'américain
par Elizabeth Clarens

J'AI LU

Titre original :

WHIRLWIND AFFAIR

Published by Dell Publishing,
a division of Random House, Inc.

Ce livre est dédié à Jeannie Pierannunzi
pour m'avoir appris le courage et la force
d'affronter mes peurs. Jeannie,
c'est un honneur d'être ton amie.

Et, comme toujours, à mon merveilleux mari, Joe,
l'homme de mes rêves les plus fous,
et à mon fils Christopher,
surnommé la Tornade Junior, et dont je
suis si fière.

Remerciements

Je tiens à remercier mon éditeur, Liz Scheier, mon agent, Damaris Rowland, mes amis, Donna Fejes, Susan Goggins, Carina Rock, pour tous les bons moments. Ainsi que mon père et ma mère, Kay et Jim Johnson, pour une vie entière d'encouragement et d'amour, ma belle-famille, Lea et Art D'Alessandro, ma sœur, Kathy Guse, dont je suis très fière, Martha Kirkland, ma meilleure documentaliste, Denise Forbes, Pat Pruitt, Nancy Krava, et Julie Teasley Kathy Baker, libraire hors du commun, Michelle, Steve et Lindsay Grossman.

Et un cyber-salut à Connie Brockway, Marsha Canham, Virginia Henley, Jill Gregory, Sandy Hingston, Julia London, Kathleen Givens, Sherri Browning et Julie Ortolon. Vous, les Looney Loopies, êtes les meilleures !

Un grand merci également à Wendy Etherington et Jennie Grizzle. Merci aussi aux membres des Écrivains de romance de Georgie.

Et enfin, merci à tous les merveilleux lecteurs qui ont pris le temps de m'écrire ou de m'envoyer des e-mails. J'adore avoir de vos nouvelles !

1

Alberta Brown s'agrippa d'une main à la rambarde en bois du *Lady Sirène*. Un frisson d'appréhension lui parcourut l'échine. Dissimulant son malaise, elle regarda autour d'elle.

Alors qu'ils préparaient les cordages et les voiles pour l'accostage imminent à Londres, les marins s'interpellaient en riant. Réunis par grappes sur le pont, les passagers bavardaient d'un air animé et agitaient le bras pour saluer ceux qui les attendaient sur le quai. Un brouhaha de voix indistinctes montait du port. Chacun était heureux de retrouver la terre ferme, après les trois mois de voyage depuis l'Amérique. Personne ne semblait prêter attention à Alberta.

Mais elle ne parvenait pas à étouffer son inquiétude, comme si un regard malveillant pesait sur ses épaules. Elle se força à inspirer profondément et se concentra sur l'activité du port.

Je suis en sécurité. Personne ne me veut du mal, se raisonna-t-elle sans y croire.

Elle baissa les yeux. En fendant les flots, la proue du navire soulevait deux gerbes d'écume. Son ventre se noua. Moins de trois heures auparavant, elle était tombée dans ces eaux sombres…

Elle avait senti quelque chose heurter son dos, puis elle avait basculé par-dessus la rambarde en hurlant de frayeur. La chute lui avait paru interminable, jusqu'à ce que l'eau glaciale se referme au-dessus de sa tête. Bien qu'elle sût nager, elle avait failli se noyer. Elle était infiniment reconnaissante aux trois petits chiens dont les aboiements frénétiques avaient alerté un marin.

L'accident... Tout le monde parlait d'un accident. Une poulie mal arrimée l'aurait frappée entre les omoplates et précipitée à la mer. Le capitaine Whitstead avait réprimandé l'équipage.

Mais était-ce vraiment un accident ? Ou quelqu'un avait-il délibérément détaché la poulie pour la faire basculer ?

Elle frissonna à nouveau. C'était probablement ses cheveux encore humides sous son bonnet qui lui donnaient froid. Hélas, cet incident dramatique n'était pas le premier depuis le début du voyage. D'abord, il y avait eu la disparition inexplicable de son alliance en argent. L'avait-elle perdue ou la lui avait-on dérobée ? Le bijou n'avait aucune valeur, mais elle y tenait pour des raisons sentimentales. L'alliance lui rappelait ce qu'elle avait connu... et perdu.

Puis il y avait eu la chute dans l'escalier. Dieu soit loué, elle ne s'était rien cassé, mais les bleus sur son corps avaient mis des semaines à disparaître. Elle était persuadée que quelqu'un l'avait poussée, mais elle essayait de se convaincre que cela n'avait été qu'un heurt malencontreux. Et qu'en était-il des curieuses douleurs à l'estomac dont elle avait souffert quelques jours plus tôt ? Elle avait été la seule à tomber malade. Quelqu'un avait-il touché à sa nourriture ?

Elle se demandait en vain pourquoi on lui voulait du mal. Une menace du passé la suivait-elle en Angleterre ? Une petite voix intérieure lui dictait de faire très attention.

Le navire devait accoster dans une heure. Aussitôt, elle se fondrait parmi la foule et disparaîtrait dans l'anonymat de la grande ville. Ici, personne ne la connaissait. Personne ne savait que…

Un coup de vent agita les plis de sa robe noire de deuil. Le sourire chaleureux de David lui apparut, et elle ferma les yeux pour refouler la vague de chagrin que suscitait le souvenir de son mari, même trois ans après sa mort. Seigneur, ce serrement de cœur ne cesserait-il jamais ? Se sentirait-elle un jour à nouveau entière ?

Elle lissa sa robe, avec une pensée pour l'objet cousu dans l'ourlet de son jupon – précaution devenue nécessaire depuis la disparition de son alliance. C'est la dernière partie de mon voyage, David, songea-t-elle. Quand j'aurai rectifié ce tort, je serai libre…

— Alberta ! Les garçons et moi, nous vous avons cherchée partout !

Allie pivota vers la voix familière et impérieuse, heureuse de pouvoir écarter ses pensées moroses. En dépit de sa corpulence et de ses soixante-trois ans, la baronne Gaddlestone s'approchait d'un pas décidé, emportée dans son élan par les trois petits chiens qui tiraient sur leurs laisses. Les « garçons », comme les appelait la baronne, entraînaient leur maîtresse comme s'ils étaient des bœufs et elle une charrette bien remplie.

Allie se baissa pour accueillir les trois boules de poils.

— Édouard, un peu de tenue ! gronda la baronne, tandis que le plus petit léchait le visage de la jeune femme. Tedmund ! Frédéric ! Ça suffit !

Comme d'habitude, les garçons ignorèrent leur maîtresse. Allie leur devait une fière chandelle. Quand elle était passée par-dessus la rambarde, leurs aboiements avaient alerté le marin. Désormais, elle était prête à oublier leurs défauts pour ne voir que leurs charmes. Quelle importance si Édouard marquait son territoire sur le moindre cordage ou morceau de bois à sa portée ? Comment en vouloir à Frédéric s'il adorait mordre les chevilles ? Elle contempla avec affection Tedmund, qui s'abandonnait à son activité favorite avec une pile de chiffons. Elle avait souvent tenté de lui faire comprendre qu'un chien devait faire des chiots avec une femelle de sa race, mais en vain.

— Assis ! ordonna-t-elle.

Aussitôt, trois derrières se posèrent sur le pont.

— Il faut absolument me donner votre secret, ma chère, dit la baronne d'un air exaspéré. Depuis que je leur ai annoncé notre arrivée, ils sont insupportables. Ils sont si pressés de courir dans le parc ! Ne vous inquiétez pas, mes chéris, dit-elle avec un sourire. Maman vous emmènera cet après-midi faire une longue promenade.

Trois petites queues balayèrent le plancher avec force.

Allie ressentit un élan de tendresse pour la vieille dame aux yeux verts. Elle lui était reconnaissante de l'avoir engagée comme dame de compagnie. Sans la baronne, elle n'aurait pas eu les moyens de s'acheter un billet. Et sa nature enjouée avait soulagé la solitude qu'elle ressentait depuis si longtemps.

— Vous me cherchiez, lady Gaddlestone ?

— Absolument, très chère. Je tenais à vous remercier d'avoir été si charmante pendant ce voyage. La personne qui m'avait accompagnée jusqu'en Amérique ne m'avait pas convenu du tout. J'avais même remarqué plusieurs fois qu'elle empestait le cognac. Vous vous rendez compte ! Pire que tout, elle n'avait eu aucune patience avec les garçons. Édouard, Tedmund et Frédéric ne la supportaient pas. Cette Mme Atkins était affreuse, n'est-ce pas, les garçons ?

Ces derniers grognèrent leur assentiment, l'air de dire : « Oui, maman, elle était horrible et si jamais elle revient, nous mordrons ses chevilles, nous mangerons ses chaussures et nous ferons pipi sur son lit ! »

— Mais vous, ma chère, reprit la baronne avec un sourire chaleureux, vous êtes une amie des chiens. Ce n'est pas le cas de tout le monde, vous savez.

— Moi aussi, j'ai apprécié votre compagnie, lady Gaddlestone. Ainsi que celle des garçons.

— J'espère que vous passerez un bon moment dans mon pays, ajouta la baronne, avec un regard attristé pour la robe d'Allie. Vous aimiez beaucoup votre David, mais trois ans de deuil, c'est assez. Je sais combien c'est difficile. Quand Gaddlestone a disparu, je ne pensais jamais m'en remettre. Mais le temps guérit les blessures.

Allie serra les lèvres pour les empêcher de trembler.

— Certaines blessures ne guérissent jamais complètement, murmura-t-elle.

— Vous êtes encore jeune, ma chère. Ne fermez pas votre cœur à la possibilité de retrouver le bonheur. La saison a déjà commencé. Un mot de votre amie, la duchesse de Bradford, vous ouvrira les portes de toutes les fêtes. Cela vous ferait du bien de rencontrer du monde. Vous m'avez dit que le beau-frère de la duchesse venait vous chercher ?

— Oui.

— C'est un jeune homme très séduisant. Je le connais depuis son enfance. Il a toujours été charmeur et plein d'entrain. Il a eu une malencontreuse histoire, il y a quelques années… (Elle fronça les sourcils.) Mais je ne me souviens pas des détails. Hélas, ma mémoire me trahit souvent désormais, mais vous savez bien qu'un ragot chasse l'autre. L'incident avec lord Robert est arrivé juste avant que la fille de lord Feedly ne s'enfuie avec un valet de pied. Quel scandale ! À l'époque, on ne parlait que de cela. Mais je suis sûre que la mauvaise action de lord Robert ne concernait pas une jeune femme, alors vous n'avez rien à craindre. Lord Robert a toujours été un parfait gentleman. Il sera un compagnon agréable pendant votre voyage jusqu'à Bradford Hall.

Elle sourit.

— Venez, les garçons. C'est l'heure de prendre votre déjeuner avant de débarquer. À tout à l'heure, chère Allie, fit-elle avant de s'éloigner.

Restée seule, Allie tira de sa poche la lettre d'Elizabeth, devenue par mariage la duchesse de Bradford. Elle l'avait reçue quinze jours avant son départ pour l'Angleterre.

Chère Allie,

Je ne peux pas te dire comme ta visite me rend heureuse. Je suis impatiente que tu rencontres ma merveilleuse famille, et surtout mon mari et mon petit garçon. Malheureusement, je ne pourrai te retrouver comme prévu à Londres, mais pour une bonne raison. Austin et moi attendons la naissance de notre deuxième enfant. Lorsque tu arriveras à Bradford Hall, je serai probablement maman à nouveau. Ne t'inquiète pas, ta visite ne nous dérangera pas. Je me suis remise très rapidement de la naissance de James et, comme tu le sais, je suis quelqu'un de robuste. La propriété n'est qu'à quelques heures de Londres, et j'ai fait promettre à Robert, le frère d'Austin, de venir te chercher et de t'accompagner ici. Je joins un portrait de lord Robert et je lui en donnerai un de toi, afin que vous vous reconnaissiez facilement sur le quai.

Je compte les jours qui nous séparent. Tu m'as tellement manqué, Allie !

Ton amie,

Elizabeth

Allie relut les derniers mots qui lui serraient toujours le cœur. *Ton amie.*

C'est vrai, Elizabeth, songea-t-elle, tu as toujours été mon amie. Si seulement je l'avais compris plus tôt ! Dieu soit loué, tu es quelqu'un qui sait pardonner...

Elle contempla le portrait, un dessin réalisé par Elizabeth. Le talent de son amie n'avait fait que grandir, avec les années. Il lui serait facile de reconnaître cet homme parmi la foule. Son ventre se noua. Il lui rappelait David... Le sourire espiègle, les yeux rieurs... Sauf que lord Robert Jamison était encore plus beau que ne l'avait été David, ce qui paraissait pourtant impossible.

Elle repensa aux paroles de lady Gaddlestone. Qu'avait-il bien pu commettre comme impair ? se demanda-t-elle. Mais elle chassa aussitôt cette question de son esprit. Le passé de lord Robert ne la concernait pas. Ni son apparence, d'ailleurs. Il n'avait d'importance que parce qu'il lui permettrait de s'éloigner au plus vite du bateau et de la menace qui pesait sur elle.

Or elle se sentait coupable de le déranger pour rien.

Que dirait-il, en effet, en apprenant qu'elle n'avait aucune intention de l'accompagner à Bradford Hall ?

Sur le quai, Robert Jamison regardait d'un air satisfait l'équipage du *Lady Sirène* fixer les amarres. Il adorait le port. Il aimait voir les marins travailler à l'unisson pour plier les voiles et vérifier les cordages, il aimait la cacophonie des vendeurs ambulants qui proposaient aussi bien des rouleaux de soie bariolée que des tourtes à la viande.

Il étudia les passagers, et n'aperçut personne qui ressemblât à la jeune femme souriante dessinée par Elizabeth. Mais c'était difficile de distinguer les visages d'aussi loin. Comme tous les gens venus attendre les passagers, il restait prudemment à l'écart des grosses poulies qui déchargeaient les malles des voyageurs.

Mme Brown l'avait intrigué depuis que sa belle-sœur lui avait donné ce portrait en lui demandant de l'accueillir à son arrivée. Il avait rarement vu un visage aussi attrayant. Les traits étaient agréables, mais c'était surtout le sourire radieux et les yeux rieurs qui captaient l'attention. Il n'aurait aucun mal à reconnaître cette inconnue et se réjouissait de la rencontrer. Et c'était bien ce qu'avait espéré Elizabeth...

La veille, elle lui avait glissé à l'oreille :

— Peut-être que mon amie te plaira ?

Combien de fois avait-il entendu cette phrase chez les femmes de sa famille ? Depuis qu'il avait mentionné un an auparavant qu'il aimerait fonder une famille, sa mère, sa sœur et ses belles-sœurs ne cessaient de lui présenter des jeunes filles. Au début, il en avait été heureux, puisque sa propre quête d'une épouse se révélait infructueuse.

Cependant, alors que le temps passait et qu'il continuait à hésiter, sa famille, notamment Caroline, avait commencé à perdre patience.

— Qu'est-ce qui ne va pas ? demandait sa sœur d'un ton exaspéré, lorsqu'il ne tombait pas follement amoureux de la dernière jeune fille qu'elle lui amenait. Elle est belle, charmante, docile, fortunée, et pour des raisons inexplicables, elle t'adore. Que diable cherches-tu ?

Il l'ignorait lui-même, mais il savait qu'il n'avait pas encore trouvé l'âme sœur, celle qui allumerait en lui cette étincelle particulière qu'il voyait dans les regards d'Austin et d'Elizabeth. Qu'il décelait quand Caroline et son mari Miles se trouvaient dans une même pièce, ou quand son frère William souriait à sa femme Claudine. Il voulait cette plénitude que connaissaient ses frères et sœurs. Ses parents l'avaient connue, eux aussi, jusqu'à la mort de son père. Il voulait une épouse pour partager sa vie, son lit et ses rêves.

Ne restait plus qu'à la trouver.

C'était une tâche ingrate. Il avait l'impression d'avoir rencontré toutes les célibataires du royaume. Peut-être sa chance allait-elle enfin tourner ? Elizabeth pensait qu'il apprécierait la ravissante Mme Brown.

— J'ai le sentiment que tu trouveras le bonheur à Londres, lui avait-elle dit.

Et Elizabeth avait souvent raison. Ses prémonitions et son étrange intuition avaient permis l'incroyable sauvetage de son frère William. C'était un secret de famille bien gardé, car ils avaient choisi de se taire pour ne pas exposer Elizabeth à la curiosité et au scepticisme que provoqueraient ses curieux talents.

En évoquant le bonheur, avait-elle pensé à Mme Brown ? Ou voulait-elle seulement dire que son cœur lourd gagnerait un peu de sérénité ? Des images lui traversèrent l'esprit et il se raidit comme s'il allait recevoir un coup de poing. L'incendie incontrôlable. Les cris paniqués des hommes, les hurlements des chevaux. Le visage de Nate...

Il ferma les yeux, attendant que les images disparaissent. Il n'avait jamais parlé de cette nuit de cauchemar ni de la mort de Nate avec Elizabeth, mais elle semblait comprendre...

Lorsqu'il lui avait demandé de s'expliquer au sujet de Mme Brown, elle lui avait adressé l'un de ces mystérieux sourires féminins qui signifiaient : « Je sais quelque chose que tu ignores... »

Bientôt, il serait fixé. Les passagers descendaient sur le quai.

Il scruta les visages. Deux jeunes gens. Un homme d'un certain âge, suivi d'un couple avec deux enfants. Robert sourit aux enfants, qui dévoilèrent des sourires aux dents manquantes. Il aperçut un pasteur, un gentleman rondouillard et quelques dames qui bavardaient. Où était Mme Brown ? Presque tous les passagers étaient descendus à terre.

Son regard glissa sur une femme habillée en noir de pied en cap. Bien qu'Elizabeth lui eût dit que Mme Brown était veuve, son mari était mort depuis des années. Elle ne porterait plus le deuil.

Mais quelque chose dans le visage de cette femme l'interpella. Ces yeux espacés, la fossette au menton, et ce regard... comme si elle le reconnaissait.

Il leva la main en visière pour s'abriter du soleil. Ce ne pouvait être la bonne personne. Où était passé le sourire radieux ? La joie profonde ? L'humour et l'espièglerie ? La tristesse enserrait cette femme comme un nuage sombre. Il regarda derrière elle, mais n'aperçut qu'une dame accompagnée d'un trio de petits chiens blancs qui aboyaient.

La femme en noir s'approcha de lui. Une mèche de cheveux bruns s'était échappée de son bonnet noir. C'était bien Mme Brown, mais elle ne ressemblait pas au portrait d'Elizabeth.

— Vous devez être lord Robert Jamison, dit-elle. Je vous reconnais grâce au dessin d'Elizabeth.

J'aimerais pouvoir dire la même chose de vous, songea-t-il avec un élan de sympathie. Visiblement, cette femme avait adoré son mari, et sa disparition était une tragédie. Ses yeux, de la couleur d'un vieux cognac, mangeaient son visage pâle. C'était triste que ce deuil l'ait autant marquée, et injuste que l'homme aimé ait emporté dans la tombe toute la joie de son épouse. Elle paraissait fragile et effrayée dans ses vêtements austères. Il lui décocha son plus charmant sourire.

— C'est moi, en effet, dit-il en s'inclinant. Vous devez être Mme Brown...

— Oui.

Elle n'esquissa pas l'ombre d'un sourire, mais regarda autour d'elle d'un air grave. Puis elle le surprit en s'approchant encore d'un pas. Elle était si proche que la pointe de ses chaussures touchait ses bottes, et que sa jupe effleurait ses pantalons d'équitation. Il respira son parfum, mélange de fleurs et d'air marin. Elle posa une main gantée sur son bras et se dressa sur la pointe des pieds.

Dieu du ciel, elle allait l'embrasser ! Était-ce une coutume américainc ? Il ne connaissait qu'une seule Américaine, sa belle-sœur Elizabeth, qui possédait des manières franches et chaleureuses, mais pas aussi franches que celles-ci. Il ne voulut pas heurter Mme Brown en la repoussant.

Baissant la tête, il effleura sa bouche avec ses lèvres. Aussitôt, tout s'arrêta en lui. Une seconde, il resta pétrifié, sans pouvoir respirer. Un mot lui martelait le cerveau : *Enfin...* Il recula comme si elle l'avait brûlé. *Enfin ?* Il devenait fou ; il allait terminer à l'asile !

— Qu'est-ce qui vous a pris ? s'offusqua-t-elle d'une voix tremblante de colère, le visage empourpré.

Quelle guigne ! Visiblement, elle n'avait pas voulu qu'il l'embrasse.

Il détailla les joues rouges, les longs cils et les yeux marron, le nez semé de taches de rousseur, la fossette au menton, et puis la bouche rose et humide, la lèvre inférieure délicatement ourlée, l'autre encore plus généreuse...

Seigneur, quel genre d'homme était-il ? Comment pouvait-il se permettre même l'esquisse d'une pensée lascive à son sujet ? Cette femme était en deuil. Le frémissement qu'il avait ressenti n'était que de la surprise. Elle l'avait étonné. Et ce choc en la touchant ? Rien que de la gêne. Il s'était ridiculisé. Ce n'était pas la première fois, et sûrement pas la dernière.

— Veuillez accepter mes excuses, madame. Je ne voulais en rien vous offenser. Je croyais que vous désiriez m'embrasser.

— Et pourquoi aurais-je désiré une chose pareille ?

— Peut-être une coutume américaine ?

— Je voulais seulement vous demander quelque chose de manière discrète.

— Ah, vous vouliez me murmurer un mot à l'oreille...

— Oui.

— Et que...

— Alberta ! Vous voilà, ma chère !

Robert se tourna. Une petite femme rondouillarde, vêtue à la dernière mode, essayait vainement de contrôler trois chiens qui tiraient dans trois directions différentes. Même s'il n'avait pas reconnu la célèbre lady Gaddlestone, impossible de se méprendre sur ses chiens, ces trois coquins qu'il avait surnommés M. Pisse-partout, M. Mord-un-peu et M. Amoureux-des-jambes.

— Tedmund ! Édouard ! Frédéric ! Cessez tout de suite !

La baronne tira sur les laisses d'un coup sec, immobilisant les chiens qui voulaient l'entraîner au-delà. L'une des bêtes leva la patte et arrosa une mauvaise herbe qui poussait entre les pavés. Les deux autres gigotaient, l'un observant les chevilles de Robert d'un air intéressé, l'autre admirant sa jambe d'un air lascif.

— Assis ! ordonna Robert en arquant un sourcil.

Trois derrières canins se posèrent aussitôt sur les pavés.

— Merveilleux, lord Robert, approuva la baronne, à bout de souffle. Mais il est vexant que les garçons obéissent plus volontiers à un étranger qu'à leur maman.

— Oh, mais nous sommes de vieux amis, n'est-ce pas ? répliqua-t-il en se penchant pour les caresser. Nous avons fait plusieurs promenades ensemble, lors de votre dernière visite à Bradford Hall… C'est une joie de vous revoir, lady Gaddlestone, ajouta-t-il en s'inclinant. Je ne savais pas que vous aviez voyagé sur ce navire. Je vois que vous connaissez déjà Mme Brown, l'amie de ma belle-sœur.

— En effet. Alberta a été une compagne de voyage merveilleuse. J'ai eu une idée de génie en l'embauchant.

En l'embauchant ? De quoi parlait la baronne ? Il remarqua que Mme Brown avait redressé le menton. Elle semblait le mettre au défi de la mépriser parce qu'elle avait accepté un emploi. Or il était simplement curieux.

— J'aurais été inconsolable si elle s'était noyée ce matin, poursuivit la baronne.

— Noyée ? répéta Robert, stupéfait.

— Oui. Quel cauchemar ! La pauvre a été frappée dans le dos par une poulie mal accrochée, et elle est tombée par-dessus bord. Heureusement, les garçons l'ont vue. Ils ont aboyé comme des fous. Le capitaine Whitstead a fait une manœuvre brillante et l'équipage a sauvé la chère Alberta. Dieu du ciel, elle nage comme un poisson !

— Quelle terrible épreuve, dit-il en se tournant vers la jeune femme. Avez-vous été blessée ?

— Non. Mais j'ai eu très peur.

— On ne l'aurait jamais deviné ! s'exclama lady Gaddlestone. Elle est restée parfaitement calme, à flotter comme un bouchon. Moi, j'aurais hurlé comme une forcenée, puis j'aurais coulé à pic. Le capitaine a été très impressionné par son sang-froid. Quant à moi, je me serais sûrement évanouie pour la première fois de ma vie, si je n'avais dû sauver l'un des passagers. Les trois garçons se sont jetés de manière inexplicable sur les chevilles de M. Redfern. Je n'avais jamais vu mes bébés aussi déchaînés ! Heureusement, M. Redfern s'est montré très compréhensif, quand je lui ai expliqué que l'excitation avait altéré la délicate constitution des garçons. Ses pantalons, en revanche, sont détruits.

Elle reprit son souffle, avant de poursuivre :

— Désormais, il faut seulement espérer qu'Alberta n'aura pas attrapé un encombrement des bronches. (Elle eut un regard sévère pour la jeune femme.) Vous devez prendre un bain chaud dès que vous pourrez et vous mettre au lit.

— Oui, je... commença Mme Brown.

— Quant à vous, continua la baronne en s'adressant à Robert, vous veillerez sur elle jusqu'à ce qu'elle soit chez la duchesse, c'est compris ?

— Entendu.

— Parfait, conclut la baronne d'un ton satisfait. On m'a dit que la duchesse attendait un heureux événement. Est-ce que l'enfant est déjà né ?

— Il ne l'était pas ce matin. Mais Austin a déjà usé le tapis jusqu'à la corde à force d'arpenter le salon, plaisanta Robert.

— Tenez-moi au courant. J'adore acheter des cadeaux de naissance. Vous avez l'air en pleine forme, jeune homme, ajouta-t-elle en l'observant. Vous êtes encore plus séduisant que lors de notre dernière rencontre. Vous ressemblez à votre père. Vous avez le même regard coquin.

— Merci, madame.

— Vous pourrez peut-être remonter le moral de Mme Brown. La pauvre souffre encore d'avoir perdu son cher David. Elle a besoin de rire. Je lui ai répété cent fois qu'elle était trop sérieuse, n'est-ce pas, Alberta ?

La jeune femme n'eut pas le temps de répondre.

— Mais les garçons ont réussi à la faire sourire, enchaîna la baronne. Elle est ravissante quand elle sourit. Ce qui ne veut pas dire qu'elle ne l'est pas quand elle est sérieuse, mais dès qu'elle sourit, elle devient franchement belle... Au fait, cher ami, le duc et la duchesse ont-ils un chien ?

— Oui. Ils ont...

— Parfait. Mme Brown a besoin d'une présence canine. Dites-moi, mon garçon, êtes-vous marié ?

— Non.

— Fiancé ?

— Non plus.

La baronne afficha un air intéressé. Robert pouvait presque entendre son cerveau cliqueter.

— Parfait, répéta-t-elle, avant de regarder pardessus l'épaule de Robert. Ah, je vois que ma voiture est prête pour le départ !

Elle lui tendit la main, et il s'inclina pour lui faire un baisemain.

— Je suis heureux de vous avoir revue, lady Gaddlestone. Bienvenue à la maison.

— Merci. C'est un soulagement de retrouver la terre anglaise. Je vous reverrai avant votre retour en Amérique, ma chère, ajouta-t-elle.

— Je l'espère bien, répondit Alberta.

La vieille dame tira sur les laisses et faillit tomber à la renverse quand les chiens l'entraînèrent.

Dès qu'elle se fut éloignée, Robert eut un sourire.

— J'ai l'impression d'avoir été renversé par un attelage en folie, pas vous ?

Allie contempla sa belle silhouette, son sourire espiègle, ses yeux rieurs. Sa gorge se serra. Les cheveux noirs et les yeux bleu foncé n'avaient rien en commun avec les cheveux blonds et les yeux marron de David, mais ce sourire, cette aisance…

— Lady Gaddlestone est très gentille.

— Je sais, mais elle parle pour dix. Vous êtes sûre que vous vous êtes remise de votre accident ?

Accident…

— Oui, merci.

— Maintenant que la baronne est partie, vous me direz peut-être ce que vous étiez sur le point de me confier à l'oreille, ajouta-t-il d'un air malicieux.

Elle rougit. Cet homme ne prenait-il rien au sérieux ? Non seulement il avait eu la témérité de l'embrasser, mais il osait même la taquiner à ce propos. Elle se retint de toucher ses lèvres. Comment ce frôlement éphémère, qui n'avait pas duré plus d'une seconde, avait-il pu l'affecter à ce point ?

Il m'a surprise, c'est tout, se dit-elle. Mon cœur a battu la chamade… C'était seulement parce que son geste était inattendu. Et non désiré.

Elle regarda autour d'elle, et un frisson lui parcourut l'échine. Quelqu'un l'observait.

— Je voulais seulement vous demander de partir d'ici le plus vite possible. J'avais vu lady Gaddlestone venir vers nous…

— Je comprends parfaitement. Même les personnes que nous apprécions peuvent être épuisantes. Nous allons partir sans plus attendre. Ma voiture se trouve un peu plus loin.

Avec un sourire, il lui offrit son bras en inclinant la tête, un geste qui lui rappela David et lui serra le cœur.

Comme elle hésitait, il saisit sa main et la posa au creux de son coude.

— Vous voyez ? Je ne mords pas. Du moins, presque jamais !

Elle le suivit, partagée entre l'envie de dégager sa main et le soulagement de se sentir protégée. Son bras était ferme et musclé, comme l'avait été celui de David. Mais, contrairement à David, il ajustait son pas au sien. Avec son mari, elle avait toujours eu la sensation de devoir courir pour le rattraper.

Lorsqu'ils atteignirent l'élégant carrosse laqué de noir, lord Robert demanda au valet de pied d'aller chercher la malle. Il l'aida à grimper dans le carrosse et s'installa en face d'elle sur la banquette en velours.

— Je crains de devoir m'excuser auprès de vous, lord Robert. Vous êtes venu jusqu'ici pour m'escorter à Bradford Hall chez Elizabeth, mais je dois rester au moins un jour ou deux à Londres. J'ai des choses à faire. (Elle se força à garder son calme.) Je dois m'occuper de certaines affaires concernant les biens de mon mari décédé. Il s'était installé en Amérique, mais il était originaire de Liverpool.

— Je l'ignorais. Veuillez accepter toutes mes condoléances, même tardives.

Elle détourna les yeux.

— Merci.

— Même si ce n'est pas comparable, je sais ce qu'on éprouve quand on perd quelqu'un qu'on aime. Mon père est mort il y a quelques années, mais il me manque tous les jours.

— Moi aussi, je pense tous les jours à David. (Elle inspira profondément.) Je suis sûre que vous êtes pressé de rentrer à Bradford Hall pour attendre la naissance. Je ne veux pas vous importuner davantage. Si vous pouvez me conseiller une auberge respectable, je me rendrai ensuite par mes propres moyens à Bradford Hall.

— Voyons, madame Brown, Elizabeth et Austin tiendraient à ce que vous habitiez chez eux en ville.

— Mais je ne peux pas...

— Bien sûr que si ! Elizabeth m'étranglerait si elle apprenait que je vous ai laissée dans une auberge. Et comme j'ai moi-même plusieurs affaires à régler en ville, je peux attendre que vous soyez prête pour partir à Bradford Hall. J'habite le quartier de Chesterfield, qui se trouve tout près de leur maison.

— Vous êtes trop gentil, lord Robert, mais...

— Il n'y a pas de gentillesse qui tienne, croyez-moi. Je tiens à sauver ma peau, c'est tout. Si j'apparaissais sans vous à Bradford Hall, alors que j'ai donné ma parole d'honneur de vous y ramener saine et sauve, ma réputation n'y survivrait pas. (Il esquissa un sourire.) Et Elizabeth m'en voudrait à mort.

Un court instant, Allie laissa le charme de ce sourire la réchauffer. Il ressemblait tant à celui de David...

— Est-ce que ça va, madame Brown ? s'inquiéta-t-il. Vous êtes toute pâle.

— Je vais bien. Vous... vous me rappelez beaucoup mon mari.

Il sembla surpris, mais lui sourit.

— Merci.

Le valet attacha la malle sur le toit, puis ils quittèrent le port.

Allie contempla l'homme assis en face d'elle – un autre David, mais encore plus séduisant. Pensant qu'elle lui avait fait un compliment, il l'avait remerciée de l'avoir comparé à son mari.

Si seulement vous saviez, lord Robert, songea-t-elle. Si seulement vous saviez...

Lester Redfern quitta l'ombre imposante que créait la coque du navire sur le quai. Il plissa les yeux en regardant le carrosse laqué de noir s'éloigner, puis lâcha un crachat sur les pavés. Crénom de Dieu, cette femme avait une chance de pendu ! Comment diantre parviendrait-il à la tuer si elle s'entourait sans cesse de chiens et de vieilles femmes ? Il contempla ses pantalons, déchirés aux chevilles. Sales bêtes ! Ils avaient gâché ce qui aurait été un crime parfait.

Il partit d'un bon pas, suivant la direction du carrosse qui emportait sa proie. Son patron ne serait pas heureux qu'elle soit encore en vie.

Mais je n'ai pas dit mon dernier mot, pensa-t-il. Je n'ai jamais échoué auparavant, et je ne vais pas commencer aujourd'hui. Demain à la même heure, elle sera morte. Et moi, je serai riche.

2

Tandis que le carrosse se frayait un chemin vers Mayfair à travers les rues encombrées, Robert étudiait la jeune femme en face de lui. Elle se tenait très droite, ses doigts gantés sagement entrelacés, regardant défiler les magasins. Un nerf tressaillait près de sa bouche. Elle n'était pas seulement malheureuse ; elle semblait en plein désarroi.

Lady Gaddlestone l'avait engagée comme dame de compagnie. Aurait-elle des soucis financiers ? Sa toilette de deuil n'était pas inélégante, mais la robe paraissait usée par endroits.

Il était curieux, mais n'osait l'interroger sur l'état de ses finances. Cela ne le regardait pas. Son devoir était de veiller sur elle et de l'amener à Bradford Hall. Dès qu'il l'aurait déposée saine et sauve chez Elizabeth, il repartirait en quête d'une épouse. Il décida de profiter de son séjour à Londres pour rendre visite à son notaire.

— En dépit de la mésaventure d'aujourd'hui, le voyage vous a-t-il plu ? demanda-t-il afin de rompre le silence qui devenait pesant.

— Oui, répondit-elle sans tourner la tête.

— Avez-vous subi des tempêtes ?

— Oui.

— Vous ont-elles effrayée ?

— Non.

Il esquissa un sourire.

— Si je persiste, est-ce que je trouverai une question à laquelle vous ne répondrez plus par monosyllabe ?

Elle le regarda.

— Peut-être.

— Ah, j'ai gagné ! Au fait, pendant que vous êtes à Londres, aimeriez-vous en profiter pour aller à l'opéra ou faire les boutiques ?

— Non, merci, murmura-t-elle.

Il eut pitié d'elle. En quelques mois, il avait perdu son père adoré, puis Nate, un homme qui avait été bien davantage qu'un serviteur de la famille. Un ami véritable. Il connaissait le sentiment atroce qu'infligeait la mort, et l'on devait souffrir l'enfer lorsqu'on perdait la personne qu'on aimait le plus au monde.

Il essaya en vain de ne plus la détailler, mais son apparence le fascinait. Les grands yeux couleur cognac, piquetés de pointes d'or, reflétaient une mélancolie intense.

Son regard glissa vers sa bouche. Elle mordillait sa lèvre inférieure. Crénom, elle était habillée en veuve éplorée, mais ses lèvres étaient celles d'une courtisane. Il se rappela l'émotion qu'il avait ressentie en l'embrassant.

Une aberration, se dit-il. Cette bouche gourmande tournerait la tête à n'importe quel homme. D'ailleurs, il éprouvait toujours la même sensation quand il embrassait une jolie femme.

Tu mens, lui chuchota une petite voix. Tu n'avais jamais ressenti une chose pareille…

Il fronça les sourcils. Brusquement, le trajet lui sembla rudement long, et ces deux jours passés à Londres avec Mme Brown risquaient de lui paraître une éternité.

Lorsqu'ils arrivèrent devant l'hôtel particulier des Bradford, Allie poussa un soupir soulagé. D'ordinaire, le silence ne la dérangeait pas, mais l'absence de conversation avec lord Robert avait commencé à lui peser. Elle savait que c'était de sa faute, et elle se promit d'être plus aimable dès qu'elle aurait l'esprit tranquille.

En pénétrant dans le vestibule en marbre noir et blanc, Allie fut impressionnée par l'élégance de la demeure. Un immense lustre reflétait les rayons du soleil, ses pampilles de cristal décochant des étincelles sur les murs tendus de soie ivoire. Des corridors partaient vers la droite et la gauche, et un escalier majestueux menait au premier. C'était incroyable de se dire que son amie d'enfance, qui avait été une vraie sauvageonne, vivait désormais dans un tel luxe.

Elle pensa à la belle maison qu'elle avait habitée avec David, à ses plafonds hauts, aux murs fraîchement repeints, aux recoins chaleureux. Sans être aussi grandiose que celle-ci, Allie l'avait adorée... jusqu'au jour où elle avait appris que sa jolie maison avait été acquise grâce à des mensonges et à des trahisons.

— Mme Brown sera une invitée pendant quelques jours, Carters, dit lord Robert au majordome. Je vais envoyer un mot à la famille pour les prévenir du changement de programme.

— Très bien, lord Robert. Je vais faire monter les affaires de madame dans la chambre verte. Dois-je faire servir le thé ?

— Oui. Et il lui faudra de l'eau chaude pour un bain.

Carters s'inclina avant de s'éclipser.

— Par ici, dit lord Robert en la guidant le long d'un corridor orné de guéridons, d'exquises porcelaines et de ravissants tableaux.

— Quelle maison magnifique !

— Elle permet à Austin et à Elizabeth de s'abriter de la pluie, plaisanta-t-il avant d'ouvrir une porte.

Le soleil pénétrait par les hautes fenêtres, rehaussant les couleurs chaudes du salon. Les murs étaient jaune pâle, et deux tapis persans recouvraient le parquet. Un canapé en brocart et une paire de fauteuils dorés flanquaient la cheminée en marbre. Un piano se dressait dans un coin, tandis qu'un secrétaire blanc et or lui faisait face.

— Superbe, murmura-t-elle.

Ses talons résonnèrent sur le parquet, puis s'enfoncèrent dans le tapis. Elle resta saisie par le portrait accroché au-dessus de la cheminée. Elizabeth, vêtue d'une robe ivoire, était assise dans une prairie fleurie, des chatons et un chiot gambadant autour d'elle. Une mèche de cheveux auburn avait glissé sur sa joue, comme si la brise jouait avec ses cheveux, et son visage reflétait une joie profonde et facétieuse.

— C'est exactement ainsi que je me la rappelle. Pleine de joie, toujours prête à jouer, et entourée d'animaux... Est-ce que le portrait est récent ?

— Il a été peint l'année dernière. C'était un cadeau d'anniversaire d'Elizabeth à Austin. Ses animaux ne la quittent pas. Chacun de ces chatons a fondé une famille nombreuse, et ce chiot est devenu si gros qu'il ressemble à un cheval. On l'appelle Pirate.

Il jeta un coup d'œil à la pendule.

— Veuillez m'excuser, je dois rentrer chez moi et envoyer ce mot à Austin et Elizabeth. Mais si vous le désirez, je pourrais revenir dîner avec vous...

Allie hésita. Quelle traîtrise se cachait derrière ces yeux bleus ? Quels secrets dissimulaient-ils? Par expérience, elle savait que lord Robert n'était pas sincère. Mais elle ne pouvait refuser de dîner avec lui dans la maison de son frère.

— Ce sera agréable de dîner avec vous, lord Robert.

— Parfait. En attendant, n'hésitez pas à demander ce qu'il vous faut à Carters. Il est si efficace qu'il précédera sans doute le moindre de vos souhaits. Mais ne le laissez pas vous intimider.

Il se pencha comme pour lui murmurer un secret à l'oreille. Elle respira une odeur de vêtements fraîchement repassés, mêlée à un parfum de bois et de verdure.

— Au cas où vous ne l'auriez pas remarqué, Carters est extrêmement sérieux. Austin jure qu'il l'a vu rire avec Elizabeth, mais je pense que mon frère a rêvé. De toute ma vie, je n'ai jamais vu cet homme esquisser l'ombre d'un sourire. Et croyez-moi, j'ai fait tout mon possible. C'est même devenu pour moi une gageure de faire sourire Carters, mais pour l'instant, j'ai échoué. (Il s'inclina.) Bon après-midi, madame Brown. Je me réjouis de dîner ce soir avec vous.

Puis il quitta la pièce en refermant la porte derrière lui.

Allie poussa un soupir de soulagement. Dieu merci, il était parti ! Sa présence l'étouffait. Qu'y avait-il de pire ? Ses taquineries qui l'emplissaient d'une douce chaleur, ou sa compassion qui lui procurait un sentiment de culpabilité ? Comme tout le monde, lord Robert pensait qu'elle portait le deuil de David et, comme les autres, elle ne l'avait pas détrompé.

Comment lui expliquer qu'elle portait des vêtements de deuil parce qu'elle n'avait pas les moyens de s'en offrir d'autres ? Pour la bonne raison que son mari avait été un criminel de bas étage, et qu'elle devait rembourser les personnes qu'il avait dépouillées.

Les vêtements de deuil lui permettaient d'économiser de l'argent et lui procuraient un autre avantage: ils effrayaient les prétendants. Elle ne voulait en aucun cas entendre parler d'un autre soupirant.

Mais elle méprisait la malhonnêteté, et elle se sentait coupable d'induire les gens en erreur...

Elle se ressaisit: lord Robert Jamison ressemblait à un verre de cristal. Il était ravissant à regarder, digne de capter l'attention pendant quelques instants, mais dépourvu de la moindre profondeur. Ses yeux dissimulaient des secrets, et lady Gaddlestone avait évoqué une mésaventure dans son passé. Allie connaissait ce genre d'homme, et elle savait comment s'en défaire.

Mais pour l'instant, elle avait d'autres soucis: elle devait prendre un bain, puis sortir à la recherche d'un fiacre.

Assis à son bureau dans sa maison de Grosvenor Square, Geoffrey Hadmore, le duc de Shelbourne, étudiait tour à tour l'alliance en argent posée devant lui et l'homme qui la lui avait apportée. Comme il mettait un point d'honneur à ne jamais dévoiler ses émotions, il faisait un effort pour dominer sa colère et ne pas tordre le cou à cet imbécile de Redfern. Il saisit l'anneau entre le pouce et l'index.

— Qu'est-ce que ceci, Redfern?

— C'est la bague que vous m'avez demandé de voler à Mme Brown.

— Dites-moi, Redfern, est-ce que cette alliance ressemble de près ou de loin à une chevalière?

Redfern se gratta la tête.

— Pas du tout. Mais c'était la seule bague que la dame possédait. J'ai fouillé sa cabine de fond en comble.

— Est-ce que cette bague se trouvait dans un écrin ?

— Non, monsieur.

— Ce n'est pas celle que je veux. Mes ordres étaient pourtant simples : trouver la bague et son écrin, puis vous débarrasser de la femme. Est-ce que vous avez trouvé la bague et son écrin ?

— Visiblement pas, marmonna Redfern, les joues empourprées.

— Vous êtes-vous débarrassé de la femme ?

— J'ai essayé, mais elle était tout le temps avec cette vieille femme infernale et ses trois chiens. Mais n'ayez crainte, monsieur le duc, Mme Brown sera morte avant demain soir.

Geoffrey songea qu'il devait se féliciter que Redfern n'ait pas réussi à la tuer. Il la lui fallait vivante, jusqu'à ce qu'il mette la main sur la bague. La question qui le hantait revint en force : et si elle ne la possédait plus ?

Un frisson d'horreur le parcourut et il ferma les yeux. Si elle l'avait perdue, ou vendue ? La chevalière pouvait être en dépôt chez un prêteur sur gages, dans l'attente que quelqu'un l'achète et trouve le secret qui le mènerait à sa perte...

Une douleur se réveilla derrière ses paupières. Il devait découvrir si elle possédait la bague et, le cas échéant, la lui reprendre. Même si elle ne l'avait pas, il devait savoir si elle était au courant du secret.

— Vous ne tuerez pas Mme Brown. Pas avant d'avoir récupéré la bague. Où est-elle, maintenant ?

— Dans une belle maison de Mayfair, sur Park Lane. Au numéro six.

Geoffrey fronça les sourcils.

— C'est la résidence du duc de Bradford.

— Sur le bateau, elle parlait souvent de lui avec la vieille baronne. C'est une amie de la duchesse.

Elles ont grandi ensemble. Je crois qu'elles sont vaguement cousines.

Geoffrey se leva et s'approcha des carafes en cristal posées près de la fenêtre. Le ventre noué, il se versa un cognac et contempla la riche liqueur ambrée. Quelle guigne que Mme Brown fût apparentée aux Bradford ! Si jamais le duc entendait parler de cette histoire...

Impossible ! Si Mme Brown avait l'intention de le faire chanter pour de l'argent, elle n'en parlerait ni à Bradford ni à quiconque. Chacun savait que le duc et la duchesse attendaient la naissance de leur enfant dans leur propriété à la campagne. Si Mme Brown était venue en Angleterre rendre visite à la duchesse, pourquoi ne s'était-elle pas rendue à Bradford Hall ? Était-elle restée à Londres pour le voir, lui ? Pour le faire chanter ? Dans ce cas, elle devait certainement être en possession de la bague.

Il avala le cognac d'une lampée, savourant la brûlure dans sa gorge.

— Je vous ai engagé parce que je vous croyais discret et compétent, Redfern...

Une lueur de colère enflamma les yeux de Redfern.

— C'est le cas, monsieur le duc. J'ai joué de malchance, c'est tout. Ça va changer.

— Je l'espère. Je suis certain que Mme Brown est en possession de la bague. Fouillez ses affaires. Cela ne devrait poser aucun problème, puisque le duc et la duchesse sont absents. Attirez Mme Brown en dehors de la maison et trouvez-moi cette bague. (Il fixa Redfern d'un air sombre.) Une fois que vous l'aurez, je veux qu'elle disparaisse.

— Oui, monsieur le duc.

Allie descendit du fiacre et regarda l'enseigne accrochée au-dessus du magasin de Bond Street : *Antiquités Fitzmoreland.*

— Fitzmoreland est le meilleur antiquaire de Londres, lui dit le conducteur du fiacre. Voulez-vous que je vous attende ?

— Volontiers. J'en ai pour quelques minutes.

Elle pénétra dans le magasin. Des livres, des vases et des porcelaines s'alignaient sur des étagères qui montaient jusqu'au plafond. Des meubles plus importants étaient joliment disposés dans la pièce pour lui donner l'allure d'un salon.

Un homme élégant aux cheveux gris s'approcha d'elle.

— Puis-je vous aider, madame ?

Discrètement, il la détailla de la tête aux pieds. Il avait l'habitude de traiter avec une clientèle fortunée. Allie fut contente d'avoir pris le temps de se coiffer et d'enfiler sa meilleure robe.

— Je cherche M. Fitzmoreland.

— C'est moi-même, madame. En quoi puis-je vous être utile ?

Ils étaient seuls dans la boutique. Allie ouvrit son réticule et en retira un morceau de papier.

— Je dois identifier ces armoiries. On m'a dit que vous étiez un expert.

— D'après votre accent, je devine que vous êtes américaine. Puis-je savoir qui vous a adressée à moi ?

Il était poli, mais Allie perçut l'ironie dans sa voix. Il devait la prendre pour une veuve sans un sou, une étrangère décidée à lui vendre quelques broutilles.

— La duchesse de Bradford...

— C'est madame la duchesse qui vous envoie ? s'exclama-t-il en bombant le torse. Comme c'est aimable à elle !

Allie se retint de préciser que c'était le majordome de la duchesse qui lui avait donné l'adresse.

— Pouvez-vous m'aider ?

Il étudia le dessin, puis hocha la tête.

— Il me faudra quelques jours.

— Je ne suis pas pressée, mais je tiens à la discrétion absolue.

— Bien entendu.

Ses yeux intelligents la scrutèrent comme pour percer son secret. Elle soutint son regard.

— Je m'appelle Mme Brown et j'habite chez les Bradford.

— Dès que j'aurai du nouveau, je vous en aviserai, madame.

Elle le remercia et quitta le magasin, soulagée d'avoir avancé dans sa quête.

Avec un peu de chance, elle saurait bientôt à qui appartenait la bague. Lorsqu'elle l'aurait rendue à son propriétaire, elle serait enfin libre.

3

Robert arriva pour dîner un peu avant huit heures. Comme le brouillard ne s'était pas encore levé, il était venu à pied.

— Bonsoir, Carters, dit-il en tendant sa canne, son chapeau et sa cape au majordome. Comment se porte notre invitée ?

— Cet après-midi, madame est sortie faire une course. À son retour, elle semblait satisfaite.

— Une course ?

— Oui. Mme Brown m'a demandé si je connaissais un bon antiquaire. Je l'ai envoyée chez M. Fitzmoreland.

Robert arqua un sourcil.

— A-t-elle dit pourquoi ?

— Non, milord. Elle m'a seulement demandé ce conseil, puis de lui procurer un moyen de transport. J'ai appelé un fiacre et je l'ai fait escorter par un valet de pied.

Irrité de ne pas y avoir pensé plus tôt, Robert se promit de mettre un attelage à la disposition de la jeune femme.

— Où se trouve-t-elle maintenant ?

— Au salon.

Robert se dirigea vers le salon, puis ralentit en entendant que l'on jouait du piano. Il entra silencieusement dans la pièce, s'adossa à la porte et regarda Mme Brown de profil.

Concentrée, les lèvres pincées, elle se penchait sur les touches en ivoire. Le noir de sa robe faisait ressortir l'éclat translucide de sa peau, fine comme de la porcelaine. Les derniers rayons de soleil la baignaient d'une lumière dorée. Sa première impression avait été fausse : ses cheveux n'étaient pas d'un marron banal, mais d'un châtain puissant, traversé de lueurs rousses. Elle les avait relevés en chignon, ce qui dégageait sa nuque et lui donnait une allure de reine.

Il ne reconnaissait pas la partition qu'elle jouait, mais c'était probablement parce qu'elle était une piètre pianiste.

Soudain elle s'arrêta et se tourna vers lui. Aussitôt, elle retira ses mains en rougissant, comme si le clavier l'avait mordue. On aurait dit une enfant que l'on venait de surprendre, la main dans le bocal à friandises.

— Lord Robert, je ne vous ai pas entendu entrer…

— Je vous écoutais, dit-il en s'inclinant pour la saluer. J'ignorais que vous saviez jouer.

Il retint son souffle quand une lueur malicieuse éclaira le regard triste, transformant son visage.

— Comme vous êtes poli ! Puisque vous m'avez écoutée, vous savez que je ne sais pas jouer. Je l'ai toujours regretté, d'ailleurs, car j'adore la musique.

— Moi aussi. Hélas, pas un seul membre de ma famille ne possède le moindre talent musical, ni pour le piano ni pour le chant, et je suis le moins doué de tous. Or, quitte à mal jouer, autant le faire avec enthousiasme, vous ne pensez pas ? De même, si l'on chante faux, autant chanter à tue-tête. Bien entendu, ma famille ne partage pas cet avis…

Il lui sourit, mais elle resta sérieuse. C'était aussi difficile de lui arracher un sourire qu'à Carters.

Pourtant, il avait très envie de découvrir la jeune femme joyeuse dessinée par Elizabeth.

— Dites-moi, madame Brown, savez-vous chanter ?

— Pas le moins du monde.

— Tant mieux. Si nous faisions un duo ? (Il s'assit à côté d'elle sur la banquette et agita les doigts comme pour les dégourdir.) Je n'ai qu'une seule chanson à mon répertoire. C'est la seule que ma famille m'a permis d'apprendre. Pour une raison étrange, ils avaient toujours un empêchement quand je m'apprêtais à jouer.

Il ajouta à voix basse, tel un secret :

— À vrai dire, j'en connais d'autres, mais je les ai apprises dans des tavernes et elles ne sont pas dignes d'être entendues par une lady. Je prends la clé de sol et vous la clé de fa, d'accord ?

Elle scruta son visage d'un air hésitant, avant d'acquiescer.

— Je vais essayer.

Ils se mirent à jouer chacun leur partie du morceau. Allie était souvent en retard de plusieurs notes. Au lieu de faire des progrès, le résultat empirait au fur et à mesure de la chanson. Arrivés au dernier verset, leurs voix aussi fausses l'une que l'autre s'envolèrent :

Le soleil éclairait ses jolis traits
Tandis qu'elle se demandait s'il oserait.
Il ne voulut pas décevoir la jeune demoiselle
Et déposa sur ses lèvres un baiser de miel.

La dernière note discordante résonna un instant, puis le silence revint.

— Mon Dieu, ce fut merveilleusement atroce ! s'exclama Robert en riant.

— Atroce, en effet. Je n'ai pas joué une seule note juste. Mais je dois avouer que vous aviez raison...

— À propos de quoi ?

— Vous chantez faux, cher monsieur.

Un éclair d'espièglerie traversa son regard, et Robert sentit son cœur s'emballer.

— Et vous, chère madame, vous jouez affreusement mal. Je me réjouis d'avance de faire entendre notre chanson à la famille, ajouta-t-il en se frottant les mains.

— Ils quitteront la pièce en hurlant.

— Alors nous chanterons encore plus fort !

Un léger frémissement apparut sur les lèvres d'Allie. Le cœur battant, il admira la bouche gourmande et s'attarda sur la charmante fossette qui ornait son menton. Il mourait d'envie d'en caresser le creux.

Il respira son parfum, une senteur délicate dont il ignorait la composition.

Elle cligna des yeux, puis son expression se ferma. Elle se releva d'un bond et s'approcha de la cheminée, où elle se perdit dans la contemplation des flammes.

Il resta assis, agacé contre lui-même. Tu es un imbécile, se gronda-t-il. Elle esquisse un sourire, et qu'est-ce que tu fais ? Tu fixes sa bouche comme si tu voulais la dévorer toute crue.

Où avait disparu sa subtilité ? Et sa dignité ? Seul un mufle éprouverait des sentiments lubriques pour une veuve. Or, c'était indéniable : il avait envie d'elle. La sensation était familière, mais jamais une femme ne lui avait inspiré une émotion aussi violente.

Peut-être était-il tombé sous son charme ? Il était heureux de l'avoir presque fait sourire. Comme l'avait dit lady Gaddlestone, la malheureuse avait besoin de s'amuser.

Or il n'avait pas prévu que l'esquisse d'un sourire aurait sur lui l'effet d'un coup de poing au cœur.

Assise à la longue table en acajou, Allie essayait vainement de savourer le délicieux repas de bœuf et de petits pois à la crème, mais elle était trop nerveuse. Discrètement, elle observa l'homme en face d'elle.

Lord Robert découpait sa viande. Elle examina les mains qui tenaient les couverts. Ses doigts effilés mais puissants semblaient plus adaptés à un homme d'extérieur qu'à un gentleman de salon.

En repensant à leur duo impromptu, elle rougit. Voilà si longtemps qu'elle n'avait pas fait de sottises. Un instant, pleine d'enthousiasme, elle avait oublié avec qui elle se trouvait...

Un homme séduisant et charmeur. Quelqu'un qu'elle connaissait à peine. Un homme qui aimait rire, mais dont la gaieté n'atteignait pas toujours les yeux. Son regard dissimulait des secrets. Pourtant, quand il l'observait, le cœur d'Allie s'emballait.

Tout comme avec David, autrefois.

David et lord Robert sortaient du même moule. Comment avait-elle pu s'abandonner à ce point ? Parce que David ne te laissait jamais jouer au piano, et qu'il ne t'aurait jamais encouragée à chanter, songea-t-elle. Il avait dit qu'elle chantait comme une casserole, et elle ne lui avait pas donné tort. Cependant, la famille d'Allie n'y avait pas vu d'inconvénient, car ils chantaient tous faux excepté sa mère. Tous les mardis soirs, ils chantaient ensemble, ayant décrété que ce serait un soir dédié à la musique. David avait détesté ces mardis, et après leur mariage, il avait toujours trouvé une excuse pour qu'elle reste à la maison. Le plus souvent, il l'emmenait au lit et...

Elle se força à penser à autre chose. Elle avait aimé partager le lit conjugal, du moins au début, mais cette époque de sa vie était bel et bien révolue.

— Est-ce que le dîner vous convient ? demanda soudain lord Robert.

— Oui, merci.

— Elizabeth m'a dit que vous aviez un frère et une sœur.

— Deux frères et une sœur. Ils sont tous plus jeunes. (Une vague de tendresse l'envahit.) Les garçons sont jumeaux. Nous les avons surnommés les diablotins.

— Quel âge ont-ils ?

— Seize ans. Ma sœur aura vingt ans ce mois-ci. Ils me manquent beaucoup, ajouta-t-elle avec un soupir. Notre maison est toujours pleine de rires. Un vrai tourbillon.

— Je comprends. Même si j'habite seul ici en ville, je ne peux pas rester trop longtemps sans voir ma famille. Parfois, ils me rendent fou, surtout Caroline, mais ils sont aussi ma plus grande joie. Si c'est un tourbillon et du bruit qui vous manquent, vous serez comblée à Bradford Hall.

— Je m'en réjouis d'avance, dit-elle, la gorge serrée.

— Une fois là-bas, vous risquez de changer d'avis. Je vous parie qu'en ce moment même, Austin arpente le salon, les joues rouges, passant la main dans ses cheveux et demandant toutes les huit secondes quand Elizabeth va accoucher. Caroline est en train de dire à Emily, sa fille de deux ans, d'arrêter de courir derrière les chatons, et Emily l'ignore tout en regardant son père Miles qui l'encourage avec un clin d'œil.

« Mon frère William, sa femme Claudine et leur fille Josette dessinent, ce qui n'est pas bon pour William car il est un très mauvais artiste. Et ma mère a sans doute emmené James, le fils d'Austin et d'Elizabeth, dans le jardin où il va décapiter les plus belles roses sous le regard indulgent de sa grand-mère. (Il esquissa une grimace.) Autrefois, il suffisait qu'Austin, William ou moi-même *regardions* ses roses pour qu'elle pique une colère.

À l'évocation de ce tableau enchanteur, Allie ressentit une pointe de tristesse.

— J'ai été habituée à bien pire. Jonathan et Joshua ramenaient sans cesse des animaux blessés à la maison. Papa a fini par leur donner une petite grange qu'il a appelée le sanctuaire, tout en déclarant qu'il n'avait jamais vu autant de pigeons, de canards et d'écureuils handicapés de sa vie. Sans parler des crapauds ou des serpents.

« Ma sœur Katherine ressemble à un ange, mais elle s'éraflait sans cesse les genoux et les coudes en se joignant aux aventures de Jon et de Josh. Maman se contentait de sourire, distribuant des baisers à tous, faisant les pansements. Elle adorait nous voir jouer, courir et nager. Elle avait eu une sœur aînée qui était restée alitée pendant des années, alors elle n'aimait pas nous empêcher de nous amuser.

— Je suppose que vous étiez la fille sage de la famille qui mettait de l'ordre dans tout ça, dit-il avec un sourire.

Elle secoua la tête.

— J'étais la plus turbulente du lot. J'avais tout le temps des brindilles dans les cheveux, des taches d'herbe sur mes robes et de la poussière sur le visage. Comme j'étais l'aînée, je donnais l'exemple aux autres. (Elle reposa sa fourchette.) Et vous, si vous étiez maintenant avec votre famille, que feriez-vous ? Est-ce que vous joueriez avec les chatons, vous feriez des dessins ou vous seriez en train de décapiter les roses ?

Il se frotta le menton d'un air pensif.

— Rien de tout cela. Je serais probablement en train de mettre Austin au défi de jouer au billard, afin qu'il ne s'inquiète plus pour Elizabeth.

— Et qui remporterait la partie ?

Il eut un sourire si ensorcelant qu'elle sentit ses joues s'empourprer.

— Moi, bien entendu. Quand je joue, c'est pour gagner.

La température de la pièce sembla brusquement augmenter de dix degrés. Allie refréna l'envie de tapoter son visage avec sa serviette en lin.

— Après votre victoire au billard, que feriez-vous ?

— En supposant que le bébé ne soit pas encore venu au monde, je réunirais Mlle Sourire, M. Coquin et Mlle Chatouilles pour jouer, avant que leurs gouvernantes ne les ramènent à la nursery.

— Je suppose que vous parlez de votre neveu et de vos nièces ?

— Absolument.

— Est-ce que vous donnez des surnoms à tout le monde ?

— Hélas, c'est une de mes mauvaises habitudes. D'ici peu, j'en aurai trouvé un pour vous. Alors, tenez-vous à carreau.

— Je vais m'y efforcer. Je n'aimerais pas devenir Mlle Tombe-dans-la-boue. Ou lady Renverse-les-tables.

Il rit, et elle faillit sourire, ce qui la mit mal à l'aise. Ce n'était pas facile de garder ses distances avec cet homme.

— Carters m'a dit que vous êtes allée chez Fitzmoreland, cet après-midi. J'espère que vous avez trouvé votre bonheur.

Sa remarque candide la fit revenir brutalement à la réalité. Elle l'étudia pour voir s'il avait un dessein caché, mais il semblait seulement curieux.

— M. Fitzmoreland m'a aidée.

— Vous ne devriez pas vous promener en fiacre, même escortée par un valet de pied.

— Comme je vous l'ai dit, j'ai des affaires à régler.

— Certes, mais je vais demander qu'on mette un attelage à votre disposition dès demain matin. Et je serais heureux de vous accompagner.

Elle serra les poings sous la table.

— C'est inutile. J'ai l'habitude de me débrouiller seule.

— Elizabeth n'agirait pas autrement si elle était présente. Dans le message que je lui ai envoyé cet après-midi, j'ai promis de veiller sur vous jusqu'à notre arrivée à Bradford Hall. (Il frissonna de façon exagérée.) Je vous en supplie, acceptez ma proposition. Je ne veux pas subir les réprimandes d'Elizabeth pour le restant de mes jours…

Allie réfléchit. Au moins, elle économiserait le prix des fiacres.

Elle repoussa sa chaise et se leva.

— J'accepte, et je vous remercie. Pardonnez-moi, mais j'aimerais me retirer. La journée a été longue et épuisante.

Il se dressa à son tour.

— Bien entendu. Je vous verrai demain.

Elle inclina la tête et quitta la salle à manger, voulant à tout prix lui échapper.

Pourtant, même à l'abri de sa chambre, elle ne se sentit pas rassérénée. Elle se mit à arpenter la pièce, essayant de rassembler ses pensées. Lord

Robert la mettait mal à l'aise. Elle avait baissé la garde un court instant, et il avait réussi à percer la barrière qu'elle avait érigée autour d'elle. Ce n'était pas un sentiment agréable. Voilà si longtemps qu'elle luttait pour se protéger et gagner son indépendance. Elle n'avait pas besoin d'un homme pour veiller sur elle, ni pour lui procurer un moyen de transport ou l'accompagner faire ses courses. Surtout, elle n'avait pas besoin d'un homme pour lui sourire et attiser des désirs féminins enfouis depuis longtemps.

Seigneur, avec ses sourires coquins et son regard bleu malicieux, cet homme était encore plus charmeur que David ! Cependant, en quelques secondes, ces mêmes yeux montraient de la compassion, de la chaleur et de la sympathie. Or, elle avait décelé des secrets derrière ce charme rieur.

David avait été pareil. Avec lui, tout n'avait été qu'un tissu de mensonges.

Mais elle n'était plus une demoiselle naïve. Elle ne commettrait pas deux fois les mêmes erreurs.

Elle pressa ses doigts contre ses tempes où elle sentait pointer une migraine. Le lit l'appelait, mais il était trop tôt pour se coucher. Bien que son corps fût épuisé, elle ne pourrait pas s'endormir. Pour calmer cette agitation, elle avait besoin d'air frais.

Elle tira les rideaux en velours vert et contempla le jardin. Puis elle drapa un châle sur ses épaules, sortit de sa chambre et quitta la maison par la porte arrière.

Dès qu'Allie respira l'air frais de la nuit, elle se détendit. Longeant le mur, elle fit le tour du jardin, admirant la lumière de la lune qui baignait l'herbe d'une couleur argentée. Elle respira l'odeur des feux de cheminée qui se mélangeait au parfum de la terre.

Lorsqu'elle eut terminé son troisième tour du jardin, elle se sentit à nouveau forte. Grâce à David, elle avait appris quelle laideur pouvait dissimuler une belle façade.

C'est pourquoi elle avait l'intention d'éviter lord Robert comme la peste.

Alors qu'elle s'apprêtait à retourner vers la maison, deux bras puissants l'attrapèrent par-derrière, et une main épaisse se plaqua sur sa bouche.

— Silence ! ordonna une voix gutturale.

Elle éprouva à la fois un sentiment de panique et de colère. Elle se débattit de son mieux, donnant des coups de pied à son agresseur et essayant de dégager sa bouche. Elle réussit à pousser un cri étranglé, avant qu'il n'enfouisse un chiffon malodorant entre ses dents. D'une main, elle lui griffa la joue.

Puis quelque chose de dur la frappa à la tête, et le monde devint noir.

À mi-chemin de chez lui, Robert s'aperçut qu'il avait oublié sa canne chez son frère. Il hésita à l'y laisser jusqu'au lendemain, mais décida que la promenade lui ferait du bien, d'autant qu'il faisait frais et que le brouillard n'avait pas encore obscurci les rues. Il n'avait guère envie de retrouver son appartement solitaire et son lit vide, car il savait qu'il n'arriverait pas à dormir. À cause d'elle.

Il ne voulait surtout pas penser à elle. À ses grands yeux semés de pointes d'or, à ses cheveux soyeux, à l'esquisse de son sourire, à son corps voluptueux sous des vêtements… de deuil.

Furieux, il se concentra sur sa journée du lendemain. Après la visite à son notaire, il se rendrait à son cercle.

Il emprunta un raccourci, obliqua entre les immeubles de Park Lane. Quand il crut entendre un cri étouffé, il ralentit le pas. Puis il aperçut un homme portant un sac sur son épaule, qui quittait un jardin. Seigneur, on aurait dit le jardin d'Austin... Que diable se passait-il ?

Prenant garde de rester dans l'ombre, il s'approcha. L'homme jeta le sac dans un fiacre qui l'attendait, puis grimpa à l'intérieur. Le fiacre s'ébranla aussitôt.

Robert se mit à courir et arriva au jardin d'Austin quelques secondes plus tard. La barrière était entrouverte. Après s'être assuré qu'il avait bien son poignard dans sa botte, il repartit dans la direction du fiacre. Lorsque le véhicule ralentit à un tournant, il en profita pour sauter sur le marchepied arrière.

Le fiacre quitta le quartier élégant de West End et se dirigea vers le port. Robert s'agrippait des deux mains, espérant éviter une confrontation avec le voyou qui avait dérobé des biens à Austin, mais prêt à en découdre si nécessaire.

Le fiacre se faufila parmi un dédale de ruelles. Robert respira des relents de poisson pourri. Quand le véhicule s'immobilisa, il sauta du marchepied et se cacha parmi les ombres des maisons. Il regarda l'homme descendre de la voiture avec le sac sur l'épaule, et disparaître entre deux baraques. Le fiacre s'éloigna. Aussitôt, Robert emboîta le pas au cambrioleur. On n'entendait que les cris lointains de quelques marins ivres et des pleurs d'enfants.

Avant que l'homme ne pénètre dans une maison, un objet tomba de son sac. Robert s'approcha avec précaution et se pencha pour le ramasser.

C'était une chaussure noire. Une chaussure de femme...

Il fronça les sourcils. On aurait dit une chaussure de Mme Brown. Avait-elle poussé ce cri étranglé ?

Il se raidit en entendant un bruit derrière lui, mais il n'eut pas le temps de réagir : il reçut un coup à la tête et s'évanouit.

4

Robert émergea lentement de sa torpeur. Il était allongé sur un lit des plus inconfortable, et son corps entier criait grâce. Parcouru de crampes, il ne sentait ni ses mains ni ses pieds.

Et sa tête... Des démons jouaient au tambour dans son cerveau. Il se jura de ne plus jamais toucher à l'alcool qui l'avait mis dans cet état.

Il resta immobile, respirant avec précaution, dans l'espoir que son vertige s'atténuerait quelque peu. Serrant les dents, il ouvrit un œil, puis les deux. L'obscurité était totale. Où diable se trouvait-il? Jamais son appartement n'avait été aussi sombre. Il essaya de tourner la tête. Aussitôt, une douleur éclata sous son crâne. Il poussa un grognement, puis ferma les yeux afin de ne pas succomber aux vagues de nausée.

Quand son estomac s'apaisa, il inspira profondément, respirant l'odeur salée d'eau de mer et de poisson. Une nouvelle fois, son estomac menaça de se rebeller.

Il rouvrit les yeux. Il ne discernait pas grand-chose, excepté ce qui ressemblait à des cageots empilés. Et il n'était pas couché sur un lit, mais sur un plancher en bois.

Il fronça les sourcils, et une douleur aiguë le poignarda derrière les paupières. Où diantre se trouvait-il ? Il ne reconnaissait pas cet endroit. L'odeur de poisson faisait penser au fleuve, mais comment était-il arrivé jusqu'ici ?

Soudain, tout s'éclaircit dans son esprit.

Il se rappela avoir surpris un cambrioleur qui sortait du jardin d'Austin. Il l'avait suivi jusqu'au port, où il avait ramassé une chaussure...

Il retint son souffle. La chaussure était tombée du sac que portait le voleur, et elle ressemblait à celles de Mme Brown. Ce qui signifiait que le voyou n'avait pas dérobé des chandeliers et de l'argenterie, mais qu'il s'était emparé de Mme Brown !

Une sueur froide le recouvrit en imaginant les horreurs qu'elle avait subies. Elle avait pu être dévalisée, violée, assassinée... Son cadavre jeté dans la Tamise. Il éprouva un moment de panique. Il devait la retrouver, l'aider !

Mon Dieu, pria-t-il, ne me laissez pas arriver trop tard... Pas une nouvelle fois...

Il essaya de se redresser.

Impossible de bouger.

Il était ligoté.

Ses poignets lui faisaient mal, car ils étaient attachés par une corde dans son dos, ce qui expliquait aussi ses épaules meurtries. Ses chevilles étaient également prisonnières. D'ailleurs, des cordes l'entouraient des pieds à la tête.

Quelle guigne ! Il se démena de son mieux et parvint à s'asseoir. Qu'est-ce qui était attaché dans son dos ? On aurait dit le poids mort d'un cadavre...

Son sang se figea dans ses veines. Il tenta de regarder par-dessus son épaule, mais ne vit que du noir. Puis un gémissement retentit derrière lui. Il respira profondément, huma un parfum délicat. C'était sûrement elle. Ils étaient attachés l'un à l'autre, dos contre dos. Or si elle gémissait, c'était qu'elle était en vie.

— Madame Brown ? murmura-t-il. Est-ce que vous m'entendez ?

Une plainte lui répondit.

— Madame Brown ? C'est moi, Robert Jamison. M'entendez-vous ? Je vous en prie, répondez-moi...

Une voix inquiète, pressante, s'infiltra dans le crâne embrumé d'Allie. *Est-ce que vous m'entendez ?* Elle émergea péniblement de l'abîme dans lequel elle était plongée. Elle avait mal partout. Sa tête semblait avoir explosé. Le monde vacillait derrière ses paupières closes, tel un kaléidoscope de couleurs bariolées qui lui retournaient l'estomac. *C'est moi, Robert Jamison. M'entendez-vous ? Je vous en prie, répondez-moi...* Lord Robert ? Il semblait si proche... assez proche pour qu'elle le touche. Elle se força à ouvrir les yeux. Autour d'elle, tout était obscur. La douleur qui lui vrilla le crâne la fit gémir. Où était-elle ? Certainement pas dans sa chambre chez les Bradford. Comment était-elle arrivée jusqu'ici ? Pourquoi avait-elle si mal ? Elle humecta ses lèvres desséchées et fit une grimace. Quel goût atroce...

Les souvenirs refluèrent. Elle avait été agressée dans le jardin par un homme qui l'avait bâillonnée, puis elle avait perdu connaissance. La vérité la frappa de plein fouet : on l'avait enlevée et abandonnée dans cette obscurité puante.

Elle eut si peur qu'elle en eut le souffle coupé. Quand elle réalisa qu'elle était attachée, sa peur faillit se transformer en panique. Qui lui voulait du mal ? Pourquoi ?

— Madame Brown, vous m'entendez ? Je vous en prie, réveillez-vous...

Aussitôt, elle se sentit rassérénée.

— Lord Robert ? Où êtes-vous ? demanda-t-elle d'une voix rauque.

— Dieu merci, vous êtes réveillée. Je suis juste derrière vous. Nous sommes attachés l'un à l'autre.

— Où sommes-nous ?

— Je crois que nous sommes près du port. Peut-être dans un hangar.

Elle le sentit qui s'agitait. La forme chaude et solide qui se pressait contre elle était donc son dos.

— Comment sommes-nous arrivés ici ?

— Quand je suis revenu chercher ma canne, j'ai vu quelqu'un quitter le jardin d'Austin avec un sac. Je l'ai suivi, espérant récupérer les objets volés. Je ne pouvais pas deviner qu'on vous avait enlevée ! Puis j'ai reçu un coup sur la tête, et nous voici. (Il bougea légèrement.) J'ai beaucoup de questions à vous poser, madame, mais elles attendront. Nous devons nous enfuir au plus vite. Êtes-vous blessée ?

— Je n'ai rien de cassé, il me semble. Et vous ?

— À en juger par mon mal de tête, je parie que j'ai une bosse énorme sur le crâne, mais autrement, tout va bien. Les cordes sont solides. Je ne parviens pas à les faire bouger. En plus, je ne sens plus mes doigts. Et les vôtres ?

Elle agita ses doigts et frôla les siens.

— Ils sont un peu engourdis, c'est tout.

— Tant mieux. J'ai un poignard dans ma botte.

— Pouvez-vous le saisir ? s'enquit-elle, pleine d'espoir.

— Je vais essayer, mais nous devrons faire quelques contorsions.

— Dites-moi comment je peux vous aider.

— Je serai aussi doux que possible, s'inquiéta-t-il.

— Lord Robert, je vous remercie pour votre délicatesse, mais je ne suis pas une fleur fragile, ni une femme qui s'évanouit pour un oui ou pour un non. C'est une question de vie ou de mort. Je suis aussi pressée que vous de quitter cet endroit. Faites ce que vous devez faire. Je vous aiderai de mon mieux.

— Très bien. À trois, je vais me pencher en avant et retirer le poignard avec mes dents. Je vous demande de vous pencher en arrière, puis de garder une pression constante sur mon dos. Vous êtes prête ?

— Oui.

— Un, deux, trois !

Elle se pencha en arrière, arquant son dos pour aider lord Robert. La position était inconfortable, mais elle retint son souffle, craignant de remuer et de le déranger. Quelques secondes plus tard, elle entendit le frôlement d'un métal qu'on dégaine, puis un bruit étouffé.

— Ça a marché, grogna-t-il. Je l'ai laissé tomber à côté de moi. Je ne peux pas me servir de mes mains, alors nous devons bouger pour que vous attrapiez le poignard. Ensuite, il ne vous restera plus qu'à trancher les cordes.

— Sans nous amputer les doigts, je présume ?

— Ce serait préférable, en effet.

— Je serai aussi douce que possible, dit-elle d'un ton ironique.

Elle sentit qu'il tournait la tête, et elle tourna la sienne également. Elle distingua son profil, et ses dents blanches brillèrent un court instant dans la pénombre : il avait souri.

— Pliez vos genoux, prenez appui sur vos talons et appuyez-vous sur mon dos, tout en déplaçant votre... euh... séant. Je vais faire la même chose. Nous avancerons de quelques centimètres à la fois. Vous comprenez ?

— Parfaitement.

— À trois, nous bougerons vers ma droite, votre gauche.

Il compta, et elle prit appui sur ses talons. Aussitôt, une écharde se planta dans son pied et elle serra les dents pour ne pas crier. Elle avait dû perdre sa chaussure.

— Un problème ? demanda-t-il.

— Non.

Elle réussit à se déplacer de quelques centimètres.

— Parfait, dit-il. Encore un peu plus sur votre gauche, et le poignard se trouvera directement sous vos doigts.

Bientôt, Allie sentit la lame.

— Je l'ai, annonça-t-elle.

— Prenez-le par le manche et faites attention de ne pas vous couper. La lame est tranchante.

Elle tâtonna quelques instants avant de réussir à s'emparer du manche.

— C'est fait ! s'exclama-t-elle d'un air triomphant.

— Bravo. Maintenant, il suffit de trancher les liens et nous serons libres.

Soudain, des voix masculines retentirent, étouffées. Elle se figea, effrayée.

— Dépêchez-vous, chuchota lord Robert. Je ne sais pas si c'est notre homme, et je préfère ne pas le savoir.

Concentrée sur sa tâche, Allie priait pour ne pas les blesser. Elle avait du mal à trancher les liens, et elle serra les dents pour ne pas hurler d'agacement. Elle tendait l'oreille, à l'écoute des voix, mais elle n'entendait que sa respiration haletante et les battements de son cœur.

Reste calme. Respire… se répétait-elle afin de ne pas paniquer.

— C'est déjà plus lâche, dit-il d'un ton sec. Continuez. Nous y sommes presque.

Encouragée, elle continua son travail. Un liquide chaud coula sur ses doigts, rendant le manche glissant. Elle respira une odeur métallique. Du sang ? Seigneur ! À qui était-il ? À lui ? À elle ?

N'y pense pas ! se gronda-t-elle. Ce n'est qu'une égratignure. Continue ! Tu as presque fini.

Et soudain elle fut libre. La corde glissa de ses poignets. Elle réprima un sanglot. Elle essuya ses doigts humides et le manche du poignard sur sa jupe, puis elle trancha les cordes qui leur enserraient le torse. Dès qu'elle fut libérée, elle s'attaqua aux liens qui emprisonnaient les poignets de lord Robert. Aussitôt, il poussa un grognement et rabattit ses bras sur sa poitrine.

La jeune femme se dépêcha de libérer leurs chevilles. Accroupie devant lui, elle scruta son visage. Il fit une grimace en tentant de remuer les doigts.

— Comment ça va ? s'inquiéta-t-elle.

— Je ne sens rien. Mes jambes sont ankylosées, elles aussi.

— Laissez-moi vous aider.

Elle reposa le poignard et examina rapidement les mains de son compagnon.

— Pas de blessure, dit-elle, soulagée.

Puis elle les massa. Il avait de grandes mains aux doigts longs. Elle fut étonnée d'y trouver des callosités. Les paumes d'un gentleman auraient dû être plus douces.

Il gémit doucement.

— Je commence à retrouver des sensations, dans mes jambes aussi. Nous ferions mieux de partir, à présent. Est-ce que vous pouvez… ?

Le grincement de la porte le coupa au milieu de sa phrase. Allie leva les yeux vers lui. Il posa un doigt sur ses lèvres, lui indiquant de se taire. Elle hocha la tête. Des pas lourds retentirent.

Il l'aida à se relever, lui adressa un regard interrogateur. Elle refréna l'envie de taper des pieds pour faire circuler le sang dans ses veines. Les pas se rapprochaient.

Il se pencha pour ramasser le poignard. Puis il lui saisit la main et l'attira à lui. Plaquée contre son corps, un élan de chaleur la parcourut.

— Ne lâchez pas ma main, lui murmura-t-il dans le creux de l'oreille.

Il l'entraîna plus loin parmi les cageots. Les pas s'arrêtèrent. Allie fit une grimace: le froissement de sa jupe lui semblait affreusement bruyant. Son unique chaussure l'empêchait de marcher normalement. Elle la retira et la fourra dans sa poche.

Lord Robert continua à avancer, longeant les piles de cageots dans l'obscurité la plus complète. Les pas reprirent. Il s'immobilisa, la tint serrée contre lui. D'un bras, il lui encercla la taille, de l'autre il retint sa tête contre son torse pour la protéger.

Elle entendait le cœur de son compagnon battre fort. Son haleine lui frôlait la tempe à chaque respiration. Elle respira son parfum viril et musqué.

Les pas se rapprochaient de plus en plus. Seigneur, était-ce son agresseur? Que ferait-il en constatant qu'ils avaient disparu? S'il essayait de la kidnapper à nouveau, elle se battrait comme un beau diable. Elle glissa une main dans sa poche et saisit sa chaussure. Ce serait une arme bien futile, mais c'était tout ce qu'elle avait.

Puis, comme par miracle, les pas se mirent à s'éloigner. Ce n'était pas le ravisseur. Peut-être un gardien? Ils écoutèrent le grincement de la porte sur ses gonds, et enfin le silence retomba.

Les genoux d'Allie fléchirent. Le long soupir de soulagement de lord Robert agita ses cheveux. Ses bras se serrèrent autour d'elle. Un court instant, elle fut intensément consciente de son corps viril pressé contre le sien, de ses doigts mêlés à ses cheveux.

Il la relâcha, attrapa sa main et l'entraîna en silence. L'écharde s'enfonça encore plus profondément dans son talon, mais elle ne se plaignit pas. C'était un moindre mal.

Ils atteignirent une haute porte en bois. Robert l'entrouvrit. Allie sursauta quand les gonds grincèrent comme un animal blessé. Il jeta un coup d'œil dehors.

— C'est une ruelle. J'ai une vague idée de l'endroit où nous sommes. Nous devons rejoindre un quartier plus animé où nous trouverons un fiacre. Ne vous en faites pas, ajouta-t-il en lui pressant la main pour la rassurer.

— Je n'ai pas peur. Est-ce que j'ai l'air d'avoir peur ? répliqua-t-elle, alors qu'elle n'avait jamais été aussi effrayée de sa vie.

— Je ne sais pas. Il fait trop sombre pour voir... Quoi qu'il arrive, ne lâchez pas ma main.

Il se faufila à l'extérieur. Allie songea qu'elle ne le lâcherait pas, même si sa vie en dépendait.

Lorsqu'ils atteignirent le bout de la ruelle, Robert regarda à droite et à gauche. Il était à la fois soulagé et inquiet. Ils se trouvaient dans l'un des quartiers les plus malfamés de Londres. Il faudrait un miracle pour qu'ils arrivent chez eux sans être agressés. Serrant le poignard dans sa main, il se prépara au pire.

Restant à l'abri des ombres, il avança le long des maisons, sans lâcher la main de sa compagne. Ils se faufilèrent parmi les ruelles infestées de rats et de détritus, aux relents de saleté et de misère. Parfois éclatait un cri de femme. Des voix rauques d'ivrognes perçaient la nuit. Il s'attendait à ce que

Mme Brown pousse des cris d'horreur ou s'évanouisse, mais elle le suivait sans un mot.

Encore deux tournants, et elle serait en sécurité, songea-t-il. Il ne faillirait pas à son devoir. Pas comme avec Nate...

Ils débouchèrent dans une rue. Un fiacre était arrêté sous un lampadaire.

Le cocher et le cheval s'étaient assoupis, mais ils se réveillèrent à leur approche. Robert aida sa compagne à monter dans la voiture et donna l'adresse au cocher.

Quand il s'assit en face d'elle, il put enfin respirer librement. Ils étaient sains et saufs. Il n'avait pas failli à sa tâche.

Mais il tenait absolument à savoir pourquoi il s'était retrouvé ligoté avec Mme Brown, dans un hangar au bord du fleuve. Il passa une main dans ses cheveux et fit une grimace en sentant la bosse.

— Comment allez-vous ? demanda-t-elle d'une voix douce.

— Et vous ?

Lorsqu'ils passèrent près d'un lampadaire, il put l'examiner. Dans le visage blême, ses grands yeux lui semblaient immenses. Elle leva une main pour repousser une mèche de cheveux, et Robert sursauta.

La main de la jeune femme était couverte de sang.

5

Il avait toujours détesté la vue du sang, même enfant. À l'âge de six ans, il s'était coupé le pied sur un rocher. En voyant le sang couler de la blessure, il avait failli s'évanouir, mais il s'était retenu parce que ses frères se seraient moqués de lui, s'il était tombé dans les pommes comme une fille.

La main de Mme Brown laissa une traînée rougeâtre sur sa joue.

— Vous êtes blessée, dit-il d'une voix étranglée.

Pourquoi n'avait-il pas senti le sang sur sa main ? Avait-il aggravé sa blessure en l'entraînant ? Mais non, se rassura-t-il. C'était sa main droite qui était blessée, alors qu'il l'avait tenue par la gauche.

Il se pencha en avant et lui retourna les avant-bras avec précaution. En dépit de la faible luminosité, il voyait que la corde avait éraflé ses poignets. De méchantes petites coupures ornaient ses doigts et ses paumes, mais il s'inquiéta surtout de l'estafilade qui entaillait sa main droite. Une goutte de sang glissa par terre.

— Il faut panser ces blessures sans attendre, décréta-t-il.

Il leur faudrait au moins une demi-heure pour parcourir le dédale de ruelles et atteindre la maison d'Austin. Son appartement était encore plus éloigné. Impossible de la faire patienter si longtemps sans soins ! Seigneur, cette femme ne s'était pas plainte une seule fois, alors qu'elle devait souffrir le martyre. Saisi de compassion, il eut envie de la prendre sur ses genoux et de la réconforter comme une enfant. D'ailleurs, elle ressemblait à une petite fille malheureuse.

Brusquement, une idée lui traversa l'esprit. Il indiqua au cocher le changement d'adresse.

— Vous aurez un bon pourboire si nous y sommes en cinq minutes ! cria-t-il.

Aussitôt le fiacre accéléra, et il retomba sur la banquette.

— Où allons-nous ? s'étonna-t-elle.

— Chez l'un de mes amis qui habite près d'ici. Il faut soigner ces blessures sans tarder. (Il retira son mouchoir de sa poche et se mit à lui tamponner les paumes.) Je suis désolé. Vous devez avoir affreusement mal…

Son cœur se serra quand il vit sa lèvre inférieure trembler.

— À vrai dire, mes mains me font moins mal que mes pieds.

— Vos pieds ? répéta-t-il en baissant les yeux, mais il ne distingua que la jupe noire.

— Comme j'avais perdu une chaussure, je n'arrivais pas à courir. J'ai donc retiré l'autre, mais mes bas ne m'ont pas beaucoup protégée.

— Mon Dieu… Montrez-moi.

Elle hésita une seconde, avant de lever un pied. Il saisit doucement la cheville à travers l'étoffe de la jupe. Elle retint son souffle.

— Pardonnez-moi, dit-il en écartant le tissu pour l'examiner.

Il étouffa un juron. Le bas était déchiré. Son pied était recouvert de saleté, de boue, et de Dieu sait quoi encore. Elle gémit. Les yeux clos, les lèvres pincées, elle souffrait en silence.

— Ce vaurien payera cher pour son crime, je vous donne ma parole d'honneur ! gronda-t-il.

Elle allait lui répondre, quand le cocher immobilisa le fiacre. Robert vérifia qu'ils étaient bien arrivés à destination.

— Ne bougez pas, ordonna-t-il.

Il descendit et donna deux pièces d'or au cocher.

— Ne partez pas avant que nous ne soyons dans la maison, dit-il, puis il se pencha vers l'intérieur de la voiture. Je vais vous porter.

— Mais...

— Vos blessures doivent être soignées, et je ne veux pas courir le risque que vous les aggraviez. Mon ami Michael Evers habite ici. C'est un homme compétent et discret. Je sais que ceci sort de l'ordinaire, mais avouez que notre mésaventure n'est pas courante.

Il se demanda à quoi elle pensait. Pourvu qu'elle ne se laisse pas emporter par un sens de la bienséance mal placé. Pas après avoir été ligotés l'un à l'autre...

— Très bien, se résigna-t-elle.

Il glissa un bras sous ses genoux et l'autre autour de sa taille.

— Mettez vos bras autour de mon cou.

Elle obéit.

Il gravit les marches qui menaient à la porte d'entrée de la modeste maison. Comme la jeune femme lui semblait douce et fragile... Quand elle gémit, puis inclina la tête sur son épaule, il éprouva un pincement au cœur.

— Tenez bon, murmura-t-il.

Il cogna contre la porte avec sa botte, priant pour que Michael fût chez lui. Une silhouette s'encadra dans l'œilleton grillagé.

— C'est quoi, ce raffut ? lança une voix à l'accent irlandais. Qu'est-ce que vous me voulez ?

— Michael, c'est moi, Robert. Ouvre la porte, je t'en prie…

Aussitôt, une clé tourna dans la serrure.

— Que diable, Jamison… ?

Robert le repoussa dans l'entrée.

— Elle est blessée.

Michael contempla les mains ensanglantées et les pieds nus.

— Est-ce grave ?

— Je ne sais pas. Elle a été enlevée, assommée, ligotée. Les cordes et mon poignard lui ont blessé les mains et les poignets. Elle s'est abîmé les pieds pendant notre évasion.

Michael arqua ses sourcils touffus.

— *Notre ?* répéta-t-il.

— Je t'expliquerai plus tard. Où puis-je la déposer ?

— Emmène-la dans mon bureau. Première porte à droite. Tu y trouveras un feu de cheminée et du cognac. Donne-lui un verre. Je vais chercher ce qu'il faut, je reviens dans une minute.

Dans le bureau, Robert déposa la jeune femme sur le canapé en cuir, près de la cheminée. Elle l'observait d'un air grave. Ses cheveux sombres étaient emmêlés, une mèche était restée collée à sa joue striée de sang. Quand il tendit la main et l'écarta d'un geste tendre, la lèvre inférieure d'Allie trembla. Il lui caressa la joue. Quelque chose traversa son regard. De la peur ? De la douleur ? Il se promit de les chasser.

Il s'agenouilla près d'elle, retira son veston qu'il roula en boule et glissa sous sa tête en guise d'oreiller.

— Comment vous sentez-vous ?

— Décomposée.

Elle leva les mains.

— Ce n'est pas si terrible que cela en a l'air, précisa-t-elle. Les petites coupures saignent toujours abondamment. J'avoue que je n'aime pas trop la vue du sang…

— Vraiment ? Moi, cela ne me dérange en rien, mentit-il. Vous êtes entre de bonnes mains. Je vais vous donner du cognac pour soulager vos douleurs. Puis nous soignerons vos plaies. En un rien de temps, vous serez à nouveau une TMP.

— Une TMP ?

— Très Mauvaise Pianiste.

— C'est l'hôpital qui se moque de la charité, lança-t-elle.

Il lui sourit, songeant que sa peau était aussi douce que du velours. Il se dirigea vers les carafes posées sur une table, se versa deux doigts de liqueur qu'il avala d'une lampée. Une chaleur bienvenue lui parcourut les entrailles. Il prépara la même chose pour la jeune femme.

Il l'aida à boire en lui tenant le verre. À la première gorgée, elle fit une grimace.

— Pouah ! C'est horrible.

— Pas du tout. Je le trouve excellent. Connaissant Michael, il provient probablement de la réserve personnelle de Napoléon.

— Comment est-ce possible ? demanda-t-elle d'un air méfiant.

— Disons que Michael a beaucoup de relations.

— Je fréquente même des fripons comme toi, Jamison ! intervint Michael.

Il entra dans la pièce, les bras chargés de bandages et d'un seau d'eau. Il bougeait comme l'athlète qu'il était, avec une grâce de prédateur.

— Comment vous sentez-vous, mademoiselle... ?

— Mme Brown, dit-elle d'une voix douce. Alberta Brown.

Il inclina la tête.

— Michael Evers. Enchanté de faire votre connaissance. Détendez-vous. Robert et moi allons nous occuper de vos blessures.

Il tendit des linges propres à son ami.

— Je m'occupe des mains et toi des pieds, ordonna-t-il.

Robert comprit que Michael lui confiait la tâche la plus intime. Et la moins ensanglantée. Il versa de l'eau dans deux bassines.

Sans un mot, les deux hommes se mirent au travail. Agenouillé sur le parquet, Robert repoussa la jupe pour dévoiler les chevilles et les pieds. Son ventre se noua. Elle était dans un triste état. Pourvu qu'aucune blessure grave ne se révèle sous la saleté...

Il trempa un linge et entreprit de nettoyer les plantes des pieds. Il n'en revenait pas. Elle avait couru sans se plaindre sur le plancher en bois et sur les cailloux, alors qu'elle avait dû avoir très mal. Elle continuait d'ailleurs à se taire, mais sa bouche pincée et son regard trahissaient sa souffrance.

— Est-ce grave, Michael ? s'enquit-il.

— Les poignets sont sérieusement éraflés. L'entaille sur la paume n'a pas besoin de points de suture, mais elle sera douloureuse pendant quelques jours. Le reste est moins ennuyeux. Les coupures piqueront un peu, mais se refermeront assez vite. Comment vont ses pieds ?

Robert examina le pied délicat, désormais nettoyé. Il le fit tourner avec précaution.

— Des bleus autour de la cheville à cause des cordes. Quelques coupures superficielles. (Puis il examina l'autre pied et fronça les sourcils.) Il y a une belle écharde dans celui-ci.

Allie demeurait allongée sur le canapé, feignant de ne pas être mortifiée que deux hommes – un inconnu et un autre qu'elle connaissait à peine – soient en train de la soigner.

Lorsqu'ils se furent assurés qu'elle n'était pas gravement blessée, Robert raconta brièvement à son ami qu'elle résidait chez les Bradford, qu'il était revenu après le dîner chercher sa canne, et qu'il avait surpris un cambrioleur qui était en réalité un ravisseur.

La jeune femme l'écouta avec gratitude. Ce n'était que maintenant, une fois le danger passé, qu'elle mesurait vraiment ce qu'il avait fait pour elle. Seigneur, que lui serait-il arrivé s'il ne l'avait pas suivie ? Elle frissonna, imaginant le pire. Sans aucun doute, lord Robert lui avait sauvé la vie, au péril de la sienne. Désormais, il allait lui poser des questions, exigeant des explications qu'elle n'était pas prête à lui fournir...

Elle l'observa, penché sur son pied dont il retirait l'écharde avec précaution. Il lui semblait fort, capable, et elle éprouva une bouffée de chaleur. Les cheveux noirs dissimulaient son visage dont elle n'apercevait que la bouche. Ses lèvres étaient serrées car il se concentrait sur sa tâche. Ses gestes doux et tendres provoquaient dans ses jambes une agréable sensation de picotement. Les manches retroussées dévoilaient des avant-bras musclés. Elle ravala une exclamation en découvrant la peau écorchée de ses poignets.

Aussitôt, il leva la tête d'un air anxieux.

— Pardonnez-moi, mais j'ai retiré l'écharde. Vous ai-je fait mal ?

— Non... Je viens seulement de remarquer vos poignets. Vous êtes blessé.

— Ce ne sont que des égratignures. Michael s'occupera de moi quand nous en aurons fini avec vous, ajouta-t-il avec un sourire.

— Et pourquoi ferais-je une chose pareille ? rétorqua Michael, taquin.

— Parce que je suis l'un de tes meilleurs clients. Tu ne peux pas prendre le risque de me perdre.

— Client ? répéta Allie.

— Michael possède le club de boxe le plus coté de la ville. Et c'est sans doute le meilleur boxeur du pays.

Allie étudia Michael Evers, qui lui entourait le poignet d'un bandage. Il avait un visage expressif, des traits rudes, comme taillés dans le granit. Il s'était visiblement cassé le nez à une époque – ce qui n'était guère étonnant, vu sa profession. Une cicatrice entaillait son sourcil gauche, et ses épais cheveux foncés auraient mérité une bonne coupe. Malgré sa puissance physique, il bougeait avec une grâce féline. Avec sa carrure, son accent rauque et sa prédilection pour les jurons, il n'avait rien d'un gentleman, et pourtant c'était un ami de lord Robert...

Au même instant, Michael leva les yeux et la fixa d'un regard noir, perçant. Elle rougit.

— Vous avez eu de la chance que Robert soit revenu chercher sa canne, madame Brown.

— En effet, monsieur Evers...

— Ce qui m'amène à ma première question, interrompit Robert. Comment cet homme s'est-il emparé de vous ? Est-il entré dans la maison ?

Sachant qu'elle n'échapperait pas à un interrogatoire, elle inspira profondément.

— Non, j'étais dans le jardin... Je n'arrivais pas à dormir. J'avais besoin d'air frais.

Leurs regards se croisèrent. C'était comme si un courant les reliait, comme s'ils échangeaient un secret intime. Elle détourna les yeux. Il ne devait surtout pas deviner qu'il avait été la cause de son malaise.

— J'ignore comment les choses se passent en Amérique, madame Brown, dit Michael Evers. Mais c'est dangereux pour une femme de se promener seule, surtout la nuit.

— Je ne commettrai plus cette erreur.

— Ainsi, vous vous promeniez dans le jardin et il s'est emparé de vous, insista Robert.

— Oui. Il m'a attrapée par-derrière. Je n'ai pas vu son visage. J'ai essayé de crier, mais il m'a enfoncé un chiffon dans la bouche. Quelque chose m'a heurté la tête. Quand je me suis réveillée, j'étais ligotée à lord Robert.

— Est-ce que votre ravisseur a laissé entendre pourquoi il vous enlevait ?

— Non.

— Toi qui as des oreilles qui traînent partout, Michael… poursuivit Robert en se tournant vers son ami. Qu'est-ce que tu en penses ? Je sais que Londres est un nid de criminels, mais tout de même, avoir l'audace d'enlever une dame ! En plein Mayfair. Dans la maison d'un duc ! As-tu déjà entendu parler d'une chose pareille ?

— Non. Je me demande si c'était un hasard, ou si quelqu'un de la maisonnée du duc était la cible.

Robert afficha un air sombre.

— Il faut en informer Austin. Je vais lui écrire… (Il secoua la tête.) Non, il vaut mieux que je le lui dise en personne. Elizabeth est en sécurité, et je suis sûr qu'il ne la quitte pas d'une semelle. Il a déjà assez de soucis avec la naissance imminente du bébé. Je ne veux pas l'alarmer davantage.

— Tu as raison, d'autant que la cible choisie était peut-être Mme Brown…

Allie tenta de garder un visage inexpressif.

— Comment serait-ce possible? déclara-t-elle, fière que sa voix ne tremble pas. Personne ne me connaît ici. Je suis arrivée aujourd'hui. Je suis certaine que ce n'était qu'un malheureux concours de circonstances. J'ai été stupide de me promener seule la nuit. Si lord Robert n'était pas intervenu de façon aussi héroïque, j'aurais pu connaître une fin tragique. (Elle croisa son regard.) Je vous remercie. Et vous aussi, monsieur Evers, pour votre aide.

— De rien, grommela Michael.

Il la contempla longuement, et Allie se força à ne pas détourner les yeux. Puis il finit de lui bander les mains, tandis que Robert s'occupait de ses pieds. Allie trouvait le silence pesant. Elle aurait aimé le rompre, mais elle redoutait d'autres questions.

— J'ai fini, annonça M. Evers en se redressant. Vous aurez mal pendant quelques jours, mais vous ne risquez pas d'infection. Il faut changer les pansements une fois par jour. Maintenant, je vais m'occuper de toi, Robert.

En dépit des protestations de son ami, il lui banda aussi les poignets.

— Voilà! Tu survivras. Laissons Mme Brown se remettre de ses émotions. Je vais vous trouver un moyen de transport pour rentrer à la maison.

Les deux hommes quittèrent la pièce, refermant la porte derrière eux. Allie poussa un soupir. Ses mains l'élançaient, ainsi que son talon où s'était plantée l'écharde. Elle avait mal à la tête. Mais, à tout prendre, considérant qu'elle aurait pu être grièvement blessée, elle se sentait bien.

Il n'y avait aucun doute dans son esprit: celui qui l'avait enlevée ne l'avait pas choisie par hasard. Quelqu'un lui voulait du mal, c'était évident. Mais qui ? La seule explication logique était que cette personne était liée à David. Mais que lui voulait-on ? Elle ne possédait rien de valeur. À moins qu'ils ne veuillent tout simplement la tuer ? Un frisson la parcourut. Ils avaient failli réussir, ce soir. Essaieraient-ils une nouvelle fois ?

À cause d'elle, la vie de lord Robert avait été mise en danger. Elle devait le prévenir, mais que dire ? Que quelqu'un, issu du passé sombre de son mari, lui en voulait pour une raison inconnue ? Son ventre se noua. Redoutant la honte et l'humiliation, sans parler du scandale qui entacherait son nom, elle n'avait parlé à personne du passé criminel de David. Ni à sa famille, ni à Elizabeth. Non, elle ne pouvait pas en parler à lord Robert. Elle le connaissait à peine. Les erreurs qu'elle avait commises avec David ne le regardaient pas. Elle refusait de partager ses secrets les plus intimes avec lui.

Intimes…

Elle frémit en se rappelant comment il l'avait serrée contre lui pour la protéger. Elle émit un long soupir, l'un de ces soupirs féminins qu'elle ne s'était pas permis depuis des années. Une douce chaleur l'envahit, attisant une flamme qu'elle avait étouffée depuis la mort de David…

Seigneur, elle perdait la tête ! Comment pouvait-elle se permettre ces pensées concernant lord Robert ? Il possédait les attitudes et les traits de caractère dont elle se méfiait chez un homme. Une bienveillance chaleureuse, taquine, qui incitait à la confiance. Des yeux brûlants qui dissimulaient des secrets, des regards intenses et des caresses qui enflammaient les sens.

Pourtant, ce soir, il avait été à la fois héroïque et attentionné, s'inquiétant pour ses blessures alors qu'il était lui-même blessé. Elle ne s'était pas attendue à découvrir cette facette de sa personnalité. Mais elle ne voulait pas l'admirer. Physiquement, il était déjà trop attirant. Si elle venait à l'apprécier…

L'apprécier ? Impossible. Il s'était bien conduit, et alors ? Même la pire des personnes possédait au moins un trait de caractère louable. Il ne devait pas en compter d'autres. N'avait-il pas trouvé son chemin dans les quartiers les plus malfamés de Londres ? Aucun gentleman digne de ce nom ne s'y serait repéré. Et ses amis ! Ce Michael Evers était louche. Lord Robert ne pouvait que conclure des affaires douteuses avec un boxeur qui fréquentait des gens de basse condition. Leur amitié ne faisait que confirmer ses soupçons : la charmante façade de lord Robert était trompeuse et masquait d'inquiétants secrets.

Dans le vestibule aux boiseries en chêne, Robert regarda Michael passer la tête par la porte d'entrée et siffler trois fois.

— Un homme de confiance va vous ramener à la maison.

— Merci, Michael. Je te dois une fière chandelle.

— Tu m'en dois plusieurs, et je ne manquerai pas de te le rappeler.

— J'ai encore une faveur à te demander. Je suis très inquiet à cause de ce qui s'est passé ce soir. Quand je pense à ce qui aurait pu arriver à Mme Brown… J'ai du mal à concevoir qu'on ait voulu s'en prendre à quelqu'un de la maisonnée d'Austin, mais je doute que cet enlèvement soit dû au hasard.

Michael croisa les bras et lui jeta un regard indéchiffrable.

— Pourquoi auraient-ils visé Mme Brown ?

— Je n'en sais rien. Mais son attitude m'intrigue. Elle a peur de quelque chose. Et elle cache des secrets. Je l'ai deviné dès que je l'ai accueillie à sa descente du navire. Cet après-midi, elle est allée rendre visite à un antiquaire, alors qu'une autre dame se serait reposée après un tel voyage.

— C'est une démarche plutôt innocente.

— Oui, mais quand je l'ai interrogée, elle a été évasive. Elle prétend qu'elle a des affaires à régler concernant son mari décédé – ce qui ne me regarde pas, bien entendu, mais elle est anormalement cachottière.

Il se passa la main dans les cheveux, fit une grimace en sentant la bosse sur son crâne.

— À moins que je me fasse des idées. À force de côtoyer Caroline et Elizabeth qui sont bavardes comme des pies, je ne suis plus habitué à une retenue somme toute naturelle.

— Quand son mari est-il mort ?

— Il y a trois ans.

— Et elle porte toujours le deuil ? s'étonna Michael.

— Elle est dévouée à son souvenir, répliqua Robert, curieusement amer.

— Mais elle t'intéresse tout de même. Je parie que ce mystère autour d'elle ne fait qu'attiser ta curiosité...

— Elle ne m'intéresse pas, s'offusqua Robert. Je m'inquiète pour elle, c'est tout. Elle est sous ma responsabilité jusqu'à ce que je la dépose, saine et sauve, à Bradford Hall. Tu imagines les réactions de ma famille, s'il lui arrivait malheur ?

— Bien sûr, c'est la seule chose qui te préoccupe, ironisa Michael. Que désires-tu comme autre faveur ?

— Garde les yeux ouverts. Tu as des contacts dans toute la ville. Si jamais tu entends parler de l'enlèvement de ce soir...

— Je t'en informerai aussitôt.

Trois coups de sifflet retentirent au-dehors.

— Votre véhicule est avancé, annonça Michael. Dois-je porter la ravissante Mme Brown jusqu'à la calèche ?

Robert se raidit en imaginant les bras puissants de Michael enserrant la *ravissante* Mme Brown.

— Non merci, dit-il froidement. Je peux me débrouiller seul.

Son ami sourit.

— Je n'en suis pas certain, mais ce sera amusant de te regarder faire...

Allie passa les vingt minutes de trajet jusqu'à la maison des Bradford, à regarder fixement par la fenêtre pour tenter d'ignorer son compagnon.

En vain.

Jamais un homme ne l'avait autant impressionnée. Mais elle était vexée, car lui semblait parfaitement capable de l'ignorer. Par deux fois, elle lui avait jeté un coup d'œil furtif et l'avait trouvé absorbé dans ses pensées.

Elle l'entendait respirer, imaginant son torse se soulevant à chaque inspiration. Elle sentait le parfum d'amidon qui se dégageait de ses vêtements, percevait la chaleur de son corps. Repensant à la sensation de ce corps pressé contre le sien, elle ferma les yeux pour en chasser le souvenir.

Lorsqu'ils stoppèrent devant la maison, elle se retint de sauter de joie. Jusqu'à ce qu'il lui annonce qu'il allait la porter à l'intérieur.

— Pas question, rétorqua-t-elle. Que penseraient les domestiques d'Elizabeth ?

— Ils dorment tous. Et même si ce n'était pas le cas, vous n'avez pas de chaussures.

Elle ouvrit la bouche pour protester, mais il posa un doigt sur ses lèvres.

— Il est quatre heures du matin. Les domestiques ne sont pas encore levés, et les voisins ne sont pas rentrés de leurs diverses festivités. Personne ne vous verra.

Sans ajouter un mot, il glissa les bras autour d'elle et la souleva.

Elle resta rigide, refusant d'admettre même une seconde que ce contact était réconfortant. Agréable. Excitant.

Non, c'était désagréable. Gênant. Dès qu'il la relâcherait, elle se promettait de ne plus jamais le laisser la toucher.

Ouvrant la porte, il entra avec elle dans le vestibule et referma le battant avec sa hanche. Puis il gravit l'escalier, avança le long du corridor, avant de la placer doucement sur ses pieds devant la porte de sa chambre.

— Dois-je appeler une femme de chambre pour vous aider à vous déshabiller ?

Seigneur, il n'était même pas essoufflé, alors qu'elle était hors d'haleine.

— Non merci, je peux me débrouiller.

— Dans ce cas, je vous laisse. Je viendrai vous voir dans la matinée, après ma visite chez un magistrat. Je lui expliquerai les mésaventures de cette nuit.

Pour une fois, il affichait un air sérieux. Elle se dit qu'elle le préférait taquin : son sourire faisait palpiter son cœur, mais cette intensité la troublait.

La bouche sèche, elle s'aperçut qu'elle ne pouvait détourner les yeux.

— Je suis content que vous alliez bien, murmura-t-il d'une voix rauque.

— Oui, souffla-t-elle. Moi aussi, je suis heureuse que vous n'ayez rien de grave...

Il regarda les lèvres d'Allie. Un court instant, elle crut qu'il allait l'embrasser. Elle demeura pétrifiée, affolée qu'il le fasse – et affolée qu'il ne le fasse pas.

Puis il sourit.

— Nous avons eu une drôle d'aventure. La plupart des femmes que je connais préfèrent l'opéra ou les boutiques. Je dois dire que vous avez été habile avec mon poignard. (Il agita ses doigts.) Il n'en manque pas un seul.

Elle lui rendit son sourire.

— Je vous suis très reconnaissante.

— Ce fut un plaisir, madame, dit-il en s'inclinant. C'est une soirée dont je me souviendrai longtemps, ajouta-t-il, le regard coquin. Mais vous ne devez plus sortir seule. Il y a des hommes dangereux dans les parages.

Comme si elle ne le savait pas ! Le plus dangereux d'entre eux se tenait devant elle.

— Bonne nuit, madame Brown.

— Bonne nuit.

Elle entra dans la chambre, referma la porte et inspira profondément. C'était la première fois qu'elle respirait vraiment depuis des heures. Il était parti. Elle aurait dû se sentir soulagée, heureuse... Alors pourquoi se sentait-elle abandonnée ?

Abandonnée ? C'était absurde ! Elle était seulement fatiguée ; elle avait besoin de dormir. La journée avait été éprouvante.

Elle s'approcha du lit, pressée de retirer sa robe sale et de se glisser entre les draps. À mi-chemin, elle s'arrêta.

La porte de l'armoire était entrouverte. Elle l'avait pourtant laissée fermée, non ?

Lentement, elle examina la chambre. Les oreillers semblaient froissés. Et là, sur la commode, n'avait-elle pas posé son flacon de parfum dans le coin droit ?

Elle inspecta l'armoire, puis la commode. Il ne manquait rien. L'une des domestiques aurait-elle déplacé le flacon et laissé la porte ouverte lorsqu'elle était venue ranger la chambre ? Elle appuya les doigts contre ses tempes, essayant de se raisonner. À moins qu'elle n'ait été négligente. Vu son état d'esprit, c'était fort possible…

Or, le sentiment de malaise ne la quittait pas : quelqu'un avait fouillé dans ses affaires, elle en était persuadée.

6

Le lendemain, vers midi, Allie terminait un petit-déjeuner tardif d'œufs au jambon et de fines tranches de faisan. Le copieux repas, une bonne nuit de sommeil et un bain chaud l'avaient requinquée. Ses poignets et ses pieds la picotaient encore, mais elle se sentait beaucoup mieux.

Alors que le valet lui servait une deuxième tasse de café, Carters pénétra dans la pièce.

— Un message pour vous, madame Brown, dit-il en lui présentant un plateau en argent. Le messager n'attend pas de réponse.

Allie prit la missive. Était-elle d'Elizabeth ? Elle rompit le sceau en cire et déplia la feuille.

Madame Brown,

J'ai trouvé l'origine des armoiries comme vous me l'aviez demandé. Elles appartiennent à la famille du duc de Shelbourne. Le titre remonte au XVI*e siècle, quand le premier duc a reçu le titre et la propriété en remerciement pour services rendus à la Couronne. Votre amie la duchesse de Bradford et son époux connaissent sûrement le duc actuel, Geoffrey Hadmore.*

J'espère que ces renseignements vous satisferont. Je vous remercie pour votre confiance et pour la recommandation de madame la duchesse. Veuillez

me faire savoir si je puis à nouveau vous être utile.
Bien à vous,
Charles Fitzmoreland

Allie relut la lettre, le cœur battant. La fin de sa quête approchait. Avec un peu de chance, elle rendrait bientôt les derniers biens volés par David à leur propriétaire légitime, mettant ainsi un point final à ce chapitre humiliant de sa vie.

Il ne lui restait plus qu'à trouver le duc de Shelbourne.

— Bonjour, madame Brown.

Elle leva la tête. Lord Robert s'encadrait dans l'embrasure de la porte. Avec ses pantalons beiges ajustés et sa redingote marron foncé, il était l'image même du gentleman anglais. Et toujours aussi séduisant.

— Bonjour, répondit-elle en glissant la lettre dans la poche de sa robe.

Il s'approcha, se prit le menton, inclina la tête à gauche puis à droite, tel un critique d'art examinant une sculpture.

— C'est bien ce que je pensais. Vous semblez RSP.

Il sourit devant son air interrogateur.

— Remise Sur Pied, précisa-t-il, taquin. Comment vous sentez-vous ?

— Tout à fait RSP, s'amusa-t-elle. La tête, les mains, les pieds – ils me font à peine mal. Et vous ?

— Je vais beaucoup mieux que la dernière fois où vous m'avez vu. C'est incroyable comme quelques heures de sommeil, un bon petit-déjeuner et une conversation avec un magistrat peuvent ragaillardir un homme.

— Qu'a-t-il dit ?

— Il a trouvé le cas fort étonnant, poursuivit Robert en se servant une portion d'œufs au jambon. Il m'a promis de rechercher le coupable, mais il doute qu'on lui mette la main dessus. À moins, bien entendu, qu'il ne recommence. (Il lui jeta un regard perçant.) Ce qu'il ne fera pas puisqu'il n'y aura personne à enlever, vu que le jardin sera vide… N'est-ce pas ?

Elle hocha la tête.

— Parfait, approuva-t-il. Et maintenant, parlons de vos projets pour aujourd'hui… Un carrosse se tient à votre disposition. Je suis moi aussi à votre disposition pour vous accompagner en ville, afin de visiter les magasins ou de vous aider… comme vous le désirez.

Elle effleura d'un doigt la lettre de M. Fitzmoreland.

— Vous pouvez peut-être m'aider. Connaissez-vous le duc de Shelbourne ?

Étonné, il marqua un temps avant de répondre.

— Je le connais, en effet.

Il l'observait avec une expression si étrange qu'elle se demanda s'il était brouillé avec le duc.

— Savez-vous où il habite ?

Il reposa sa fourchette. Il semblait sur ses gardes.

— Sa propriété se trouve en Cornouailles.

— Est-ce loin d'ici ?

— Très loin. Au moins à une semaine de voyage.

Quand Robert vit son air dépité, une douzaine de questions se pressèrent dans son esprit. Pourquoi diable s'intéressait-elle à Geoffrey Hadmore ? Comment connaissait-elle même son existence ?

— Il possède également une maison en ville.

— Croyez-vous qu'il soit à Londres en ce moment ? demanda-t-elle, reprenant espoir.

— C'est fort probable. Il déteste la campagne. Pourquoi voulez-vous le savoir ?

Lorsqu'elle se pencha en avant, il respira son délicieux parfum fleuri. Elle ne souriait pas, mais il ne l'avait jamais vue aussi animée. Il en conçut une certaine irritation. Pourquoi diantre se réjouissait-elle à la pensée que Shelbourne fût en ville ?

— J'aimerais le rencontrer aussi vite que possible. Pouvez-vous nous présenter ?

Il s'adossa à sa chaise. C'était à peine croyable. Elle voulait parler à l'un des pires gredins de Londres. Mon Dieu, Elizabeth lui tordrait le cou ! Son estomac se noua à la pensée de la jolie veuve rencontrant ce célibataire séduisant. Il ne connaissait pas bien Shelbourne, mais sa réputation avec les femmes n'était pas à faire. Il les charmait, en faisait ses maîtresses, puis les rejetait avec dédain. Robert était certain que la belle Mme Brown susciterait son intérêt.

Comme elle a suscité le tien... lui chuchota une petite voix.

Il fit un effort pour se concentrer. Pourquoi voulait-elle rencontrer ce libertin ? Était-elle déjà au courant de sa réputation ? Envisageait-elle une liaison avec lui ?

Il serra les poings.

— J'ignorais que vous connaissiez quelqu'un en Angleterre, hormis Elizabeth. Où avez-vous entendu parler de Shelbourne ?

— Il... il connaissait mon mari.

Il se détendit, irrité par ses propres soupçons. Elle souhaitait seulement rencontrer une connaissance de son mari. C'était compréhensible. S'il l'accompagnait, Shelbourne ne commettrait pas d'impair.

— Je vais faire déposer un mot à sa résidence, demandant une audience. S'il est en ville, je vous accompagnerai.

Aussitôt, le visage de la jeune femme se ferma.

— Merci. Je vous serai reconnaissante d'envoyer un mot, mais je n'ai pas besoin d'être accompagnée.

Il éprouva un élan de jalousie d'autant plus fort qu'elle rougissait. Il se força à sourire.

— Je crains de devoir insister. Le protocole anglais est parfois fastidieux, vous savez.

Elle fronça les sourcils et se mordilla la lèvre inférieure. Elle ne voulait pas de sa présence, mais hésitait à défier les convenances.

— Très bien. Vous pourrez m'accompagner.

— Comme c'est gentil à vous, ironisa-t-il.

— Je vous laisse écrire au duc.

— Je n'écris que rarement dans une salle à manger. Il n'y a rien de pire que des traces d'œuf sur une lettre. Dès que j'aurai fini mon repas, je rédigerai ce mot.

Elle rougit davantage.

— Pardonnez-moi. Je suis seulement pressée de…

Au grand regret de Robert, elle s'interrompit. Il aurait aimé entendre la fin de sa phrase. Pourquoi était-elle pressée ?

— Moi aussi, j'ai des lettres à écrire, reprit-elle. Je vous souhaite donc une bonne journée, monsieur.

Elle quitta la pièce sans lui offrir l'occasion de répondre. Visiblement, elle lui donnait congé jusqu'à ce qu'il obtienne une réponse de Shelbourne. Sans la mésaventure de la veille, il l'aurait probablement laissée tranquille. N'avait-il pas prévu de rendre visite à son notaire ?

Mais, depuis la veille, ses plans avaient changé. Il irait voir son notaire un autre jour. Jusqu'à ce qu'il l'ait déposée saine et sauve à Bradford Hall, il avait l'intention de la surveiller de près.

Il avait prétendu que quelques heures de sommeil l'avaient remis d'aplomb, mais il avait menti : son sommeil avait été très agité.

Dès qu'il s'était allongé sur son lit, ses pensées s'étaient tournées vers elle. La douceur de son corps pressé contre le sien. Son parfum ensorcelant. Son regard, à la fois effrayé et déterminé, qui l'intriguait et forçait l'admiration... Il y avait aussi autre chose, un sentiment tendre qui l'emplissait comme du miel. Et quelque chose de brûlant qui le rendait impatient.

Quand il s'était enfin endormi, elle était venue à lui dans ses rêves. Elle s'était déshabillée et lui avait fait signe de la rejoindre. Il avait tendu les bras vers elle mais, avant de pouvoir la saisir, elle s'était évanouie, telle une écharpe de fumée.

Il s'était réveillé avec un sentiment de solitude et d'abandon. Et diablement excité.

Geoffrey Hadmore arpentait son bureau. Le soleil de l'après-midi dessinait un trait de lumière sur le tapis persan, faisant danser les grains de poussière. Il regarda la pendule posée sur la cheminée. Une heure et demie.

Où diable était passé Redfern ? Pourquoi n'avait-il pas donné de ses nouvelles ? Il n'y avait qu'une raison possible : le misérable avait encore failli à sa tâche.

À moins qu'il n'ait eu l'intention de me rouler ? songea-t-il.

Il serra les poings de colère. Redfern n'était tout de même pas aussi stupide. Non, ce n'était pas une lumière, mais il n'était pas non plus un imbécile. Il savait qu'il ne fallait pas se mettre à dos un homme comme lui. Et si jamais il lui venait cette mauvaise idée... ce serait la dernière de sa vie.

Geoffrey se pencha et caressa le poil soyeux de Thorndyke. Le chien leva son immense tête.

— Ah, Thorndyke, si seulement Redfern était aussi fidèle que toi, je ne serais pas dans ce pétrin...

Thorndyke grogna d'un air compatissant. Geoffrey lui caressa la tête une dernière fois, avant de recommencer à arpenter la pièce. Il s'arrêta devant son bureau, saisit un morceau de papier et gribouilla quelques mots. Puis il sortit dans le vestibule et tendit la lettre à son majordome.

— Je veux qu'on dépose ce mot immédiatement, ordonna-t-il en lui donnant l'adresse de Redfern. S'il est chez lui, attendez une réponse. Sinon, laissez la lettre.

— Oui, monsieur le duc.

— Je serai à mon cercle. Le cas échéant, apportez-moi la réponse là-bas.

Redfern contempla la lettre scellée à la cire. Il n'avait pas besoin de la lire pour en deviner la teneur. Il n'avait pas répondu à la personne qui avait tambouriné à sa porte, n'ouvrant pour prendre la lettre qu'après le départ du messager.

L'heure des comptes avait sonné. Il n'avait pas trouvé la bague, et n'avait pas réussi à se débarrasser de Mme Brown. Comment avait-il pu échouer ? Tout avait pourtant si bien commencé. Mme Brown s'était présentée d'elle-même dans le jardin, comme un cadeau, lui évitant de devoir pénétrer dans la maison pour l'enlever. Et il avait réussi sans mal à assommer l'homme dans la rue.

Une fois qu'il les avait ligotés, il était retourné chez les Bradford avec l'intention de trouver la bague, puis de se débarrasser de Mme Brown. Certes, il devrait aussi exécuter l'inconnu. Shelbourne ne voudrait pas d'un témoin. Il avait même eu l'intention de lui réclamer un supplément, pour avoir dû éliminer deux personnes au lieu d'une.

Hélas, il avait cherché la bague pendant une heure, en vain. Il avait paniqué : sans la bague, pas d'argent. Il avait regardé partout, prenant soin de tout remettre à sa place afin qu'on ne soupçonne rien. Il ne lui restait plus qu'à dire au duc que la bague était introuvable... Une perspective peu agréable.

Et que diable devait-il faire de Mme Brown, s'il n'avait pas la bague ? La tuer ? La relâcher ?

Il avait décidé d'y réfléchir en retournant au hangar. Mais quand il était arrivé, il n'avait trouvé que des cordes. Aucun signe de Mme Brown ou de l'homme. Le salaud avait dû avoir une lame sur lui. Quelle malchance ! Jamais il n'avait connu une telle série de calamités. Mais le duc n'écouterait pas ses excuses...

D'une main tremblante, il brisa le sceau et parcourut le court message. Il se mit à transpirer à grosses gouttes. L'ordre était clair : il devait trouver cette bague aujourd'hui. Sinon, il était un homme mort.

Or Lester Redfern n'avait nulle intention de mourir.

Allie quitta sa chambre, tenant à la main la lettre qu'elle venait de rédiger. Elle descendit l'escalier et se dirigea vers la porte d'entrée où elle pensait trouver Carters, mais c'était un jeune valet de pied qui s'y tenait.

— J'aimerais faire déposer une lettre à la résidence du duc de Shelbourne.

— Bien sûr, madame. Je m'en occupe de suite, répondit-il en tendant sa main gantée.

La jeune femme fit une prière pour que le duc fût en ville. Pourvu que lord Robert ait déjà envoyé son mot ! Voilà deux heures qu'elle l'avait laissé dans la salle à manger. Il avait certainement eu le temps de rentrer chez lui écrire sa lettre.

— Y aura-t-il autre chose, madame ? demanda le valet.

— Non, merci.

Elle contempla les deux corridors qui partaient du vestibule. Comment passer le temps en attendant la réponse ? Elle devait s'occuper l'esprit, sinon elle se rongerait les sangs.

— Si vous cherchez lord Robert, il se trouve dans la salle de billard.

— Lord Robert est dans la maison ?

— Oui, madame, acquiesça le valet en lui indiquant le corridor de gauche. Deuxième porte à droite.

— Merci, murmura-t-elle.

Ainsi, il était là. Elle ferait mieux de l'éviter, de fuir ses yeux rieurs et remonter lire dans sa chambre. Son cœur et sa raison le savaient. Mais ses pieds l'entraînèrent vers la salle de billard.

La porte était entrouverte. Elle s'immobilisa dans l'embrasure. Lord Robert lui tournait le dos, étudiant la table de jeu, une queue de billard à la main. Il avait retiré sa redingote, et sa chemise blanche soulignait ses larges épaules. Elle admira la taille fine et les pantalons ajustés. Son regard s'arrêta sur ses fesses. Quoi qu'elle pensât de lui, elle ne pouvait nier que lord Robert était extrêmement bien… proportionné.

Un soupir lui échappa. Il l'entendit et se retourna aussitôt. Au lieu de regarder ses fesses, elle se retrouva contemplant sa…

Décidément, il était très agréablement proportionné. Elle l'avait soupçonné, après leur mésaventure de la veille.

— Nous nous retrouvons, madame Brown…

Sa voix rauque l'arracha à sa stupeur et elle croisa son regard bleu pénétrant. Elle rougit et refréna l'envie de porter ses mains à ses joues enflammées. Si seulement elle avait pu disparaître dans un trou de souris ! Mon Dieu, il avait vu qu'elle le regardait... là.

Elle releva le menton pour se donner du courage.

— Je ne savais pas que vous étiez revenu.

— Revenu ? Mais je ne suis jamais parti.

— Je croyais que vous étiez allé chez vous écrire la lettre, comme vous l'aviez promis.

— Je l'ai écrite et expédiée il y a longtemps. J'ai emprunté du papier à Austin. Je présume que vous avez fini avec votre correspondance ?

— Oui.

— Dans ce cas, que diriez-vous d'une promenade dans le parc ? Il fait très beau, aujourd'hui.

La proposition était tentante, mais elle s'imagina pressée contre lui dans l'espace restreint d'un attelage, respirant son parfum et subissant son regard taquin et son air ensorceleur. C'était hors de question !

— Non, merci. Mais ne gâchez pas votre après-midi pour moi.

Aussitôt, elle se reprocha d'avoir adopté un ton froid. Elle n'avait pas voulu se montrer aussi distante.

Au lieu de s'offusquer, il éclata de rire.

— Je m'amuse en perfectionnant mon jeu. Est-ce que vous jouez ? ajouta-t-il en indiquant la table recouverte de feutrine verte.

— Malheureusement pas.

— Aimeriez-vous apprendre ?

Elle hésita. Elle devait absolument se changer les idées, et elle aimait beaucoup les jeux. La table de billard était assez grande pour pouvoir garder ses distances avec lui. Ce serait beaucoup plus facile que dans un attelage.

— Volontiers.

— C'est un jeu facile. Il n'y a que trois boules – une rouge et deux blanches – et quelques règles. Le reste, c'est de l'entraînement, du talent, et un peu de chance.

Il saisit une autre queue sur un présentoir et la lui tendit.

— Voici une queue de billard, précisa-t-il. Le but du jeu est d'être le premier à marquer le nombre de points que nous aurons fixé au départ.

— Comment marque-t-on les points ?

Il lui expliqua les règles en faisant quelques démonstrations. Le jeu lui parut enfantin.

— D'autres questions ? demanda-t-il.

— Pas encore, mais je suis certaine que je vais en avoir quand nous aurons commencé à jouer.

— Commencez par vous exercer. Voici comment il faut tenir la queue…

Elle imita ses gestes.

— Bien. Et maintenant, préparez votre coup, ramenez la queue vers l'arrière, puis faites-la glisser avec un mouvement doux et régulier.

Il joignit le geste à la parole. La queue heurta une boule blanche, qui frappa à son tour la rouge et la projeta dans la poche au coin de la table.

— Ce coup-là me donnerait trois points pour avoir fait tomber la boule rouge.

Il récupéra celle-ci et la posa sur la table.

— À vous.

Tenant la queue comme il le lui avait montré, elle se pencha vers le billard. Elle visa la boule, mais la manqua. Elle essaya une nouvelle fois, plus déterminée. Cette fois, la boule fut projetée par terre.

— Ô mon Dieu ! s'écria-t-elle. C'est plus difficile que cela n'en a l'air. Je suis désolée. Je ne suis pas très douée…

Un souvenir désagréable lui traversa l'esprit. Elle était assise avec David, dans leur salon. Il avait essayé de lui apprendre à jouer aux échecs, mais il avait rapidement perdu patience en la voyant se tromper.

— Visiblement, le jeu est trop complexe pour toi, Allie, avait-il soupiré.

Inquiète, elle regarda lord Robert. Lui ne semblait pas impatient, mais amusé.

— Ce n'est pas mal pour une première tentative. Bien mieux que moi. J'ai cassé une vitre, cette fois-là ! Austin ne se lasse pas de me le rappeler. Alors je déclare à qui veut l'entendre que c'était à cause de mon pitoyable professeur.

Il ramassa la boule, qu'il posa sur le billard. Puis il contourna la table et vint se placer derrière elle.

— Essayez encore. Je vais vous aider.

Il l'entoura de ses bras et posa les mains sur les siennes.

— Il faut s'habituer à sentir, comme ceci…

Soudain, elle commença à sentir, en effet ! La chaleur du corps pressé contre le sien de l'épaule à la cuisse, ses larges mains sur les siennes…

— Vous serrez la queue trop fort. Détendez-vous.

Se détendre ? Comment était-ce possible, alors que son corps l'enveloppait telle une étoffe, créant un tourbillon de sensations ?

— Laissez glisser votre bras, comme ceci.

Son souffle caressait sa tempe, et des picotements descendaient le long de sa colonne vertébrale. Gardant une main sur la sienne, il lui expliqua le mouvement en faisant bouger son bras. Elle était obsédée par les muscles de lord Robert. Comme il avait retroussé ses manches de chemise, elle détailla ses avant-bras. Une vague de chaleur l'envahit.

Éloigne-toi ! lui cria une voix intérieure. Mais cela faisait si longtemps qu'un homme ne l'avait pas touchée ou tenue dans ses bras. Elle ne pouvait se priver de ce plaisir. Elle ferma les yeux et savoura l'exquise sensation.

Encore une seconde… songea-t-elle. Il est derrière moi, il ne peut pas me voir… il ne saura pas…

Robert levait les yeux, quand un mouvement attira son attention. Là, dans le miroir accroché au mur, il la vit. Encerclée par ses bras, les yeux fermés, les joues empourprées, les lèvres entrouvertes. Elle était belle. Sensuelle.

Il resta pétrifié. Son cœur, sa respiration s'arrêtèrent. Il sentit un délicieux frisson le parcourir.

Ses cheveux soyeux lui chatouillaient la mâchoire. S'il avait bougé la tête de quelques millimètres, il aurait pu lui embrasser la tempe. Mais il n'osa pas. Il était ensorcelé, fasciné par le tableau qu'ils offraient. Son parfum fleuri embaumait.

Le désir le foudroya. Il serra les dents, essayant de maîtriser cette intensité qui l'irradiait. Il n'aurait pas dû ressentir une pareille émotion pour elle. Il la connaissait à peine, et ils vivaient séparés par un océan. Elle portait encore le deuil… Son cœur appartenait à un autre homme.

Un autre homme ? Peut-être. Mais en voyant ses joues empourprées, en sentant sa respiration saccadée, on ne pouvait nier que son corps réagissait à sa présence à lui. Tout à l'heure, quand elle était entrée dans la salle, il avait cru le deviner, mais il s'était dit qu'il rêvait. Or désormais, il en était persuadé : cette intensité qu'ils ressentaient tous les deux n'avait rien d'une aberration. C'en était même effrayant. Et s'il ne s'écartait pas tout de suite, elle saurait très exactement combien elle l'enflammait...

Il la relâcha non sans regret et recula de deux pas, continuant à l'observer dans le miroir. Elle ouvrit lentement les yeux, cligna deux fois. Lorsqu'elle vacilla, il dut serrer les poings pour s'empêcher de la retenir. Elle humecta ses lèvres desséchées, et il retint un grognement de plaisir.

Mais, au même instant, elle se ressaisit. Elle écarquilla les yeux et son dos se raidit. Les jointures de ses doigts blanchirent sur la queue de billard. Sa détresse était évidente. Il se sentit honteux.

Tu n'avais pas à la toucher, ni à respirer le parfum de sa peau, ni à la désirer, songea-t-il.

Dans l'espoir de la mettre à l'aise et de dissiper la tension, il lança d'un ton badin :

— Je crois que vous avez compris, désormais.

Flûte, sa voix était rauque ! Il toussota et s'écarta de quelques pas.

— Essayez une nouvelle fois.

Elle contempla le billard. À quoi pensait-elle ? Était-elle furieuse contre lui ? Devait-il s'excuser ? Il n'avait pas prévu de la toucher...

Menteur ! protesta sa conscience. Il eut honte. Il se mentait rarement à lui-même, et ce n'était pas le moment de commencer. Il avait voulu la toucher. De manière presque désespérée. Et le jeu de billard lui en avait fourni l'occasion. Bon sang, jamais il n'avait autant désiré une femme !

Et alors ? Il suffisait de garder ses distances. Ce n'était pas sorcier. Il inspira profondément, et le parfum de la jeune femme embruma son cerveau. Hélas, il aurait fallu aussi éviter de respirer auprès d'elle. Il serra les dents. Elle était penchée sur la table, et ses lèvres pincées trahissaient sa concentration. Enflammé de désir, il détourna les yeux. Il ne fallait pas non plus la regarder.

Sa décision était prise : il ne la toucherait pas, ne respirerait plus en sa présence, et ne la regarderait plus. Ou du moins, il respirerait le moins possible.

Rasséréné, il se concentra sur le jeu et son rôle de professeur. Il se contenta de lui donner des conseils. Une heure plus tard, elle avait fait tellement de progrès qu'il lui proposa de faire une partie.

— C'est le meilleur moyen de progresser, dit-il.

Après l'avoir regardé réussir un coup particulièrement audacieux, elle déclara :

— Il me semble que vous passez trop de temps à jouer au billard.

Pour la première fois depuis sa résolution, il la regarda en face. Ce fut une erreur. L'humour dansait dans son regard pailleté d'or, et ses lèvres appelaient les baisers. Son cœur se mit à battre la chamade. Il se redressa et prit une expression exagérément hautaine.

— Trop de temps ? C'est le genre de commentaire que ferait un joueur qui perd.

— De combien suis-je en retard ?

— Vous avez marqué douze points. C'est bien, pour une débutante.

— Et vous ?

— Trois cent quarante-deux.

Elle hocha la tête.

— Je n'ai aucun espoir de gagner, n'est-ce pas ?

— Pas cette fois-ci, je le crains. Mais vous avez beaucoup de talent.

— Je suis catastrophique.

— C'est seulement de l'inexpérience.

— De la maladresse.

— Un manque d'expérience, je vous assure.

Elle l'étudia quelques secondes.

— Vous êtes très patient, commenta-t-elle.

Et vous, vous êtes très belle... Il chassa la pensée indésirable et lui sourit.

— Pourquoi semblez-vous aussi surprise ?

Elle rougit.

— Pardonnez-moi. C'est seulement que...

Il attendit qu'elle poursuive, mais elle se contenta de secouer la tête. Elle posa la queue sur la table et s'inclina.

— Vu que trois cent vingt points nous séparent...

— Trois cent trente.

— ... et que mon espoir de gagner est mince...

— Inexistant.

— ... je propose de déclarer la partie nulle.

— C'est fort généreux à vous.

Elle s'empara des trois boules de billard et se mit à jongler.

— Impressionnant, dit-il. Qui vous a appris cela ?

— Mon père. C'était un don très utile pour amuser mes frères et sœur. Un jour, quand Joshua avait quatre ans, il est tombé et s'est écorché les genoux et les coudes. Le pauvre petit avait mal. Je l'ai emmené dehors, et j'ai décidé de le distraire en jonglant avec ce qui me tombait sous la main, en l'occurrence des œufs.

Elle jonglait de plus en plus vite. Il sentit son cœur se serrer. Comme elle était charmante, cette femme vêtue d'une robe de deuil, le visage empourpré de joie, qui jonglait avec des boules de billard...

— Est-ce que votre frère a été satisfait ?

— Enchanté. Surtout quand j'ai raté une passe.

— L'œuf est tombé par terre ?

— Non. Il m'est tombé sur le visage. Le second sur l'épaule, et le troisième sur le crâne.

Il éclata de rire.

— Vous deviez être jolie à voir !

— Joshua se tenait les côtes de rire. Et son hilarité a augmenté quand les œufs ont commencé à sécher. Vous ne pouvez pas vous imaginer comme c'est désagréable d'avoir de l'œuf séché sur le visage.

— Est-ce que vous l'aviez fait exprès ?

Elle haussa une épaule.

— C'était un faible prix à payer pour le faire sourire. Et maintenant, pour clore le spectacle...

Elle lança les boules un peu plus haut, pivota sur elle-même, puis les rattrapa.

— Bravo ! fit-il en applaudissant. Très réussi.

— Merci, mon bon monsieur. C'est exactement ce qu'a dit Joshua à l'époque. (Son regard prit une expression lointaine.) Je m'en souviens comme si c'était hier. Ce fut un moment merveilleux. Une journée heureuse...

Robert l'imagina jeune fille, pleine de joie, taquine, prête à faire tomber des œufs sur sa tête pour distraire un enfant blessé. C'était bien la femme qu'avait dessinée Elizabeth. Où avait-elle disparu ? Et avait-elle disparu à tout jamais ?

Il eut la réponse à cette question lorsqu'elle le regarda et sourit.

Le magnifique sourire s'épanouit sur son visage comme une fleur. On aurait dit le soleil apparaissant derrière les nuages. Il creusa deux petites fossettes de chaque côté de sa bouche, éclaira ses yeux, et donna à ses traits un éclat coquin. C'était, sans aucun doute, le sourire le plus enchanteur qu'il eût jamais vu.

— Vous auriez dû entendre ma mère, reprit-elle.

— Elle a été choquée ?

— Pas du tout ! répliqua-t-elle en riant. Maman avait quatre enfants impossibles. Rien ne pouvait la choquer. Elle n'a même pas cillé. Mais

Mme Yardly, la commère la plus odieuse du village, rendait visite à ma mère ce jour-là. (Elle prit un air hautain et poursuivit d'une voix haut perchée.) « Dans quel état indigne s'est encore mise votre malheureuse fille ! » J'avais envie de rentrer sous terre, mais maman a regardé Mme Yardly comme si elle était devenue folle : « Voyons, Harriet, vous ignorez donc que l'œuf séché sur le visage et dans les cheveux est le secret pour avoir une peau et une chevelure soyeuses ? Vous feriez bien de commencer, aujourd'hui même. À moins, bien sûr, que vous ne teniez à être encore plus ridée ! »

Elle pouffa, la main devant la bouche.

— Ma mère pouvait être assez espiègle.

Il lui sourit, bouleversé par un tourbillon d'émotions diverses.

— Elle semble être une femme merveilleuse. Et qui ressemble à la mienne, dont les haussements de sourcils sont très parlants. C'est un don fantastique, mais assez effrayant. (Il afficha une expression angélique.) Moi, bien sûr, ayant été un enfant parfait, j'ai rarement été la cible de la Duchesse-aux-sourcils. Hélas, mes frères n'ont pas eu cette chance.

Elle le considéra d'un air soupçonneux.

— Je présume que vous me racontez des balivernes, comme dirait lady Gaddlestone.

— Moi ? Jamais de la vie. Pourquoi pensez-vous une chose pareille ?

— À cause de certaines anecdotes que m'a racontées Elizabeth dans ses lettres.

Il fit un geste de la main.

— Il ne faut pas en croire un mot. Elle répète ce que lui dit Austin qui, évidemment, raconte n'importe quoi pour se mettre en valeur.

— Ainsi, vous n'avez pas essayé de faire fuir la

gouvernante de Caroline en plaçant un seau rempli de farine et d'eau au-dessus de la porte de sa chambre ?

— C'est vrai, mais…

— Et vous n'avez pas mis vos frères au défi de nager tout nus dans le lac ?

— « Défi » est un bien grand mot…

— Balivernes ! Je parie que votre pauvre mère a une ride gravée sur le front, à force de hausser les sourcils à cause de vous !

— Votre mère doit avoir la même !

Ils restèrent silencieux quelques instants à se sourire. Robert eut l'impression que quelque chose passait entre eux, comme une connivence.

— Mais je reconnais que lady Gaddlestone avait raison de parler de balivernes, reprit-il. Elle avait aussi raison par ailleurs…

— Comment cela ?

— Elle m'a dit que vous aviez besoin de rire. Que vous étiez beaucoup trop sérieuse.

Aussitôt, l'humour disparut des yeux d'Allie. Il aurait tout donné pour lui caresser la joue et la faire encore sourire. Il voulait absolument retrouver la jeune femme heureuse et insouciante qu'il avait entrevue. Il éprouva un élan de compassion.

— Je sais ce que l'on ressent quand on vous vole votre rire et qu'un poids pèse sur votre cœur, dit-il doucement.

Un éclair de colère enflamma le regard d'Allie.

— Vous ne comprenez pas…

— Si, je comprends…

Il lui prit la main. La mort de Nate le hanterait jusqu'à la fin de ses jours. La seule différence entre leurs deux souffrances, était qu'elle la portait littéralement en revêtant des vêtements de deuil, alors que lui avait appris à dissimuler sa tristesse aux yeux du monde.

Bon sang, elle était jeune ! Et belle. Elle avait connu la même déchirure, le même sentiment de perte que lui. Elle méritait de s'amuser.

Il l'entraîna vers la porte.

— Venez. Il fait trop beau pour rester à l'intérieur. Allons nous promener dans le parc. Il y a quelque chose que j'aimerais vous montrer et qui vous fera plaisir.

Elle hésita.

— Je vous en prie, insista-t-il. C'est l'une des activités favorites de mes neveu et nièces quand ils sont en ville. Elizabeth l'aime beaucoup aussi. Elle m'en voudrait terriblement si je ne vous en faisais pas profiter.

— Qu'est-ce que c'est ?

— Je ne veux pas gâcher la surprise. Faites-moi confiance, ajouta-t-il avec un sourire.

Elle eut une expression bizarre.

— Je vous promets de ne pas tenter de vous soutirer des secrets d'État, madame Brown. Je vous ai proposé une promenade dans le parc, pas un acte de haute trahison.

Elle rougit.

— Bien sûr. Je suis désolée. C'est seulement qu'un instant… vous m'avez rappelé mon mari.

Elle le lui avait déjà dit une fois. Il se sentit plein de compassion, et fier du compliment. C'était un honneur d'être comparé à un homme qu'elle continuait d'adorer.

— Merci. Et maintenant, allons-y !

Assis dans un fauteuil en cuir chez White's, Geoffrey Hadmore sirotait son troisième cognac. En face de lui, le miroir reflétait un calme qu'il était loin de ressentir. Il avait une migraine et la colère le rongeait.

Où diable es-tu, Redfern ? songea-t-il.

Il roula le verre entre ses mains, étudiant les tons ambrés de la liqueur. Un plan s'esquissa dans son cerveau, et il hocha la tête. Sans nouvelles d'ici la fin de la journée, il prendrait lui-même les choses en main.

Lester Redfern regarda Mme Brown et un gentleman s'installer dans un carrosse laqué de noir. Ils entrèrent dans le parc, où ils disparurent de sa vue. Il était temps qu'elle sorte de la maison !

Il tapota sa redingote. Le pistolet et le couteau se trouvaient à leur place.

Enfonçant son chapeau jusqu'aux sourcils, il se dirigea vers la maison.

7

Assise sur un banc dans Hyde Park, sous un immense saule, Allie inspira profondément, sans pour autant réussir à se calmer.

Elle n'aurait jamais dû venir ici.

Certes, il faisait très beau. Une brise agitait ses cheveux et les rayons du soleil glissaient entre les feuilles, dessinant des ombres sur le sol. Dans le lointain, elle apercevait des chevaux et de rutilants carrosses qui traversaient le parc. Des dames élégantes escortées de gentlemen se promenaient le long des sentiers pavés.

Le carrosse laqué de noir des Bradford se trouvait non loin de là, et le cocher donnait des carottes aux deux juments grises. En dépit du soleil et de l'air frais, la présence de lord Robert lui pesait de plus en plus. Malgré ses efforts, il éveillait chez elle des sentiments qu'elle croyait enfouis depuis longtemps. Mais elle n'avait pas eu la force de refuser cette promenade dans le parc.

Elle vit le cocher tendre un sac à lord Robert qui vint vers elle, souriant d'un air espiègle.

Il bougeait avec grâce, ses longues jambes bottées avalant les mètres qui les séparaient. En l'observant, elle fut parcourue d'un frisson. Seigneur, comme il était séduisant ! Des dizaines de cœurs devaient s'enflammer à son passage. Ses vêtements sur mesure soulignaient ses cuisses musclées et ses larges épaules, dont elle ne se rappelait que trop bien la force.

Pourquoi ne parvenait-elle pas à être indifférente ? Pourquoi cette faiblesse de caractère ? Son regard intense lui coupait le souffle, et sa manière de passer en quelques secondes du rire à la gravité la décontenançait.

Le problème, c'est qu'il est exactement comme David, songea-t-elle.

Mais était-ce là le vrai problème ? À moins qu'elle ne soit troublée justement parce qu'il n'était *pas* comme David ? Certes, ils partageaient le même charme insolent et ces regards mystérieux, mais autrement, ils ne se ressemblaient nullement. Lord Robert n'était pas impatient comme David, et même s'il se montrait attentionné, il ne la traitait pas comme une porcelaine fragile et inutile. Jamais son mari n'aurait été capable de rire de lui-même. Si lord Robert avait été la copie conforme de David, elle aurait su se protéger, mais ces différences la perturbaient.

Seigneur, voilà qu'elle se trouvait des excuses pour l'apprécier, cherchant à justifier cette attirance impossible qu'elle éprouvait pour lui !

Il fallait immédiatement mettre un terme à ces pensées. Elle s'était déjà laissé envoûter par un séducteur qui avait failli la détruire. Jamais plus elle ne succomberait à un homme de ce genre.

— Êtes-vous prête ? demanda-t-il. Je vais vous montrer l'activité préférée de mes neveu et nièces.

Il posa le sac sur le banc, puis en retira deux poignées de miettes de pain. Il tendit les bras en croix, les paumes vers le ciel.

— Que faites-vous ? On dirait un épouvantail.

— Regardez.

Trois pigeons s'approchèrent. L'un se posa sur son bras droit, les autres sur le bras gauche, puis ils se mirent à picorer les miettes.

Elle éclata de rire.

— Maintenant, vous ressemblez vraiment à un épouvantail ! Mais qui n'arrive pas à faire peur.

— Attendez, je vais bientôt faire encore moins peur, s'amusa-t-il.

D'autres oiseaux vinrent se joindre au festin. En moins d'une minute, l'élégant Robert Jamison fut recouvert de pigeons. Alors qu'Allie se disait qu'aucun autre volatile ne trouverait de place pour se poser, un gros pigeon gris se percha sur son haut-de-forme.

Elle pouffa de rire.

— On dirait qu'il a l'intention d'y rester…

— Sans doute. Voulez-vous essayer ?

— Merci, non. Je n'aime pas particulièrement les miettes, et je doute que vous puissiez supporter mon poids.

Il rit, et les pigeons agitèrent leurs plumes.

— Ils sont très doux. Prenez des miettes et rejoignez-nous.

Elle songea que David ne lui aurait jamais suggéré une chose pareille. Il aurait même été très mécontent.

David n'est plus, se dit-elle. Je peux faire ce que je veux.

D'un bond elle se leva, prit les miettes dans le sac et tendit les bras.

— Préparez-vous ! Ils arrivent.

Un gros pigeon se posa sur son bras droit et se mit à picorer. Puis deux autres se posèrent sur son autre manche. Elle essaya de garder son sérieux afin de ne pas effrayer les oiseaux, mais ne put se retenir longtemps. Or les oiseaux se contentèrent d'agiter leurs plumes. Ils semblaient indifférents à leur perchoir rieur.

— Dommage qu'Elizabeth ne soit pas avec nous, dit Allie. Elle aurait pu nous dessiner. Vous avez l'air si drôle, avec ce pigeon sur la tête !

— Vous n'êtes pas mal non plus. Attention, il y en a un qui vise votre bonnet...

Quand elle sentit le poids se poser sur sa tête, elle fut saisie d'un fou rire. Tous ses soucis s'envolèrent. Elle continua à pouffer, les larmes coulant sur son visage. Depuis quand n'avait-elle pas ri ainsi ? Depuis quand ne s'était-elle pas autant amusée ? Des années...

— Je viens de trouver un surnom pour vous, annonça-t-il. Je vous appellerai Madame PSB pour Pigeon-sur-bonnet.

— Très bien, lord PSV.

— Pardon ?

— Plumes-sur-visage. Vous en avez une petite sur la joue et une autre, particulièrement jolie, accrochée à votre oreille.

Une fois les miettes mangées, les oiseaux s'éparpillèrent. Excepté celui qui avait élu domicile sur le haut-de-forme de Robert.

— Je crois qu'il vous aime, dit Allie en ajustant son bonnet.

— À moins qu'il n'ait fait un nid. J'espère que non, car c'est mon couvre-chef préféré. (Il essaya en vain de chasser l'oiseau avec des mouvements doux.) On dirait que nous avons un passager clandestin. Est-ce que cela vous gêne ?

Elle se mordit la lèvre. Il avait l'air tellement drôle, avec ce gros pigeon placide sur la tête !

— Pas le moins du monde.

— Tant mieux, fit-il en lui offrant le bras d'un air solennel. Je vous propose d'aller jusqu'à Regent

Street. Aucun séjour à Londres n'est réussi sans une visite aux magasins.

Ils empruntèrent le sentier bordé d'arbres qui menait au carrosse.

Elle fut saisie par une vague de nostalgie. Autrefois, elle se serait empressée d'accepter l'invitation. Elle adorait flâner dans les boutiques, choisir de jolies robes et des chapeaux frivoles. Mais maintenant qu'elle n'avait plus d'argent, c'était plutôt déprimant...

— Alberta ! Lord Robert ! s'écria soudain une voix.

Ils pivotèrent. Lady Gaddlestone venait vers eux, tenant en laisse ses garçons, Tedmund, Édouard et Frédéric. Un valet épuisé trottinait derrière la baronne, les bras chargés de coussins bariolés qui appartenaient visiblement au trio canin.

— Attention à vos chevilles et à votre jupe, prévint Robert. Voici M. Pisse-partout, M. Mord-un-peu et M. Amoureux-des-jambes !

Elle faillit éclater de rire.

— Quelle merveilleuse surprise ! s'exclama la baronne. Tedmund ! Frédéric ! Édouard ! Cessez de japper ainsi, je vous prie !

Irrité par le tintamarre, le pigeon perché sur le crâne de Robert s'envola. Le jeune homme regarda Allie qui se retenait de rire car, en s'envolant, l'oiseau avait délogé le haut-de-forme, qui lui recouvrait désormais un œil.

— Vous ne vous moquez pas de moi, j'espère, madame PSB ? fit-il d'un air faussement sévère.

— Moi, monsieur ? Jamais !

Il rectifia son chapeau.

— Assis ! ordonna-t-il aux chiens.

Les garçons obéirent aussitôt.

— Il faut vraiment m'expliquer comment vous faites, décréta la baronne, essoufflée. Ces coquins refusent de m'obéir quand ils sont excités... Dites-moi, chers amis, que faites-vous encore à Londres ? Je pensais que vous partiez pour Bradford Hall. J'espère qu'il n'y a aucun souci avec la duchesse et le bébé ?

— Tout va bien, assura Robert. Je ne crois pas être oncle une nouvelle fois, pour le moment. Mme Brown devait rester à Londres quelques jours pour ses affaires. Je l'accompagnerai à Bradford Hall lorsqu'elle aura terminé.

La baronne les examina d'un air attentif.

— J'allais vous demander si votre séjour à Londres vous plaisait, Alberta, mais je constate que c'est le cas. Je ne vous avais jamais vue aussi... animée. Ne vous avais-je pas dit qu'elle est particulièrement ravissante quand elle sourit, milord ?

— Vous me l'aviez dit, en effet.

Allie retint son souffle : allait-il renchérir ? Comme il n'ajoutait rien, elle se sentit étrangement déçue, mais se traita d'idiote. Pourquoi espérer qu'il la trouverait jolie ?

— Comment vous sentez-vous, lady Gaddlestone, à présent que vous êtes revenue à la maison ? s'enquit-elle.

— Très bien, ma chère. J'ai reçu une dizaine de visites, et je suis au courant de presque tous les ragots. (Elle eut un regard perçant pour lord Robert.) Mais je ne connaissais pas cet usage de porter des pigeons sur son haut-de-forme...

— Pourtant, c'est très en vogue en ce moment.

— Vous n'auriez pas dit cela si le volatile avait abîmé votre chapeau.

— C'eût été un faible prix à payer.

Allie sentit qu'il la regardait. Il plia légèrement le coude où reposait sa main et lui serra les doigts. Elle fronça les sourcils. Ses paroles lui avaient semblé familières… Puis elle comprit : il avait répété les mots qu'elle avait employés au sujet de Joshua et des œufs qu'elle avait laissés tomber sur sa tête pour le faire rire. Ainsi, il l'avait amenée jusqu'ici et avait pris le risque d'abîmer ses vêtements, uniquement dans l'espoir de la voir sourire.

Elle leva la tête. Il la regardait en souriant, les yeux chaleureux. L'émotion la saisit à la gorge.

— Mme Brown et moi allions sur Regent Street, expliqua Robert. J'avais l'intention de l'inviter à prendre le thé à l'Iris Bleu. Aimeriez-vous vous joindre à nous, baronne ? J'adorerais entendre vos aventures en Amérique.

La baronne lui décocha un large sourire.

— Mon cher garçon, ce sera avec joie.

Assise dans un fauteuil capitonné près de la cheminée de l'Iris Bleu, lady Gaddlestone sirotait son thé et racontait gaiement ses aventures en Amérique, tout en se félicitant de n'avoir besoin que de la moitié de ses facultés pour entretenir une conversation. L'autre moitié était fascinée par le spectacle qui se déroulait sous ses yeux.

Tandis qu'elle décrivait des soirées élégantes, son esprit notait tout.

Seigneur, ce regard qu'il vient de lui adresser !

Elle se retint de s'éventer avec l'une des serviettes de table en lin.

Regardez-moi comme Alberta rougit !

Sans aucun doute, lord Robert était amoureux, et la chère Alberta n'était pas indifférente à son charme. La vieille dame l'avait espéré. Elle dissimula un sourire satisfait derrière sa tasse en porcelaine.

— Le bal masqué des Whatley à Philadelphie fut une grande réussite, mais ils ont évité le désastre. J'ai appris que la maison avait pris feu le lendemain du bal.

Lord Robert portait une tasse de thé à ses lèvres. Sa main trembla, et il renversa quelques gouttes.

— Y a-t-il eu des blessés ? demanda-t-il, tendu.

— Dieu merci, non, répondit la baronne. Monsieur et madame Whatley n'étaient pas chez eux, et les domestiques ont tous réussi à s'enfuir. Mais la maison a complètement brûlé. (Elle frémit.) Si l'incendie s'était déclaré la veille, avec tous les invités, il y aurait eu d'innombrables blessés et peut-être même des morts...

Lord Robert blêmit, et la baronne s'étonna de ce désarroi. De son côté, Alberta semblait aussi avoir remarqué l'inquiétude du jeune homme. Mais il se reprit aussitôt et lady Gaddlestone se demanda si elle avait rêvé. Peut-être avait-elle besoin de lunettes ?

Quoi qu'il en soit, son comportement vis-à-vis de la chère Alberta ne laissait planer aucun doute. Elle se cala plus confortablement dans le fauteuil et leur raconta une autre anecdote, tout en réfléchissant à la robe qu'elle porterait au mariage qui paraissait inévitable.

Lorsque Robert s'assit sur la banquette en velours gris du carrosse, le crépuscule commençait à tomber. Il sourit à Mme Brown qui lui faisait face. À sa plus grande joie, elle lui rendit son sourire.

— Avez-vous passé un bon après-midi ? s'enquit-il.

— Excellent. Je ne sais ce que j'ai préféré : les gâteaux délicieux que vous avez commandés pour tout le monde...

— Seul un malappris ne penserait qu'à lui.

— … le thé merveilleux, ou la conversation stimulante.

— La baronne est bavarde comme une pie.

— Oui, mais vous le saviez déjà quand vous lui avez proposé de se joindre à nous. Vous saviez qu'elle serait enchantée de raconter ses aventures. Et je présume que vous seriez resté à l'écouter sans vous plaindre jusqu'à minuit, ajouta-t-elle à mi-voix.

Il sourit.

— Comme j'aime voyager, j'écoute volontiers les expériences des autres.

— Moi aussi. Cependant, je crois que la meilleure partie de l'après-midi était de vous voir recouvert de pigeons. C'est une image inoubliable.

— Et moi, je n'oublierai jamais votre fou rire, avec un pigeon perché sur votre bonnet !

Leurs regards se croisèrent, et le cœur de Robert bondit dans sa poitrine. Elle avait des prunelles magnifiques. Leurs profondeurs ambrées lui rappelaient un excellent cognac. Il s'enivrait rien qu'à les contempler.

— Je sais que vous vous êtes donné en spectacle pour me faire rire, dit-elle. C'était très gentil à vous. Cela m'a fait du bien. Merci.

Elle baissa la tête. Aussitôt, il eut envie de lui relever le menton, mais se retint. Savait-elle combien son regard était expressif ? Combien ses yeux brillaient quand elle souriait, ou combien ils reflétaient sa tristesse ? Savait-elle qu'elle dissimulait mal ses secrets ?

Chaque fois que leurs regards s'étaient noués pendant le thé, son cœur s'était emballé. Et ses lèvres… Elle avait souri quatre fois. Il avait compté.

Il se sentit agacé. L'intensité de sa réaction devenait ridicule. Pourtant, s'il voulait être honnête avec lui-même, il devait reconnaître qu'elle l'avait marqué avant même leur rencontre. Son intérêt avait été éveillé dès qu'Elizabeth lui avait montré son portrait.

Puisqu'un dessin avait pu le fasciner, il aurait dû deviner que la personne en chair et en os le marquerait encore davantage. Mais il n'avait pas imaginé qu'il se sentirait aussi frustré.

Bon sang, ces vêtements de deuil l'agaçaient ! Elle aurait dû porter des couleurs pastel et des mousselines de soie. Des tissus satinés aux couleurs vibrantes. Par ailleurs, il était irrité qu'après trois ans, elle continuât à marquer ainsi sa dévotion à son mari.

Lorsque le carrosse s'immobilisa, il poussa un soupir de soulagement. Il l'aida à descendre. Elle fuyait son regard, et elle lui reprit sa main dès que ses pieds touchèrent le trottoir. Il se sentit heurté.

Elle ne ressent rien, imbécile… se dit-il. Elle n'a aucune peine à te résister.

Mais alors, comment expliquer ces quelques instants dans la salle de billard ? Elle avait bien ressenti quelque chose…

Ce n'était qu'un égarement passager. Elle l'a oublié, désormais.

Il ne lui restait plus qu'à l'imiter.

Alors qu'ils gravissaient les marches, la porte d'entrée s'ouvrit brusquement. Le visage accablé de Carters affola Robert. Il empoigna le majordome par le bras.

— Qu'y a-t-il, Carters ? Est-ce Elizabeth ?

Le domestique secoua la tête.

— Non, milord.

— Mais il s'est passé quelque chose ?

— Hélas, je le crains. La demeure a été cambriolée.

Geoffrey Hadmore rentra chez lui à la tombée de la nuit. Dès qu'il posa le pied sur la dernière marche devant sa porte d'entrée, celle-ci s'ouvrit silencieusement. Willis s'inclina tandis que son maître entrait dans le vestibule.

— Des messages ? demanda le duc.

— Il y en a eu deux en début d'après-midi, monsieur le duc, annonça Willis en lui prenant son chapeau, sa canne et son manteau. Je ne vous les ai pas envoyés au cercle, puisqu'ils n'étaient pas du gentleman dont vous avez parlé. Les lettres se trouvent dans votre bureau.

— À moins qu'un autre message n'arrive, je ne veux pas être dérangé.

— Oui, monsieur.

Geoffrey pénétra dans son bureau et s'approcha des carafes. Sa migraine avait empiré. Il avala un cognac d'une lampée, savourant la brûlure qui lui irradiait le ventre. L'alcool ne soulagerait pas la douleur, mais l'aiderait à se calmer.

Maudit Redfern ! Il lui donnait encore une heure. S'il n'avait pas eu de ses nouvelles, il serait obligé de mettre son plan en action. L'incertitude n'avait que trop duré. À la pensée qu'il risquait de tout perdre, il croyait devenir fou.

Il fit une grimace, appuya une main contre sa tempe. Il ne perdrait pas ce qui lui appartenait !

Il regarda autour de lui, la soie ivoire qui ornait les murs, les meubles élégants, les œuvres d'art inestimables.

C'est à moi. Tout. Chaque objet. J'ai vendu mon âme pour l'acquérir… et je ne suis pas le seul. Tel père, tel fils…

Ce salaud de David Brown avait volé l'écrin et la chevalière. Il avait découvert la vérité et l'avait fait chanter. Désormais, la bague et la preuve qui pouvait mettre en doute la validité du mariage de ses parents se trouvaient Dieu sait où. Si la vérité éclatait…

La sueur perlait sur son front. Son cœur battait si fort qu'il l'entendait résonner dans ses oreilles. Il se força à inspirer lentement, profondément. Rester calme. Concentré.

Il s'essuya le front avec un mouchoir, puis s'approcha de son bureau. Il saisit la première lettre et brisa le sceau.

Cher lord Shelbourne,

Je suis en possession d'une bague qui appartient à votre famille. J'aimerais vous la rendre le plus vite possible. Veuillez me contacter chez les Bradford sur Park Lane pour prendre rendez-vous.

Sincèrement vôtre,

Alberta Brown

Abasourdi, il relut la lettre, saisi par un tourbillon d'émotions.

Ainsi, elle était bien en possession de la bague. Dieu soit loué… Il éprouva un soulagement intense, aussitôt suivi d'une bouffée de colère devant pareille effronterie.

Elle voulait lui « rendre » sa bague ? Il eut un rire amer. Évidemment, mais à quel prix exorbitant ? Elle réclamerait sûrement davantage que son vaurien de mari.

Il froissa la lettre et la jeta dans le feu avec un juron. Redfern avait encore échoué. Crénom de Dieu, pourquoi n'arrivait-il pas à dérober une misérable bague à un petit bout de femme ? Ce ne pouvait pas être si difficile !

Il passa une main nerveuse dans ses cheveux et avisa la seconde lettre. Qu'était-ce ? Une tentative d'extorsion ? Il déchira le sceau et parcourut les quelques lignes.

Il fronça les sourcils. Comme le duc et la duchesse de Bradford se trouvaient dans le Kent, Robert Jamison servait de chevalier servant à Mme Brown pendant son séjour à Londres. Et Jamison aimerait lui présenter cette dame américaine dont le mari décédé avait été « l'une de vos connaissances ».

L'amertume l'envahit. Il avait certes connu David Brown. Tous les jours, il remerciait le Ciel que ce salaud fût mort. Il regrettait seulement de n'avoir pu le tuer de ses propres mains. Sans lui, il n'aurait pas tous ces problèmes. Et qu'en était-il de Jamison ? Que savait-il ? Était-il autre chose que le chevalier servant de Mme Brown ? Il ne pouvait pas prendre le risque que quelqu'un de la famille du duc soit au courant.

On frappa à la porte.

— Entrez.

Willis s'approcha, un plateau en argent à la main.

— Ceci vient d'arriver, monsieur.

Geoffrey reconnut l'écriture malhabile de Redfern. Dès que le majordome eut quitté la pièce, il ouvrit l'enveloppe.

J'ai la chevalière. Je viendrai demain.

Il réfléchit : Redfern ou Mme Brown mentait. L'un des deux essayait de jouer avec lui. À moins que…

Willis avait dit que les deux premières lettres étaient arrivées dans l'après-midi. Il éclata de rire. Mme Brown avait dû envoyer sa lettre avant que Redfern ne vole la bague. Elle ne la possédait plus, mais elle pouvait en connaître le secret. Elle savait peut-être que quelqu'un d'autre pouvait légitimement réclamer son titre.

Il jeta les lettres de Jamison et de Redfern dans la cheminée. Il n'avait pas le choix : il devait la rencontrer, découvrir ce qu'elle savait de son secret, et si elle avait l'intention de le faire chanter. Connaissait-elle l'identité de l'homme qui pouvait détruire sa vie et tout lui prendre ?

Si seulement je savais qui c'était, je le liquiderais en premier, songea-t-il.

Il s'assit à son bureau et écrivit une lettre, invitant Mme Brown et Robert Jamison à lui rendre visite le lendemain matin.

Il décida de ne pas écrire à Redfern. Maintenant qu'il savait où se trouvait la bague, si Redfern tuait Mme Brown avant leur rencontre, tant mieux.

À cette même heure le lendemain, il serait un homme libre. Il contempla la cheminée où les lettres de Mme Brown, de Jamison et de Redfern étaient réduites en cendres.

Les derniers détails seraient réglés. De façon définitive.

Appuyé au chambranle de la cheminée dans la bibliothèque, Robert écoutait le magistrat Eustace Laramie relater le cambriolage, dont la plupart des détails lui avaient été fournis par Carters.

— Une femme de chambre a découvert le vol quand elle est entrée dans la chambre de Mme Brown. Elle a trouvé la chambre sens dessus dessous, les vêtements disséminés dans la pièce. Carters a fait inspecter toute la maison. Seule la chambre de Mme Brown a été visitée. Le voleur a vraisemblablement escaladé le treillage avant d'y pénétrer par les portes-fenêtres du balcon. Selon Carters, il manque plusieurs biens appartenant aux Bradford : une brosse à cheveux et un peigne en argent, deux candélabres en argent et des figurines en porcelaine. Mme Brown nous dira s'il lui manque des objets personnels lorsqu'elle aura fini d'examiner ses affaires.

Il fixa Robert d'un air pénétrant.

— Il y a eu l'enlèvement que vous m'avez raconté ce matin, et maintenant ceci. C'est étrange comme Mme Brown et vous êtes victimes d'agissements criminels, ces temps-ci…

— En effet, acquiesça Robert. Y a-t-il eu d'autres cambriolages dans le quartier, récemment ?

— Non.

— Pensez-vous que la même personne soit responsable ?

Laramie se frotta le menton, songeur.

— C'est possible, même si les crimes sont différents. Mais il peut aussi s'agir de deux affaires distinctes. Bah ! fit-il d'un ton dégoûté. On envoie un criminel à Newgate, et douze autres surgissent.

— Deux crimes différents, mais la même victime. Cela donne à réfléchir.

On frappa à la porte.

— Entrez, dit Robert.

Allie referma la porte derrière elle. La jeune femme essayait en vain de dissimuler son inquiétude. Elle était blême, et Robert remarqua qu'elle tremblait légèrement. Ses yeux semblaient égarés et elle serrait fortement ses mains l'une contre l'autre. Il comprenait qu'elle fût ennuyée – ne l'était-il pas lui-même ? – mais elle paraissait encore plus tendue et anxieuse que lors de leur évasion du hangar.

— Vous a-t-on pris quelque chose, madame ? demanda Laramie.

— Oui. On m'a volé une bague.

— Ainsi, il cherchait des bijoux… C'est typique. Mais je m'étonne qu'il n'ait dérobé qu'un objet. Êtes-vous certaine qu'il ne manque qu'une bague ?

— Absolument. C'était le seul bijou en ma possession.

— Avait-il de la valeur ?

Elle hésita.

— Elle appartenait à mon mari… J'y attachais surtout une valeur sentimentale.

— M. Laramie et moi étions en train de nous demander si ce cambriolage était lié aux événements d'hier, intervint Robert.

Quand elle le contempla, il crut discerner de l'effroi dans son regard.

— On m'a dit que la criminalité était élevée à Londres, monsieur Laramie, dit-elle. Il s'agit sûrement d'un hasard. Un concours de circonstances malheureux, certes, mais purement fortuit.

— Mais il est aussi possible que quelqu'un ait pris pour cible la maisonnée du duc, déclara le magistrat. À moins que ce ne soit vous, madame Brown, la personne visée…

— J'en doute, monsieur. Comme vous le savez, je viens d'arriver à Londres et personne ne me connaît.

— Avez-vous subi d'autres désagréments depuis votre arrivée ?

— Non.

— Nous ferons tout pour trouver le coupable, mais n'ayez pas trop d'espoir de revoir votre bien. Ces vauriens sont rapides et disparaissent comme des rats dans leurs tanières. Les objets volés ont probablement déjà été revendus trois fois. Si nous avons des nouvelles, je vous préviendrai.

Sur ce, il prit congé.

Robert étudia la jeune femme qui se tenait immobile devant la cheminée, le visage décomposé. Elle fixait le feu, les lèvres pincées.

— Pardonnez-moi, dit-elle en s'apprêtant à s'en aller.

— J'aimerais vous parler, madame Brown. À vrai dire, j'aimerais davantage…

— Pardon ? fit-elle en pivotant.

Il s'approcha d'elle.

— J'aimerais savoir ce qui se passe.

Elle rougit.

— Je ne comprends pas ce que vous voulez dire.

— Vraiment ? Alors, laissez-moi vous éclairer. Depuis votre arrivée, *hier*, vous avez été assommée, enlevée, ligotée, et votre chambre a été cambriolée. À ce rythme, je me demande ce qui nous attend d'ici une semaine.

Elle resta sereine, et il admira son courage. Hélas, sa lèvre inférieure tremblait et trahissait son agitation.

— Je suis désolée…

— Je ne veux pas de vos excuses, madame Brown. Je veux des explications et la vérité.

— Je ne sais pas…

— Vous avez menti à Laramie. Je veux savoir pourquoi. Et vous ne quitterez pas cette pièce avant de me l'avoir dit.

8

Le ventre d'Allie se noua. Elle devinait qu'il ne plaisantait pas. Il la retiendrait prisonnière jusqu'à ce qu'il obtienne une explication satisfaisante aux mésaventures survenues depuis son arrivée.

Comment lui en vouloir ? Et comment satisfaire sa curiosité sans pour autant se compromettre ?

Elle contempla les flammes qui dansaient dans l'âtre, tentant d'y voir clair dans le tourbillon d'émotions qui l'assaillait.

Un frisson d'appréhension lui parcourut l'échine. Désormais, elle avait la certitude qu'on lui voulait du mal. Et la raison en était claire : c'était à cause de la chevalière. Mais pourquoi ? Le coupable avait voyagé avec elle sur le bateau en provenance d'Amérique. Il s'agissait sûrement d'un ancien acolyte de David, qui pensait que la bague avait une certaine valeur.

Que faire ? Maintenant que cette personne avait le bijou, la laisserait-elle enfin en paix ? Seigneur, pourvu que ce soit le cas…

Dans son cœur, la colère le disputait à la peur. Maudit sois-tu, David ! songea-t-elle. Trois ans après sa mort, il continuait à semer la déroute dans sa vie. Brusquement, elle éprouva une lassitude intense et ferma les yeux. Combien de jours et de nuits avait-elle passés au bord du désespoir ?

Comme il serait facile d'abandonner cette quête… de le laisser gagner.

Elle serra les dents. Pas question ! Elle refusait d'abandonner. Elle ne serait plus jamais une victime. David ne lui volerait plus jamais rien.

Voler… Elle s'en voulait. Même si elle avait fait de son mieux pour la protéger, elle avait perdu la bague de lord Shelbourne. Désormais, elle redoutait de rencontrer le duc et de lui annoncer la mauvaise nouvelle.

Elle se tourna vers lord Robert. Les bras croisés, il la regardait d'un air si intense qu'elle en eut la gorge nouée.

— Je ne sais pas par où commencer…

— Expliquez-moi d'abord pourquoi vous avez menti à Laramie, proposa-t-il d'un ton sec. Vous lui avez dit que vous n'aviez subi aucun autre désagrément, mais je me souviens que vous êtes tombée à la mer quelques heures avant d'arriver à Londres.

— Ce n'était pas un mensonge, protesta-t-elle. Il m'a demandé si j'avais eu des problèmes *depuis* mon arrivée. Cet incident est survenu avant.

Agacé, il s'approcha et l'empoigna par les bras. La chaleur de ses mains traversa l'étoffe de sa robe.

— Ne jouons pas sur les mots, madame Brown. Vous auriez peut-être réussi à me convaincre que l'enlèvement et le cambriolage n'avaient rien à voir, mais basculer par-dessus la rambarde d'un navire ? Ces incidents sont liés, c'est évident. Y en a-t-il eu d'autres pendant le voyage ?

Elle tenta de garder un visage impassible en lui avouant la chute dans l'escalier et le repas empoisonné.

— Vous admettez que ces événements sont liés, j'espère ? lança-t-il ensuite, préoccupé.

— Hélas, oui. Je vais essayer de vous expliquer, mais je ne sais pas grand-chose.

Il la relâcha, sans la quitter des yeux.

— Je vous écoute.

— Après la mort de David, j'ai trouvé une chevalière dans ses affaires. Comme je ne l'avais jamais vue, j'étais curieuse. Un bijoutier américain m'a dit que les armoiries gravées étaient anglaises. Quand j'ai décidé de rendre visite à Elizabeth, je l'ai emportée pour en savoir plus. M. Fitzmoreland m'a indiqué que le blason était celui des ducs de Shelbourne.

Elle marqua une pause pour reprendre son souffle.

— C'était cette affaire-là que vous vouliez conclure à Londres ?

— Oui.

— Et c'est pourquoi vous avez demandé à rencontrer Shelbourne.

— Je voulais lui rendre la bague. Je n'en ai aucune utilité, et je pensais qu'il y attachait peut-être une valeur sentimentale.

— Comment est-elle arrivée en possession de votre mari ?

— Je n'en suis pas sûre. David était un… un collectionneur. Il a dû l'acheter chez un antiquaire lors de ses voyages.

— Cette bague doit avoir de la valeur, mais vous aviez l'intention de la donner à Shelbourne. Pourquoi ne pas la lui vendre ?

Elle releva le menton.

— Je ne pensais pas que j'en avais le droit. Pour une raison inconnue, quelqu'un convoitait désespérément cette bague, quitte à me faire du mal et à la voler. Je ne pensais pas que les incidents avaient un lien, parce que je ne comprenais pas ce qu'on pouvait me vouloir.

— C'est évident que le voleur voulait la bague et était prêt à tout pour l'obtenir. (Il fronça les sourcils, soucieux.) Le coupable a dû vous suivre depuis l'Amérique. Qui savait que vous aviez cette bague ?

— Je ne l'ai montrée qu'au bijoutier.

— Peut-être ne vous a-t-il pas avoué sa valeur, afin de la garder pour lui ? Était-il au courant de votre projet de voyage ?

— Non, et je vous assure qu'il n'était pas sur le navire.

— Il a pu engager quelqu'un pour vous suivre.

Elle réfléchit quelques instants.

— C'est possible, mais maintenant que la bague a été volée, je suppose qu'on me laissera tranquille.

Robert la scrutait d'un air intense. Après un long moment, son regard glissa jusqu'à sa bouche. Elle crut déceler un éclair de désir au fond de ses prunelles.

Troublée, elle l'imagina se penchant en avant et effleurant sa bouche. Aussitôt, ses lèvres la picotèrent, comme s'il l'avait embrassée, et elle se mordilla la lèvre inférieure pour chasser cette sensation étrange.

Elle baissa la tête, mortifiée.

— Je suis désolée que vous ayez été mêlé à cette histoire, lord Robert. Et je suis tout aussi désolée que les biens de votre famille aient été dérobés à cause de moi. Je ne sais pas comment je vais pouvoir les remplacer, mais…

D'un doigt, il lui souleva le menton pour l'inciter à le regarder en face.

— Ce n'était que des objets, madame Brown, et les objets n'ont aucune importance. Soyons reconnaissants qu'aucun d'entre nous n'ait été sérieusement blessé. Les objets se remplacent facilement, pas les personnes…

Un nerf se mit à tressaillir près de la bouche de Robert, et une lueur filtra dans son regard, à la fois sombre et douloureuse.

Quels secrets cachait cet homme? se demanda-t-elle. Quelle faute avait-il commise par le passé? Sa mauvaise conduite était-elle similaire à celle de David?

Une partie d'elle-même refusait de croire que lord Robert fût capable d'actes criminels, mais elle ne voulait plus être naïve. Elle le connaissait à peine.

Il s'écarta de quelques pas.

— A-t-on détruit tous vos vêtements?

— Pas tous. Il me reste deux robes, celle que je porte et une autre.

Il hocha la tête, préoccupé. Elle en profita pour se faufiler vers la porte.

— Si vous le permettez, j'aimerais me retirer…

— Bien entendu, madame Brown. Je suppose que votre chambre a été remise en ordre.

Elle lui souhaita une bonne nuit, puis sortit de la pièce. Visiblement, il avait l'intention dc s'attarder encore un peu. Elle était à la fois rassurée et inquiète de le savoir dans la maison.

Elle se caressa le menton. Seigneur, il l'avait à peine effleurée, et pourtant la légère caresse l'avait marquée au fer rouge. Et son regard fiévreux… Aucun doute: il avait voulu l'embrasser. Comment aurait-elle réagi, s'il l'avait fait? Elle se serait liquéfiée de désir…

À bout de nerfs, elle se hâta vers l'escalier. Les sentiments que lui inspirait cet homme la terrifiaient.

Des souvenirs pleins la tête, Robert fixait le feu de cheminée. Le danger qui menaçait Mme Brown et l'anecdote racontée par lady Gaddlestone au salon de thé avaient réveillé le passé.

Les objets se remplacent facilement, pas les personnes...

Quoiqu'elle lui eût fourni une explication, il devinait qu'elle ne lui avait pas dit toute la vérité au sujet de la bague. Il avait choisi de ne pas la pousser dans ses retranchements, mais elle était peut-être encore en danger. Si jamais il lui arrivait quelque chose...

Il serra les poings. Pas question ! Il n'avait pu sauver Nate, mais il ne faillirait pas une seconde fois. Il se mit à marcher de long en large dans la bibliothèque.

Au diable les convenances ! Il passerait la nuit ici, plutôt que de rentrer chez lui. Elizabeth ne lui pardonnerait jamais, si un malheur frappait son amie.

Toi non plus, tu ne te le pardonnerais jamais... lui murmura une voix intérieure.

Il se laissa tomber sur le canapé en cuir et se frotta les yeux.

Flûte, il avait failli l'embrasser ! Il en avait eu tellement envie... Il l'avait désirée avec une intensité effrayante, devinant qu'un baiser ne lui suffirait pas.

Elle lui plaisait de plus en plus. Il admirait sa détermination et son courage. Elle ne s'était pas plainte une seule fois pendant leurs mésaventures. À l'idée qu'elle fût encore en danger, son instinct protecteur s'éveillait.

Et puis, il y avait sa beauté. Il connaissait des dizaines de femmes magnifiques, mais aucune ne l'émouvait comme celle-ci. Elle avait quelque chose de solitaire, de triste et de vulnérable dans le regard qui lui serrait le cœur.

Il soupira tristement. Il ne voulait pas ressentir ce genre d'émotions pour une femme dont le cœur appartenait à un autre et qui habitait un autre continent. Pourquoi diantre ne pouvait-il les éprouver pour une jeune Anglaise ?

Et que diable allait-il faire ?

Le lendemain matin, Allie entra dans la salle à manger peu après l'aube. Elle s'arrêta net, comme si elle venait de heurter une vitre. Un journal dans une main, une tasse en porcelaine dans l'autre, lord Robert était assis à la longue table en acajou.

Mon Dieu, que faisait-il là, si tôt le matin ? Elle s'était attendue à le voir apparaître dans la journée, mais elle avait espéré avoir le temps de se préparer à sa visite. Hélas, ce répit lui serait interdit. Tranquillement attablé, il arborait une seyante redingote bleu foncé, une chemise blanche impeccable et une cravate parfaitement nouée.

Quand il leva la tête, elle eut peur de retrouver l'intensité de son regard de la veille. Mais il se contenta de lui sourire.

— Bonjour, madame Brown. Vous êtes bien matinale.

— Je pourrais dire la même chose de vous, lord Robert.

— J'aime me lever tôt, expliqua-t-il en reposant sa tasse. Joignez-vous à moi pour le petit-déjeuner. Les œufs sont excellents.

Elle respira le parfum du bon café et s'approcha de la desserte où elle prit des œufs, du jambon finement tranché, et un morceau de pain frais.

Lorsqu'elle se glissa en face de lui, il rit doucement.

— Ce doit être de famille…

— Pardonnez-moi ? fit-elle.

— Je sais que vous êtes une cousine éloignée d'Elizabeth. Or vous appréciez comme elle un petit-déjeuner copieux. Nous la taquinons sans merci, car elle adore le premier repas de la journée.

Elle déplia la serviette sur ses genoux.

— C'est mon repas favori. Un jour, quand Elizabeth et moi avions huit ans, nous avons fait un concours pour voir laquelle mangerait le plus d'œufs.

— Ainsi, vous ne faisiez pas que jongler avec des œufs et les casser sur votre visage, plaisanta-t-il.

— Exactement.

— Qui a gagné ?

Le souvenir l'emplit d'une vague de nostalgie.

— Aucune des deux. Nous en étions au septième œuf quand maman nous a dit d'arrêter. Nous avons été malades toute la matinée, mais ma mère est restée indifférente.

Il éclata de rire.

— Au moins, votre compétition avait lieu avec des œufs. Je me souviens d'un concours de tourtes avec Austin...

— Ça a l'air plutôt amusant.

— Pas si les tourtes sont faites de boue. Évidemment, Austin l'ignorait au départ.

— Seigneur ! Quel âge aviez-vous ?

— Je venais d'avoir cinq ans. Austin en avait neuf. J'ai gagné. Je n'ai mangé qu'une cuillerée, mais Austin a abandonné après avoir à peine goûté.

— Je parie que vous auriez mangé bien davantage pour le battre.

— Vous avez raison. Je joue toujours pour gagner. Mais je me souviens encore de ce goût atroce... (Il fit une grimace.) Je ne recommencerai plus jamais.

Un valet vint lui proposer du café. Allie sentait peser sur elle le regard de lord Robert, et elle se concentra sur son repas avec l'intensité d'un scientifique sur son microscope.

— Avez-vous bien dormi ? demanda-t-il après quelques instants de silence.

Non, je me suis retournée dans tous les sens à cause de vous, songea-t-elle.

— Oui, merci. Et vous ?

Une longue minute s'écoula sans réponse. Elle osa le regarder et faillit avaler de travers.

Il fixait sa poitrine d'un air pénétrant.

Toute l'intensité qui avait disparu avec leur discussion amicale revint en un instant. Effrayée, elle sentit ses mamelons durcir. Elle fut mortifiée en l'entendant retenir son souffle : il avait remarqué.

Elle rougit. Elle aurait dû croiser les bras, prendre sa serviette, faire quelque chose, mais elle fut incapable de bouger. Un désir incontrôlable la foudroya.

Quand leurs regards se croisèrent, elle lut la passion dans ses yeux.

— Non, murmura-t-il d'une voix rauque. Je n'ai pas bien dormi du tout.

— J'en suis navrée...

Par pitié, cessez de me regarder ainsi ! implora-t-elle en silence. Vous me faites ressentir des émotions que je ne veux plus connaître. Vous me faites désirer des choses...

Heureusement, il rompit l'envoûtement en prenant sa tasse de café.

— Mais je dors toujours mal quand je ne suis pas dans mon lit. J'ai passé la nuit ici.

Elle sentit son cœur battre la chamade. Ils n'avaient été séparés que de quelques mètres, durant la nuit.

— Après toutes ces mésaventures, et comme je ne suis pas certain que vous soyez hors de danger, j'ai pensé que c'était préférable. J'ai envoyé un valet chez moi chercher mes affaires. J'ai l'intention de rester ici jusqu'à notre départ pour Bradford Hall, qui ne devrait pas tarder. (Il porta une main à sa poche.) C'est arrivé hier soir, de la part de Shelbourne. Il nous invite à le rencontrer ce matin. Je n'ai pas encore répondu, car je ne savais pas si vous vouliez le voir maintenant que vous n'avez plus sa chevalière. Comme il ignorait que vous l'aviez...

— Il le sait. Je lui ai écrit hier pour le lui dire. Je voulais le prévenir que la bague était en ma possession et que j'avais l'intention de la lui rendre. Je redoute de devoir lui dire que je ne l'ai plus.

Il se leva et replia sa serviette.

— Dans ce cas, je vais lui envoyer un mot pour annoncer que nous allons passer chez lui.

Robert fit un effort pour ne pas afficher une mine renfrognée en regardant le duc de Shelbourne s'incliner devant Mme Brown.

— C'est un plaisir de faire votre connaissance, madame. Jamison s'entoure toujours des plus belles femmes. Je suis honoré.

Il prit le bras de Mme Brown et la guida à travers le salon jusqu'à un canapé. Il s'assit à côté d'elle, si bien que Robert fut relégué dans un fauteuil.

Ouvrant de grands yeux, elle lui expliqua comment elle avait trouvé la bague parmi les affaires de son mari, et comment elle avait obtenu son nom. Puis elle relata le cambriolage, s'excusa, et promit de lui rendre la chevalière si elle lui était restituée.

Shelbourne lui saisit la main.

— Ma chère, cette bague était sans nul doute une babiole, qu'un oncle ou un cousin a vendue ou donnée. J'ignorais même son existence, et elle ne peut donc me manquer. Je vous suis très reconnaissant d'avoir voulu me la rendre, mais vous pouvez l'oublier. Et maintenant, parlez-moi de l'Amérique. C'est sûrement un pays fascinant…

Robert s'agitait dans son fauteuil, se retenant de lever les yeux au ciel en écoutant les fadaises que débitait le duc. S'il ne s'était pas agi de Mme Brown, il se serait contenté de savourer le thé et les biscuits, mais comme Shelbourne déversait son charme et ses attentions sur Allie, il ne pouvait s'empêcher de se sentir irrité.

Le chien de Shelbourne entra dans la pièce. L'épais tapis persan étouffait le bruit de ses grosses pattes. Robert tapota son genou. Il avait croisé l'animal dans le parc, se rappelait qu'il se nommait Thorndyke, et qu'il cachait une âme d'agneau sous un physique de cerbère.

Thorndyke vint poser sa tête sur le genou de Robert d'un air dépité. Il le caressa et lui donna un biscuit. Le chien le contempla avec dévotion. Désormais, ils étaient amis à vie.

Robert glissa un regard vers le couple assis sur le canapé. Flûte, voilà que Mme Brown rougissait !

— C'est trop gentil à vous, lord Shelbourne, murmura-t-elle.

Que diable lui avait-il dit, ce sacripant ?

— Je vous en prie, appelez-moi Geoffrey, répondit le duc avec ce sourire désarmant que Robert lui avait souvent vu lorsqu'il parlait avec des femmes. Puis-je vous appeler Alberta ?

— Bon sang, c'est fou ce que le temps passe vite ! s'exclama Robert en se levant d'un bond. Il faut malheureusement partir. Nous avons un rendez-vous important.

La jeune femme sembla étonnée, mais elle prit son réticule. Shelbourne essaya en vain de dissimuler son irritation.

— Je ne veux pas vous retenir, Jamison, mais Mme Brown peut rester encore quelque temps. Je serai ravi de la ramener, lorsque nous aurons fini de faire connaissance.

Ça ne m'étonne pas ! songea Robert en imitant le sourire en coin du duc. Il secoua la tête.

— C'est gentil à vous, Shelbourne. Mais le rendez-vous est pour Mme Brown. Elle doit être présente.

Shelbourne semblait dubitatif, mais il se tourna vers la jeune femme qui s'était levée. Il lui prit la main et la porta à ses lèvres.

— Je suis désolé que vous soyez obligée de partir aussi vite, mais je suis heureux de vous avoir rencontrée. Ma maison est rarement honorée par la présence d'une telle beauté.

Robert fit un effort pour ne pas le saisir par le col. Ce goujat dévorait Mme Brown des yeux !

Le duc prit le bras d'Allie et l'escorta le long du corridor jusqu'au hall d'entrée. Exaspéré, Robert leur emboîta le pas.

— J'aimerais beaucoup poursuivre notre conversation, Alberta. Me feriez-vous l'honneur de venir à l'opéra, ce soir ?

— Merci, mais comme je suis en deuil, je dois malheureusement décliner l'invitation.

Tu vois bien, vieille canaille, elle est en deuil. Va voir ailleurs ! L'opéra, et puis quoi encore ! Robert connaissait suffisamment Shelbourne pour savoir qu'il ne s'intéressait nullement à la musique.

Agacé, il ordonna à sa voix intérieure de se taire. Certes, il éprouvait lui aussi du désir pour elle, mais contrairement à Shelbourne, il savait se comporter en gentleman. Il ne s'abaissait pas à harceler une femme en deuil. Non, il irait plutôt trouver sa maîtresse.

Le problème, c'était qu'il n'avait pas de maîtresse en ce moment, puisqu'il passait son temps à chercher une épouse. Il ne lui restait plus qu'à redoubler d'efforts pour la trouver. Une belle et docile épouse anglaise…

À cet instant, Mme Brown se retourna. Leurs regards se croisèrent, et Robert eut l'impression de recevoir un coup de poing à l'estomac. La vérité le frappa de plein fouet : il aurait un mal fou à chercher une épouse, quand son esprit était obsédé par cette femme…

Tirant le rideau en velours bordeaux de son bureau, Geoffrey Hadmore regarda le carrosse laqué de noir emporter Jamison et Mme Brown. Pour la première fois depuis longtemps, il poussa un soupir soulagé.

Mme Brown ne semblait pas être au courant de son secret. Certes, elle était peut-être une excellente actrice, mais une fois que la bague serait en sa possession, cela n'aurait plus guère d'importance. Débarrassé de la preuve, il en finirait avec les problèmes annexes.

Il aperçut Lester Redfern qui marchait d'un pas déterminé vers la maison. Dans quelques minutes, la bague serait à lui, mettant un terme à un cauchemar qui durait depuis trop longtemps.

— J'ignorais que j'avais un rendez-vous, dit Allie, tandis que le carrosse avançait dans la rue bondée.

Si elle n'avait pas été si pressée de s'en aller, elle n'aurait pas hésité à contredire lord Robert. Au lieu de se sentir flattée par les attentions du duc, elle avait été mal à l'aise. Hélas, l'homme assis en face d'elle ne lui faisait pas le même effet...

— Bien sûr que non, fit-il avec un sourire. Ce rendez-vous est une surprise.

— Je n'aime pas trop les surprises, répliqua-t-elle d'un air coincé. Où allons-nous ?

— Je vous promets que vous ne risquez rien, madame Brown. J'ai pris rendez-vous pour vous chez la couturière. Je pensais que vous auriez envie de remplacer vos robes déchirées.

Elle rougit, gênée. Elle n'avait guère envie de passer les semaines à venir avec seulement deux robes, mais elle n'avait pas d'argent pour en acheter d'autres. Comme c'était humiliant de devoir le lui avouer, alors que son geste était si attentionné !

— C'est très gentil à vous d'y avoir songé, mais je n'ai apporté que peu d'argent pour mon voyage.

— J'ignore les prix en Amérique, mais vous serez étonnée de voir comme c'est peu cher, ici à Londres. Surtout les robes en laine. Nous avons beaucoup de moutons, vous savez.

Même s'ils ne devaient pas avoir la même notion des prix, elle reprit espoir. Peut-être aurait-elle les moyens de s'offrir une robe ?

— Nous y sommes, annonça-t-il tandis que le carrosse s'arrêtait. Allons voir ce que Mme Renée peut nous proposer.

Geoffrey contempla la bague dans sa main, puis releva les yeux.

— Elle l'avait cousue dans l'ourlet d'un jupon, expliqua Redfern. Une cachette intelligente.

Il oscilla sur ses talons, un sourire satisfait aux lèvres.

— Où est l'écrin ? demanda Geoffrey.

— L'écrin ? répéta l'autre, inquiet.

— Vous deviez aussi rapporter la boîte. La bague n'était-elle pas dans son écrin ?

Geoffrey sentait les débuts d'une migraine poindre derrière ses yeux.

— Oui, mais...

— Alors, où est-il ?

— Je suppose qu'il est encore dans la chambre de Mme Brown.

— Vous ne l'avez pas trouvé ?

— Je l'ai laissé, grommela Redfern, mal à l'aise. J'ai sorti la bague pour vérifier que je ne m'étais pas trompé, cette fois-ci, puis j'ai jeté la boîte par terre. D'ailleurs, elle était toute cabossée. Ce n'était pas une boîte digne de la bague. Vous n'aviez pas parlé d'une vieille boîte pourrie. « Trouvez la bague et son écrin », voilà ce que vous m'aviez demandé. Et la bague est là, ajouta-t-il en la montrant du doigt. Il n'y avait pas d'écrin assorti. J'ai fait mon travail, et maintenant c'est à vous de faire le vôtre, conclut-il. Je veux mon argent.

Geoffrey serra la bague dans sa main, se retenant d'étrangler ce crétin. Il s'approcha de Thorndyke et lui caressa le museau.

— Dites-moi, Redfern, est-ce que vous tenez à la vie ? demanda-t-il d'une voix aimable.

N'entendant pas de réponse, il se retourna. Redfern se dressait près de la fenêtre, la mâchoire serrée.

— Ce n'est pas de ma faute. Vous n'aviez qu'à être plus précis...

— Rappelez-vous à qui vous parlez, Redfern. Surveillez votre ton. Visiblement, j'ai surestimé vos capacités.

— Ce n'est pas vrai ! J'ai été victime d'un concours de circonstances.

— Laissez-moi vous expliquer. Je veux la boîte dans laquelle se trouvait la bague. Je me fiche de savoir comment vous allez vous la procurer. Vous ne toucherez pas un sou, tant que je n'aurai pas la boîte. Si vous ne parvenez pas à l'obtenir, vous mourrez. D'autres questions ?

— Non, monsieur.

— Parfait. Willis va vous reconduire.

Dès que Redfern eut quitté la pièce, Geoffrey s'approcha de son bureau, s'efforçant de garder son calme. Il sortit une petite clé en argent de sa poche et ouvrit un tiroir. Puis il y déposa la bague, avant de refermer le tiroir et de ranger la clé.

Il se versa un cognac, agacé de voir que ses mains tremblaient. Il l'avala d'une lampée, retenant un juron. Il avait envie de casser quelque chose, de tempêter, de hurler. Il se versa un autre verre et inspira profondément. Calme. Il devait rester calme…

Cet imbécile de Redfern l'avait fait sortir de ses gonds. La boîte… Il ferma les yeux. La panique menaçait de l'engloutir.

Mme Brown avait-elle découvert le secret de la boîte ? Que savait-elle exactement ? Il devait s'assurer qu'elle ne savait rien. Mais ne risquait-elle pas de découvrir la vérité si elle trouvait le double fond dans la boîte, maintenant que celle-ci était vide ? Et si elle la donnait à quelqu'un ? Ou si elle la jetait et si quelqu'un la trouvait ? Pour s'assurer que son secret ne serait jamais divulgué, il devait détruire lui-même la boîte et son contenu.

Pourquoi ne la lui avait-elle pas rendue ? Avait-elle une idée de sa valeur ? Voulait-elle le faire chanter ? Mais alors, pourquoi n'avait-elle pas déjà fixé son prix ? À moins qu'elle ne joue avec lui comme un chat avec une souris.

Elle essaye de me rendre fou, songea-t-il.
Il ne se laisserait pas faire. Et il ne laisserait pas son avenir aux mains de Redfern. Il devait agir sans attendre.
Il prit du papier à lettres et se mit à rédiger un mot.

Chère Alberta,
J'ai beaucoup apprécié notre conversation de ce matin et je vous remercie pour tous vos efforts concernant la chevalière des Shelbourne. Bien que la bague ait disparu, je me demandais si elle possédait un écrin ? D'autres objets de la collection Shelbourne se trouvent dans des boîtes spécifiquement dessinées, et j'ai pensé que c'était peut-être le cas pour cette bague. Le cas échéant, je serais heureux de l'avoir en souvenir.
Je serais honoré de vous recevoir à dîner ce soir à huit heures. Cela nous donnerait l'occasion de mieux nous connaître, et vous pourriez m'apporter la boîte – si elle existe.
Dans l'attente de votre réponse, votre dévoué,
Geoffrey Hadmore

Il apposa le sceau sur la lettre et sonna Willis.
— Faites-la déposer immédiatement, et que le messager attende une réponse.
Geoffrey était froidement déterminé. Il mettrait la main sur cette maudite boîte. Et le lendemain, à la même heure, Mme Alberta Brown aurait cessé d'être un problème.

9

Après avoir confié Mme Brown pendant deux heures à la couturière, Robert revint au magasin. Il en avait profité pour passer chez son notaire, afin de s'assurer que le local du forgeron, reconstruit depuis l'incendie, connaissait des affaires florissantes et que la famille de Nate ne manquait de rien. Son sentiment de culpabilité s'était un peu atténué.

Lorsqu'il poussa la porte du magasin, une petite clochette retentit. L'entrée était vide. Visiblement, Mme Brown et la couturière se trouvaient dans les salons à l'arrière. Il retira son couvre-chef et choisit de rester debout. Les petits sièges tapissés de velours parme étaient notoirement inconfortables. Comment les femmes parvenaient-elles à tenir sur un perchoir aussi ridicule ?

Étudiant les rouleaux de tissus, il remarqua un satin bleu saphir. Sachant que c'était la couleur préférée de Caroline, il se promit de le lui signaler. Il contempla les tissus rayés ou unis, les imprimés, puis s'attarda sur une étonnante couleur topaze. Il effleura l'étoffe luxueuse. C'était une soie particulièrement délicate. Et cette couleur, audacieuse mais raffinée, soulignée de fils d'or...

Il imagina Allie vêtue d'une robe coupée dans ce tissu, la couleur rehaussant sa peau ivoire, ses yeux magnifiques et sa chevelure auburn.

Au même moment, elle pénétra dans la pièce, suivie de Mme Renée. La propriétaire remarqua aussitôt son intérêt pour le tissu.

— N'est-elle pas magnifique ? Une soie incroyable, et cette couleur ! s'exclama la couturière en faisant claquer un baiser sur ses doigts.

Robert vit une lueur nostalgique passer dans le regard de Mme Brown.

— Magnifique, en effet, dit-elle. Mais ce n'est pas pour moi.

— Avez-vous trouvé quelque chose à votre convenance ? lui demanda-t-il.

La couturière arqua les sourcils :

— Doutiez-vous que Mme Renée saurait lui trouver ce qu'il faut ?

Il leva les mains comme pour se défendre.

— Jamais !

— J'ai eu de la chance, expliqua Allie. Mme Renée avait des robes noires que quelqu'un ne voulait plus.

— Cela a rendu service à Mme Brown, dit la couturière. Comme la cliente a annulé sa commande, je baisse le prix. Les robes n'ont besoin que de quelques retouches. Elles seront déposées aujourd'hui.

Robert était attristé, mais non pas étonné, qu'elle eût choisi seulement du noir. Il contempla une nouvelle fois la soie topaze. Elle serait magnifique...

Bah ! Il ne devait surtout pas la rendre encore plus attrayante.

Ils dirent au revoir à la couturière et remontèrent dans le carrosse.

— Je suis désolée de vous avoir fait attendre si longtemps, s'excusa la jeune femme alors qu'ils s'asseyaient sur les banquettes. Je pensais seulement acheter une robe, mais ses prix sont vraiment avantageux. Merci beaucoup de m'avoir emmenée chez elle, ajouta-t-elle avec un sourire qui fit bondir le cœur de Robert.

— Ce fut un plaisir. Et ne vous excusez pas. Caroline et ma mère sont beaucoup plus longues que vous. J'en ai profité pour m'occuper de mes affaires. Dites-moi, à part voir Shelbourne, aviez-vous autre chose à faire à Londres ?

— Non.

— Dans ce cas, je propose de partir demain matin pour Bradford Hall, ce qui nous donnera le temps de recevoir vos robes et de préparer nos bagages. Est-ce que cela vous convient ?

— Parfaitement.

— Tant mieux. Nous pouvons donc profiter de ce bel après-midi. Je pensais que vous aimeriez visiter Vauxhall.

Une lueur taquine glissa dans les yeux d'Allie.

— Vauxhall ? Est-ce une race de pigeons qui font leurs nids dans des chapeaux ?

Il rit.

— Non. C'est un jardin près de la Tamise. Il y a des sentiers bordés de fleurs magnifiques en cette saison. Qu'en dites-vous ?

— J'adore les fleurs. Une promenade à Vauxhall me semble une excellente idée.

Elle sourit, et le cœur de Robert s'emballa une nouvelle fois. Comme elle était belle…

Sur le large chemin semé de graviers, Allie inspira profondément l'air parfumé. Des ormes majestueux bordaient le chemin et le soleil dansait entre les feuillages. Des oiseaux piaillaient dans les frondaisons.

— On appelle ce chemin la Grande Promenade, expliqua lord Robert. Sur notre droite se trouve la promenade Sud, et la promenade de l'Ermite sur la gauche. Un peu plus haut, nous croiserons la promenade de la Grande Croix qui traverse tout le jardin. Nous y tournerons en direction de la Châtaigneraie.

— Qu'est-ce que c'est ?

— Un square où se rejoignent les différentes promenades. Vous voyez d'ici les pavillons. On peut s'y abriter en cas de pluie, et il y a plusieurs restaurants pour dîner.

— Ainsi, on vient ici le soir pour se promener sous les arbres illuminés… Ce doit être merveilleux.

— En effet. Il y a aussi de la musique, des chanteurs, des feux d'artifice, des soirées dansantes. Un jour, j'ai vu une funambule appelée Mme Saqui marcher sur un fil suspendu entre deux poteaux à trente mètres du sol.

— Comme c'est amusant !

Elle leva la tête et regarda les lampes placées dans les branches.

— Le soir, le spectacle doit être féerique.

— Aimeriez-vous revenir ce soir ?

Elle hésita. Elle avait envie de voir les lumières, d'écouter la musique, mais cet environnement charmant créerait une intimité romantique. Et cet homme incarnait la tentation même…

Chez Mme Renée, elle avait failli gaspiller ses maigres économies sur un tissu coloré. Sachant qu'elle voulait secrètement porter une jolie robe pour lui plaire, elle avait résisté. Les robes noires étaient les moins onéreuses, et elles continueraient à la protéger des hommes, comme depuis trois ans. Rien qu'à l'idée de se promener la nuit avec lui, sous les lumières féeriques, son cœur s'emballait. Non, ce n'était pas une bonne idée.

— C'est très gentil à vous, dit-elle, mais je dois préparer notre voyage de demain.

Elle crut déceler un certain soulagement chez lui. Ressentait-il la même chose ? Comprenait-il que ce serait une folie de se retrouver seuls le soir ?

Au détour du chemin, des rosiers attirèrent son attention.

— Oh ! s'exclama-t-elle, heureuse de cette diversion. Je n'avais jamais vu des roses aussi colorées.

Elle se pencha pour en humer le parfum délicat.

— Attendez de voir les jardins de Bradford Hall. Ils sont spectaculaires. On dirait des champs de roses. Quand je les respire, je pense toujours à ma mère et à Caroline. C'est leur parfum préféré.

— Je comprends ce que vous voulez dire. On associe des odeurs à certaines personnes. Si je sens l'odeur du pain frais, je pense à ma mère. Et le tabac me rappelle mon père. Quant aux lilas, ils me font penser à...

— Elizabeth ! lança-t-il en même temps qu'elle.

Ils éclatèrent de rire.

— L'odeur du cuir me rappelle mon père, poursuivit-il. Mon premier souvenir est d'être assis devant lui sur son cheval Lancelot. Mon père était un excellent cavalier, et quelqu'un de très patient. Il nous a tous appris à monter à cheval, même Caroline.

— Parlez-moi de lui, dit-elle, touchée par la tendresse dans sa voix.

— Comment vous expliquer ? fit-il d'un air mélancolique. C'était un vrai aristocrate, mais cela n'avait rien à voir avec son titre de noblesse. Il était respecté par ses pairs, adoré par son épouse et aimé de ses enfants. Strict, mais raisonnable. Généreux de son temps, de son argent et de sa gentillesse, et juste avec ses employés. Il se mettait rarement en colère, riait souvent, et contrairement à beaucoup d'hommes, il était dévoué à sa famille.

— Ce devait être quelqu'un de merveilleux.

— William, Austin et moi, nous avons toujours essayé de lui ressembler. Nous continuons à ce jour. Si je pouvais parvenir à lui ressembler un tant soit peu, ce serait déjà une bénédiction.

Il laissa passer quelques instants avant de poursuivre.

— Sa mort a été si soudaine, si inattendue. Terriblement brutale. Il semblait être en parfaite santé, et pourtant, son cœur a cessé de battre.

L'émotion dans la voix de Robert résonna dans le cœur d'Allie. Elle éprouva de la compassion, mais aussi quelque chose de troublant. Jusqu'à cet instant, elle l'avait jugé amusant mais frivole, mais à l'entendre évoquer son père et ce désir de lui ressembler, elle comprenait qu'il possédait une profondeur insoupçonnée. Et cette profondeur était terriblement séduisante.

— Mon père a demandé à ma mère de l'épouser ici même, dans les jardins de Vauxhall, précisa-t-il. Ils racontaient l'anecdote à chacun de leurs anniversaires de mariage.

Il montra du doigt un banc en pierre.

— Mon père prétendait qu'ils étaient assis sur ce banc, mais ma mère le corrigeait en disant que c'était un banc plus au nord, dans les jardins. Ils se taquinaient à ce propos et il finissait toujours par lui faire un clin d'œil en disant: « Quelle importance de savoir où je t'ai posé la question? L'important, c'est que tu aies dit oui. »

Allie sourit. Mais la tristesse de Robert lui faisait de la peine. Elle voulut le dérider.

— C'est très romantique, contrairement à mes parents, répliqua-t-elle en se penchant vers lui d'un air confidentiel. Pouvez-vous garder un secret ?

— Bien entendu.

— C'est ma mère qui a demandé mon père en mariage.

Il l'observa quelques instants, étonné, avant de sourire comme elle l'avait espéré.

— Je ne le crois pas.

— Je vous le promets ! fit-elle en posant une main sur son cœur. Mes parents s'aimaient depuis leur enfance. L'été de ses dix-sept ans, maman a espéré pendant des semaines que papa lui demanderait de l'épouser, mais il attendait l'opportunité idéale. Comprenant qu'elle serait vieille avant qu'il ne trouve le bon moment, elle a pris les choses en main.

— Visiblement, il a dit oui.

— Papa prétend qu'il était agacé qu'elle lui vole un moment aussi romantique, mais maman lui rétorque à chaque fois : « Si je t'avais attendu, Henry, nous ne serions toujours pas mariés. J'aurais été obligée d'épouser Marvin Blakely. »

Elle rit avant d'ajouter :

— Alors papa marmonne quelque chose contre Marvin Blakely, puis ils échangent ce sourire particulier qui prouve qu'ils s'aiment encore, après tant d'années.

Il s'arrêta brusquement.

— Mes parents avaient ce même sourire. Même dans une pièce pleine de gens, on avait soudain l'impression qu'ils étaient seuls au monde.

— Oui, c'est bien cela.

Surpris, ils restèrent à se contempler au milieu du chemin et, comme la veille, elle aurait juré qu'il se passait quelque chose entre eux. Une complicité subtile, silencieuse.

Elle soupira.

— Je suis désolée pour votre mère. Ce doit être terrible de perdre un mari qu'on aime à ce point...

Il l'observa d'un air étrange.

— Mais vous devez savoir ce que l'on ressent, murmura-t-il.

Elle rougit et détourna le regard, de peur qu'il ne lise ses pensées dans ses yeux.

Elle ne pouvait nier qu'elle aimait encore David lorsqu'il était décédé, mais quand elle avait découvert sa vraie nature, son amour s'était éteint comme on souffle une bougie.

Robert tendit son chapeau et sa canne à Carters. Dieu qu'il était soulagé d'être à la maison ! C'était une torture de rester confiné avec elle dans le carrosse, à respirer son parfum ensorcelant, à se creuser la cervelle pour trouver un sujet de conversation. Presque tout le chemin depuis Vauxhall s'était déroulé en silence.

Flûte ! La complicité amicale qui les avait unis pendant la promenade s'était brusquement envolée. D'un seul coup, Allie était devenue tendue et nerveuse. Il avait été partagé entre l'envie de rompre cette tension et le besoin de garder ses distances. Plus il partageait avec elle, plus il conversait avec elle, plus elle l'enchantait. Il voulait tout savoir d'elle.

— Un paquet de chez Mme Renée est arrivé pour Mme Brown, annonça Carters. Je l'ai fait monter dans votre chambre, madame. Et cette lettre est arrivée aussi, ajouta-t-il en la lui donnant. Le messager envoyé par lord Shelbourne attend une réponse.

Robert se raidit. Que diantre voulait Shelbourne ? Il regarda Allie briser le sceau et parcourir la lettre. Un tapotement retentit dans le vestibule. Robert s'aperçut que c'était son propre pied qui battait la mesure. Elle prenait son temps pour lire. Que pouvait-il lui dire, ce coureur de jupons ? C'était à croire qu'il lui avait écrit un roman !

— J'espère que tout va bien, fit-il d'un air faussement dégagé.

— Lord Shelbourne m'invite à dîner chez lui ce soir.

Robert serra les poings. Maudit soit-il ! Le vaurien voulait la séduire chez lui, puisqu'elle avait refusé de sortir en société. Eh bien, Mme Brown n'était pas une tête de linotte. Elle allait deviner ses intentions et décliner l'invitation.

— Pourrai-je emprunter le carrosse ? s'enquit-elle.

Il la dévisagea, étranglé par la jalousie, et curieusement blessé. N'avait-elle pas refusé de passer la soirée avec lui à Vauxhall ? Certes, il en avait été soulagé, parce que le romantisme du lieu aurait été difficile à supporter, mais tout de même…

— Vous allez accepter ? dit-il froidement. Je croyais que vous deviez préparer le voyage de demain.

— C'est exact, répliqua-t-elle en lui tendant la lettre. Mais regardez par vous-même, je ne peux vraiment pas refuser.

Il parcourut les quelques lignes.

— Est-ce que vous avez cette boîte qu'il mentionne ?

— Oui. Je n'ai pas pensé à la lui apporter, ce matin. Je l'aurais certainement jetée en préparant mes affaires ce soir. Elle est vieille et cabossée. Je suis heureuse de la lui rendre, puisque je ne peux lui rendre la bague.

— Alors vous allez accepter l'invitation uniquement pour lui rendre cette vieille boîte ?

— Oui, c'est une question d'honneur. Est-ce que vous ne feriez pas comme moi ?

— Probablement, admit-il, quelque peu rasséréné. Mais je dois vous prévenir que Shelbourne a une certaine réputation auprès des dames. Elizabeth ne me pardonnerait jamais de vous laisser seule avec quelqu'un qui pourrait nuire à votre honneur. Aussi, je vous accompagnerai.

— Merci, dit-elle, soulagée. Je dois accepter son invitation, mais je ne désire pas un tête-à-tête avec lui.

— Je vais lui répondre que nous viendrons tous les deux, déclara-t-il en consultant sa montre de gousset, amusé de jouer ce mauvais tour au duc. Il nous reste deux heures. Profitons-en pour préparer notre départ.

Quand elle s'excusa pour monter dans sa chambre, il se dirigea vers le bureau d'Austin afin de rédiger sa réponse à Shelbourne.

Il lui restait aussi une deuxième lettre, autrement plus importante, à écrire.

Allie pénétra dans sa chambre et se dirigea vers la commode, d'où elle sortit la boîte rouillée.

— Je serai très heureuse d'être débarrassée de toi, murmura-t-elle. Une fois que je t'aurai rendue, je serai enfin libre.

David et le mal qu'il avait commis seraient exorcisés de sa vie, même si quelques démons continueraient à la tourmenter…

Un profond soulagement l'envahit. Une fois sa quête terminée, elle pourrait profiter pleinement de son séjour chez Elizabeth. Six belles semaines dans la campagne anglaise, à rattraper le temps perdu avec son amie d'enfance, à oublier le passé. Puis elle rentrerait en Amérique et…

Elle ne reverrait plus jamais lord Robert.

Agacée qu'il eût une nouvelle fois envahi ses pensées, elle posa la boîte sur la commode, d'un geste un peu brusque. Elle entendit un léger craquement.

Aussitôt, elle souleva la boîte afin d'examiner la commode. Heureusement, elle ne l'avait pas endommagée. Puis elle scruta la boîte.

Le fond semblait se détacher. Elle essaya de le recoller, mais dès qu'elle appliqua un peu de pression, la boîte se sépara en deux moitiés.

— Ô mon Dieu ! fit-elle, désolée.

Non sans étonnement, elle s'aperçut alors qu'un double fond recelait un papier plié.

10

Allie s'approcha de la fenêtre et fronça les sourcils. Ce papier avait-il appartenu à David ? Elle le sortit délicatement de sa cachette et le déplia. L'encre s'était estompée, si bien qu'elle eut du mal à déchiffrer l'écriture. C'était une langue étrangère. Bien qu'elle ne fût pas une linguiste, elle devinait que ce n'était ni du français ni de l'espagnol ou du latin.

Serait-ce du gaélique ? David avait un peu parlé cette langue. Souvent, dans les instants de passion, dans l'obscurité, il lui avait murmuré des mots en gaélique, des paroles romantiques qu'elle n'avait pas comprises. Il les avait apprises lors de ses nombreux voyages à Dublin, sur les navires qui franchissaient la mer d'Irlande.

Brusquement, elle éprouva un sentiment de désarroi. Si David avait un rapport avec ce mot, elle ne pourrait peut-être pas encore oublier le passé. Elle fut tentée de remettre le papier à sa place ou, mieux encore, de le détruire.

L'idée était séduisante. Personne ne saurait. Quelle importance si ce mot concernait David ? Il était mort. Elle ne lui devait rien.

Détruis-le, se dit-elle. Personne n'en saura rien…

Mais quelque chose la retenait. Personne ne saurait – excepté elle. Sa conscience et sa curiosité la tarauderaient, si elle n'essayait pas de comprendre ce qui était écrit sur ce bout de papier. Et peut-être que cela ne regardait pas David ? Après tout, la boîte et la bague appartenaient à lord Shelbourne. Si ce mot concernait le duc, elle devait le lui rendre.

Cependant, David avait bien parlé le gaélique. Avec tout ce qu'elle savait de lui par ailleurs, il y avait de fortes chances que son mari fût concerné par ce papier.

Elle frémit. Découvrirait-elle d'autres personnes qu'il avait volées ? S'il y avait d'autres victimes, elle serait obligée de…

— Non ! s'écria-t-elle en portant une main à sa tempe.

Seigneur, elle ne voulait plus, elle ne *pouvait* plus passer son temps à rectifier ses erreurs. Mais comment faire autrement ? Elle avait l'impression d'étouffer. Allait-elle devoir endurer des difficultés financières et des humiliations, comme depuis trois ans ? Alors que la fin avait semblé si proche…

N'y pense pas maintenant, s'ordonna-t-elle.

Impossible de détruire le mot avant d'en avoir le cœur net. Elle ne pouvait non plus le remettre dans la boîte et courir le risque que lord Shelbourne découvre des informations désagréables. Avec un soupir, elle le replia et le glissa dans une poche intérieure de son réticule, tout en se maudissant de l'avoir découvert.

Puis elle s'assit au bord du lit et se mit à réparer la boîte.

Geoffrey était adossé au chambranle en marbre de la cheminée du salon. Il regardait le valet de pied qui servait un verre à ses invités. Il avait du mal à afficher un air impassible.

Elle lui avait donné la boîte dès son arrivée, un quart d'heure auparavant. Il y avait jeté un coup d'œil avant de sourire.

— Elle n'est pas bien belle, n'est-ce pas ?

Après l'avoir remerciée, il l'avait glissée dans sa poche, comme si de rien n'était, mais la boîte le brûlait à travers l'étoffe de son pantalon.

— Si vous voulez bien m'excuser un instant, fit-il soudain, n'y tenant plus. Je dois dire un mot à Willis…

Il quitta la pièce sans se presser, puis s'enferma dans son bureau et retira la boîte de sa poche. Le cœur battant, il l'ouvrit et contempla le double fond… qui était vide.

Saisi de panique, il parcourut la surface rouillée avec ses doigts. Y avait-il une autre ouverture ? Après quelques instants de quête effrénée, il dut se rendre à l'évidence : le papier manquait.

Il lâcha un chapelet de jurons et jeta la boîte à travers la pièce. Puis il se mit à marcher de long en large, le souffle court.

Où diable était ce maudit papier ? Elle l'avait sûrement trouvé – ou, du moins, elle savait où il était caché.

Il ferma les yeux. Sa tête menaçait d'exploser.

Je dois me ressaisir, songea-t-il. Je dois découvrir ce qu'elle sait. Puis m'en débarrasser.

Il ne s'était pas inquiété que Redfern trouve le mot, puisqu'il ne savait pas lire – Geoffrey s'en était assuré avant de l'engager. Mais Mme Brown… Elle n'était ni illettrée ni idiote. Et sûrement aussi cupide que son maître chanteur de mari !

Il reprit son souffle, lissa ses cheveux devant le miroir. Il ajusta les revers de sa redingote, ainsi que son nœud de cravate. Satisfait d'être à nouveau impeccable, il quitta la pièce pour aller retrouver ses invités.

Alberta Brown se croyait habile. Mais c'était une erreur. Une grave erreur.

Dès que le duc de Shelbourne s'encadra dans l'embrasure de la porte, Allie perçut un changement dans son attitude. Il la dévisagea d'un air sombre, et un frisson d'appréhension lui glaça l'échine.

— Tout va bien ? s'enquit lord Robert, visiblement étonné par le changement chez leur hôte.

— Bien entendu, fit Shelbourne avec un geste vague de la main. Un accroc à la cuisine, mais Willis m'assure que tout ira bien. Passons à la salle à manger, ajouta-t-il en donnant le bras à Allie.

La jeune femme se demanda si elle avait imaginé son malaise.

Or, lorsqu'on leur servit le turbot poché, elle comprit qu'elle ne s'était pas trompée. Il la contemplait d'un drôle d'air, comme s'il essayait de percer ses pensées... Décidément, quelque chose n'allait pas. Était-il malade ? Non, on aurait dit qu'il était... en colère.

Savait-il qu'elle avait le papier ? songea-t-elle. Impossible. Comment aurait-il été au courant, puisqu'il avait ignoré l'existence de la bague et de sa boîte jusqu'à ce qu'elle lui en parle ?

Pourtant, l'attitude de Shelbourne la troublait. Son instinct lui disait qu'il était dans son intérêt d'en apprendre davantage sur cet homme.

— Votre maison est superbe, Geoffrey, lança-t-elle avec un sourire.

Il se détendit. Son regard quitta les yeux d'Allie et s'attarda sur sa bouche.

— Merci.

Elle contempla la nature morte qui ornait le mur derrière lui.

— Visiblement, vous êtes un amateur d'art. C'est un magnifique tableau.

Robert cessa de manger. Mme Brown souriait à Shelbourne – qu'elle appelait Geoffrey – avec une chaleur qui le surprenait et l'irritait à la fois. Flûte alors, il avait encore raté quelque chose. Et Shelbourne qui la mangeait des yeux... Quand diable avait débuté cette soudaine intimité ?

— Aimez-vous l'art, Alberta ? questionna le duc.

— J'aime beaucoup les beaux tableaux, mais je crains de ne pas être experte en la matière.

— Après dîner, je vous ferai visiter la galerie. Elle est plus modeste que celle du château de Shelbourne, mais j'y compte des pièces exceptionnelles...

La manière dont Shelbourne prononça les mots « pièces exceptionnelles » fit frémir Robert, car le goujat ne quittait pas des yeux la poitrine de Mme Brown. Sale libertin ! Comment osait-il la regarder ainsi ?

Tu l'as regardée de la même manière... ironisa une voix intérieure.

Non ! Il y avait une lueur calculatrice et prédatrice chez Shelbourne qui le mettait mal à l'aise.

— Lord Robert m'a fait visiter les jardins de Vauxhall cet après-midi, poursuivit Allie. C'est un endroit merveilleux.

— C'est encore mieux le soir, dit Shelbourne, puis il se pencha légèrement vers elle et ajouta à mi-voix : Ces chemins sombres et solitaires sont propices à des instants... magiques.

Robert serra les dents. Dieu, qu'il avait envie de lui asséner un coup de poing ! L'attitude de Shelbourne ne l'étonnait pas, mais la réaction de Mme Brown le stupéfiait. Au lieu de paraître indignée, elle rougit délicatement et un sourire effleura ses lèvres.

— Comment va votre propriété en Cornouailles, Shelbourne ? demanda-t-il pour dévier la conversation.

— Très bien. Dites-moi, Alberta...

— Que pensez-vous des progrès accomplis ces dernières années ? Austin prétend qu'on a perfectionné l'irrigation et les techniques d'agriculture.

Shelbourne accepta enfin de le regarder en face, un sourire moqueur aux lèvres.

— Mon système d'irrigation est en excellent état, Jamison. Merci de vous en préoccuper. Quant à mes... techniques d'agriculture, personne ne s'est jamais plaint.

— Vraiment ? Mais peut-être n'avez-vous pas prêté une oreille assez attentive ?

Ils échangèrent un regard lourd de sous-entendus. Puis, avec un haussement d'épaules, Shelbourne se concentra à nouveau sur Mme Brown. Il entama une longue description de sa propriété en Cornouailles. À en juger par les pommettes roses de la jeune femme, l'attention de Shelbourne lui était plutôt agréable. Ayant décidé que le repas finirait plus vite s'il se taisait, Robert demeura silencieux.

Dès que le dîner fut terminé, il se leva, prêt à partir, mais Shelbourne lui rappela qu'il avait promis de faire visiter la galerie à Mme Brown.

— Je serais heureuse de la voir, approuva-t-elle.

Robert fut obligé de les accompagner, pour ne pas la laisser seule avec Shelbourne. Chaque fois que le duc la touchait, il sentait son humeur s'assombrir. Or Shelbourne la touchait sans cesse, lui effleurant le bras, posant la paume dans le bas de son dos pour la faire avancer vers le prochain tableau, glissant une main sous son coude. Il était dévoré de jalousie, et souffrait mille morts à chaque fois qu'elle accordait l'un de ses rares sourires au duc.

Qu'en était-il de sa dévotion à son mari ? Shelbourne l'incitait-il à abandonner son deuil ? Malgré lui, il était forcé d'admettre que le duc détenait les qualités que la plupart des femmes appréciaient : il était riche, titré et séduisant.

Perdu dans ses pensées, il faillit heurter Shelbourne qui s'était arrêté devant le dernier tableau.

— Elle est superbe, commenta Allie.

— Certes, mais elle n'est rien comparée à vous.

Robert regarda le portrait. C'était un Gainsborough plutôt réussi. La jeune femme, debout dans un champ de fleurs, était ravissante. Mais loin d'être aussi belle que Mme Brown.

Bon sang, c'était à lui de faire ce genre de compliments ! Il était temps de réagir.

— Puisque vous aimez les œuvres d'art, poursuivit Shelbourne, vous devez profiter de votre séjour à Londres pour voir les marbres d'Elgin. Si je venais vous chercher demain...

— Impossible, lança Robert. Nous partons à l'aube pour Bradford Hall. D'ailleurs, il est temps pour nous de prendre congé.

Shelbourne les raccompagna dans l'entrée, sans quitter Mme Brown des yeux.

— Je suis consterné, Alberta. Combien de temps resterez-vous dans le Kent ?

— Six semaines.

— Et ensuite ?

— Je rentrerai chez moi, murmura-t-elle.

Le cœur de Robert se serra.

— Je risque de passer par le Kent dans les semaines à venir. Le cas échéant, je ne manquerai pas de m'arrêter à Bradford Hall. Ce sera une joie de revoir Bradford, ainsi que la duchesse.

Il se pencha pour lui susurrer à l'oreille :

— Et une grande joie de vous revoir, vous.

Robert était au bord de la crise de nerfs.

— Merci pour le dîner, dit-elle en nouant les rubans de son bonnet. J'ai beaucoup apprécié le repas et vos tableaux.

— Et moi, j'ai apprécié votre compagnie, Alberta, dit le duc en portant sa main à ses lèvres.

Son regard de braise irrita Robert au plus haut point. Seules les manières qu'on lui avait inculquées depuis sa plus tendre enfance, l'empêchèrent de lui casser la figure.

— Merci beaucoup, Shelbourne, dit-il à son tour.

Puis il prit le bras d'Alberta et l'entraîna vers leur carrosse. Après l'avoir aidée à s'asseoir, il murmura :

— Excusez-moi, j'ai oublié ma canne.

Willis lui ouvrit la porte. Shelbourne se tenait encore dans le hall d'entrée.

— J'aimerais vous parler quelques instants, Shelbourne.

Le duc arqua un sourcil, surpris par le ton sévère.

— Bien entendu. Voulez-vous venir dans mon bureau ?

— C'est inutile.

Willis s'éclipsa.

— Que diable y a-t-il de si important, Jamison, pour que vous laissiez cette splendide créature toute seule ?

— C'est justement d'elle que je voulais vous parler. Laissez-la tranquille.

— Elle est assez grande pour décider seule. Or je n'ai pas l'impression que ce soit ce qu'elle désire...

— Elle ne connaît pas votre réputation comme moi.

Shelbourne sembla amusé.

— Dites-le-lui. Ma mauvaise réputation a tendance à attirer les femmes. Et j'apprécie tout particulièrement les veuves expérimentées.

— Allez voir ailleurs, Shelbourne, répliqua froidement Robert.

— Elle ne vous appartient pas, Jamison. À moins que... ? fit-il d'un air narquois.

Robert se retint de le frapper.

— Soyez assuré qu'elle ne vous appartiendra jamais, Shelbourne. Me suis-je bien fait comprendre ?

— Je n'apprécie guère votre ton, Jamison.

— Cela me laisse indifférent.

Il avança d'un pas. Shelbourne était grand, mais Robert le dépassait de quelques centimètres.

— J'ai dit ce que j'avais à dire. Il vaudrait mieux que je n'aie pas à me répéter.

Puis, sans attendre Willis, il ouvrit la porte et repartit vers le carrosse...

Geoffrey les regarda s'en aller. Visiblement, Jamison éprouvait un tendre sentiment pour Mme Brown. Dommage. Elle n'avait plus longtemps à vivre. Et si Jamison s'en mêlait, il ne ferait pas long feu non plus.

11

Dès que le carrosse s'arrêta devant la maison des Bradford, Robert devina qu'il s'était passé quelque chose. Toutes les fenêtres de la demeure étaient illuminées. Il ne devait pas rester une seule bougie ou un chandelier éteint dans la maison.

La porte d'entrée s'ouvrit. Carters se profila dans l'embrasure, le visage tendu.

Robert prit peur. Était-il arrivé quelque chose à Elizabeth ? Ou au bébé ? Il se dépêcha de pénétrer dans le vestibule.

— Qu'est-ce qui ne va pas ? demanda-t-il à Carters en lui empoignant le bras.

— Quelqu'un a encore essayé de nous cambrioler, répondit le majordome d'un air furieux.

— Y a-t-il des blessés ?

— Non, monsieur. Et rien n'a été dérobé. Le vaurien a tenté de pénétrer dans la chambre de Mme Brown par la fenêtre, mais il a filé quand Clara a crié. Elle venait de finir de préparer le lit de Mme Brown et attisait le feu de cheminée. Il paraît qu'il était vêtu de noir des pieds à la tête.

— Que s'est-il passé ensuite ? demanda Robert.

— J'ai été le premier à arriver dans la chambre, où j'ai trouvé Clara qui hurlait en brandissant le tisonnier. Elle avait chassé le brigand qui avait sauté par-dessus la balustrade. Le temps qu'elle m'explique la situation, l'homme avait déjà disparu.

— Où se trouve Clara ?

— Elle est allée se coucher, monsieur. La cuisinière lui a préparé une tisane pour calmer ses nerfs. Clara a été bien valeureuse, mais elle est encore sous le choc.

— Quand est-ce arrivé ?

— Une demi-heure après votre départ, monsieur. J'ai aussitôt fait venir M. Laramie, qui a interrogé Clara avant de repartir. Il m'a prié de vous dire qu'il vous tiendrait au courant, et m'a conseillé de bien verrouiller les portes et fenêtres. J'ai déjà tout vérifié. Nous sommes en sécurité.

— Merci, Carters.

Robert se tourna vers Mme Brown, qui était restée silencieuse. Pétrifiée, le visage blême, son désarroi était visible. Sa lèvre inférieure tremblotait.

Il comprit qu'elle lui cachait quelque chose. Flûte alors, il en avait assez ! La veille, il ne l'avait pas poussée dans ses retranchements, mais ce soir, il n'y manquerait pas.

— Je crois que nous devons avoir une conversation, madame Brown, dit-il à mi-voix.

Dans le salon, Allie se tenait près du feu de cheminée, essayant de chasser le froid qui l'avait envahie depuis que Carters leur avait annoncé la mauvaise nouvelle.

Mon Dieu, ce n'était pas fini... La bague et sa boîte n'étaient plus en sa possession, mais quelqu'un voulait encore quelque chose d'elle. À moins qu'on ne veuille la faire disparaître...

Elle serra ses mains l'une contre l'autre pour les empêcher de trembler. Jamais elle n'avait eu aussi peur de sa vie. Jamais elle ne s'était sentie aussi seule. Et elle n'avait pas seulement peur pour elle, car la menace pesait désormais sur son entourage. Lord Robert avait déjà été blessé, la maison des Bradford dévalisée. Si elle se rendait à Bradford Hall, sa présence mettrait-elle Elizabeth et sa famille en danger ?

Elle ne pouvait courir ce risque. Elle ferait mieux de retourner en Amérique sans attendre. Elle n'en avait guère envie, mais elle ne se le pardonnerait jamais si quelqu'un d'autre était blessé à cause d'elle. À cause de sa relation avec David. Car c'était bien la seule explication possible. Cette personne qui lui en voulait avait un rapport avec le passé de David. Elle ressentit une lassitude amère.

Ainsi, tu vas me priver encore de quelque chose, David, songea-t-elle. Tu vas me voler ces moments avec Elizabeth...

Des larmes lui piquèrent les yeux.

— Est-ce que ça va ?

La voix grave de lord Robert retentit juste derrière elle. Elle pivota et se trouva confrontée à un regard qui n'était pas sombre de colère, mais rempli d'inquiétude.

Il la saisit aux épaules. Elle sentit la chaleur de ses paumes.

— Il est évident que vous n'allez pas bien, reprit-il. Comme il est évident que vous ne m'avez pas tout dit. Il y a un danger, pour vous certes, mais aussi pour moi et la maisonnée de mon frère. Je ne veux pas qu'il y ait des blessés.

— Moi non plus, murmura-t-elle. C'est pourquoi il vaut mieux que je rentre en Amérique sur le premier navire disponible.

Il se figea quelques instants et une lueur étrange glissa dans son regard, puis il lui serra les épaules plus fort.

— Non, répondit-il fermement. Ce n'est pas la solution. Nous pouvons régler ce problème. La personne responsable sera arrêtée. Entre-temps, Bradford Hall est un endroit très sûr, et dès notre arrivée, je ferai prendre des mesures de précaution supplémentaires.

Cette assurance ébranla la jeune femme. Elle ne voulait pas s'en aller. Évidemment, en partant, elle éviterait d'avoir à lui confier les détails humiliants de son mariage…

Il la secoua légèrement.

— Oubliez cette idée. Non seulement Elizabeth ne me pardonnerait jamais de vous avoir laissée partir, mais vous ne pouvez pas voyager seule. Si, après avoir vu Elizabeth, vous choisissez de partir plus tôt, nous vous trouverons une compagne de voyage. Mais vous ne semblez pas être du genre à fuir, conclut-il d'un air intense.

Elle le ressentit comme un compliment et un défi. Non, elle ne permettrait pas à David de lui voler autre chose. Les arguments de lord Robert étaient justes.

— Je vais rester, dit-elle, et aussitôt elle se sentit plus légère.

— Tant mieux, fit-il soulagé. Et maintenant, expliquez-moi ce qui se passe. Je me suis juré de vous protéger, mais, pour cela, je dois être au courant de tout.

Il avait raison, bien sûr. Ce n'était pas seulement sa propre vie qui était en jeu. Son silence risquait de le mettre en danger. Comme l'autre jour… Elle ne pouvait tolérer qu'il lui arrive malheur.

— Laissez-moi vous aider, insista-t-il. Faites-moi confiance…

Laissez-moi vous aider. Elle ferma les yeux. Avoir un allié… Quelqu'un à qui parler. À qui se confier.

Sur qui compter. Mais que penserait-il lorsqu'il apprendrait la vérité ? Elle était attristée à l'idée de voir la chaleur et l'admiration disparaître de son regard. Mais elle lui devait la vérité.

— C'est une longue histoire, prévint-elle.

— J'ai tout mon temps, fit-il en lui prenant les mains. Venez, allons nous asseoir.

— Est-ce qu'Elizabeth vous a parlé de mon mari ?

— Non. Elle m'a seulement dit qu'il était décédé.

— Elle n'a pas précisé dans quelles circonstances ?

— Non. J'ai pensé qu'il était mort de maladie.

— David a été tué lors d'un duel.

Elle se força à regarder lord Robert dans les yeux.

— Il a été tué par le mari de sa maîtresse...

Il mit quelques secondes à comprendre. Puis, quand elle vit la compassion dans ses yeux, elle se leva et marcha de long en large.

— Je ne savais rien. Je croyais que mon mari m'aimait autant que je l'aimais. Puis on m'a dit qu'il était mort. Avant même d'avoir pu réaliser ce qui se passait, j'ai aussi appris qu'il m'avait trompée... quasiment depuis le jour de notre mariage.

Maintenant qu'elle avait commencé à parler, les mots se mirent à jaillir.

— J'étais encore sous le choc, quand j'ai réalisé que l'adultère était le moindre des péchés de David. En rangeant ses affaires, j'ai trouvé un journal intime. Après l'avoir lu, j'ai compris quel genre d'homme j'avais épousé.

Elle noua ses mains tremblantes devant elle.

— C'était un voleur. Un maître chanteur. Un criminel. Le journal contenait la liste de centaines d'objets qu'il avait dérobés, puis revendus. Et la liste des sommes qu'il avait extorquées.

Sa gorge se serra.

— J'en ai été malade. Littéralement malade. Tout le confort dont j'avais profité en tant qu'épouse – notre belle maison, les jolis meubles, mes superbes vêtements – existait par la souffrance d'autres personnes.

Elle se tourna vers lui.

— Quand je l'ai su, j'ai failli en mourir. J'ai cru perdre la raison. J'ai passé une semaine entière enfermée dans ma chambre. D'abord, j'ai pleuré sur ce que j'avais perdu, mon mari, mon avenir, ma sécurité. Puis j'ai pleuré parce que j'avais été une idiote. J'avais eu une confiance aveugle en David. Or il m'avait trompée, dans tous les sens du terme. Il avait dupé tout le monde. Excepté Elizabeth. À l'époque, elle avait essayé de me prévenir, elle m'avait dit que je ne le connaissais pas assez bien pour l'épouser, mais j'avais refusé de l'écouter…

Elle inspira profondément.

— Après avoir passé une semaine à pleurer et à m'apitoyer sur mon sort, je n'arrivais plus à me supporter. Je me suis mise en colère, contre moi-même pour avoir été si naïve, et contre David pour ses mensonges et sa traîtrise.

Elle recommença à arpenter la pièce.

— J'ai décidé que je ne pouvais pas et que je ne voulais pas laisser David me voler le respect de moi-même. Il m'avait pris tout le reste, mais cela, il ne l'aurait pas. Il n'y avait qu'une façon de retrouver la sérénité : rendre tout l'argent qu'il avait volé.

« J'ai tout vendu, petit à petit. La maison, les meubles, mes bijoux, et même mes vêtements. Dès la vente de la maison, j'ai déménagé. Les ragots et le scandale qui ont entouré la mort de David… vous ne pouvez imaginer comme ils ont empoisonné ma vie. Je me suis installée dans une petite ville près de Boston. David avait habité Boston pendant plusieurs années, et d'après son journal intime, la plupart des gens qu'il avait trompés se trouvaient dans la région. Je me suis assurée que l'argent parvienne bien aux destinataires. Brown est un nom assez courant et je ne donnais pas le prénom de mon mari, ainsi tout le monde me considérait avec le respect dû à une jeune veuve. Je gagnais un peu d'argent en faisant de la couture. Grâce à cette indépendance, et parce que je faisais quelque chose pour réparer les torts de David, j'ai commencé à me sentir mieux...

Des souvenirs lui traversèrent l'esprit. Les chambres modestes. Les longues nuits solitaires. Son respect d'elle-même qui revenait peu à peu, au fur et à mesure qu'elle remboursait anonymement les victimes de son mari.

— J'ai trouvé un objet parmi les affaires de David qui n'était pas mentionné dans son journal, poursuivit-elle. C'était une vieille boîte rouillée qui contenait une chevalière. J'ai trouvé étrange que cet objet ne soit pas catalogué, sachant que les autres objets volés étaient méticuleusement mentionnés. Des bougeoirs, des bijoux... À l'exception de quelques pièces, il revendait les objets dès qu'il les avait volés, ainsi j'ai dû rendre de l'argent et non les objets eux-mêmes. (Elle eut un rire sans joie.) Bien qu'il n'y ait aucune mention de cette bague dans son journal, j'ai deviné qu'elle avait probablement été volée. Je voulais la rendre à son propriétaire.

Elle s'arrêta de marcher de long en large. Il était assis sur le bord du canapé, les avant-bras posés sur ses cuisses, la regardant avec intensité.

— J'ai consulté un expert en antiquités à Boston. Il m'a dit que la bague était ancienne, d'origine anglaise, et qu'elle appartenait probablement à un membre de l'aristocratie. Ce qui impliquait que David l'avait volée avant de partir en Amérique. J'ai gardé la chevalière pour la fin, décidant d'en profiter pour rendre visite à Elizabeth. Il m'a fallu trois longues années pour trouver, puis rembourser les victimes de David, mais j'y suis parvenue. Je n'ai gardé que mon alliance en argent, que je ne porte plus, et mes robes noires de deuil, que je porte tous les jours. Je n'avais pas les moyens d'acheter d'autres vêtements, et le noir me permettait de tenir les hommes à distance. L'alliance et les robes servaient à me rappeler tous les jours ce que j'avais perdu, et à me convaincre de ne jamais me retrouver dans une situation similaire.

Elle s'immobilisa devant le feu de cheminée, fixa les flammes en serrant les poings.

— Jamais, répéta-t-elle avec ferveur.

— Est-ce qu'Elizabeth est au courant ?

— Personne n'est au courant. Elizabeth sait seulement que David a été tué lors d'un duel. Comme elle méritait de savoir qu'elle ne s'était pas trompée à son sujet, je lui ai raconté les circonstances de sa mort. Je l'ai suppliée de me pardonner, et lui ai demandé si je pouvais venir m'excuser en personne. Elle m'a répondu, me pardonnant volontiers et m'invitant en Angleterre.

— Et votre famille ? Vous ne leur avez rien dit ?

— Seulement que David m'avait trompée, ce que tout le monde a su après sa mort. Personne n'est au courant du reste. Excepté vous, ajouta-t-elle d'un air de défi. Personne ne connaît ma situation financière. Si j'en avais parlé à ma famille, ils auraient insisté pour m'aider. Mais je devais rembourser ces gens toute seule. (Elle secoua la tête.) Je ne m'attends pas à ce que vous compreniez...

Une ombre glissa sur le visage de Robert.

— En fait, je vous comprends parfaitement.

Elle en doutait, mais elle se sentit intriguée par la sympathie dans son regard.

— Lorsque j'ai été prête pour partir en Angleterre, je n'avais pas les moyens de payer un billet, mais je ne voulais pas retarder mon voyage et attendre l'hiver. J'avais besoin d'en savoir plus sur la bague pour pouvoir oublier enfin le passé, et j'avais besoin de voir Elizabeth. De lui demander pardon. Je savais par ses lettres qu'elle m'avait pardonné de l'avoir traitée aussi mal, mais j'avais besoin de l'entendre de sa bouche. (Elle appuya ses mains sur son ventre.) J'ai été odieuse avec elle. Elle était ma meilleure amie, elle ne cherchait que mon bonheur, mais je l'ai rejetée. C'est la raison pour laquelle elle est venue en Angleterre. Elle habitait avec ma famille depuis la mort de son père. Mais quand elle m'a dit de me méfier de David, de ne pas l'épouser, je lui ai dit de s'en aller.

Sa voix devint un murmure, tant sa gorge était nouée.

— Je l'ai accusée de le vouloir pour elle et d'être jalouse de mon bonheur. Je lui ai dit que je ne voulais pas d'elle à mon mariage, ni dans ma vie. Lorsqu'elle a quitté ma famille, elle n'avait nulle part où aller. Alors elle est venue rendre visite à sa tante en Angleterre. (Elle ferma les yeux.) Doux Jésus, si seulement je l'avais écoutée...

« Comme je n'avais que très peu d'argent, j'ai accepté d'être la compagne de voyage de lady Gaddlestone afin de payer mon billet. Puis, sur le bateau, j'ai subi les incidents dont je vous ai parlé. Quand vous m'avez accueillie sur le quai, j'étais terrifiée. J'avais le sentiment que quelqu'un me surveillait. (Elle frémit.) Et comme vous le savez, ces événements étranges m'ont poursuivie jusqu'ici. Pourtant, depuis que je n'ai plus ni la bague ni la boîte, je croyais que tout serait fini…

— Visiblement, ce n'est pas le cas. La tentative d'effraction de ce soir prouve que cette personne veut encore quelque chose. Avez-vous une idée de ce que cela peut être ?

Elle hésita un instant, mais puisqu'il connaissait désormais tous ses secrets, c'eût été stupide de le lui cacher. Elle ouvrit son réticule et en retira le papier plié.

— Il ne reste rien, excepté ceci. Je l'ai découvert aujourd'hui, caché dans un double fond de la boîte.

— Qu'est-ce que c'est ?

— Je l'ignore. C'est écrit dans une langue étrangère. Comme je redoute que ce ne soit des renseignements au sujet de David, je ne l'ai pas remis à sa place avant de donner la boîte à lord Shelbourne.

— Puis-je regarder ?

Elle lui tendit le papier sans un mot. Il s'approcha de la cheminée et inclina la feuille vers la lumière.

— On dirait du gaélique.

— J'ai pensé la même chose, avoua-t-elle, nerveuse. Dans ce cas, cela a sûrement un rapport avec David. Il connaissait cette langue.

— C'est curieux, regardez ce mot-là. On dirait « Evers ».

Elle s'approcha et contempla le mot à son tour. Le nom lui semblait vaguement familier.

— En effet. Est-ce que cela vous indique quelque chose ?

— C'est le nom de famille de mon ami Michael.

— Le boxeur qui nous a aidés après l'agression ?

— Oui.

Tandis qu'il examinait le papier avec attention, on n'entendait que le crépitement des flammes.

— Et voyez ce mot-ci... On dirait le nom de la ville en Irlande où Michael a grandi. J'aimerais le lui montrer, lança-t-il, le visage sombre. Comme il est originaire d'Irlande, il pourra peut-être nous le traduire. Je vous donne ma parole que c'est un homme discret.

Elle voulut refuser, mais se sentit soudain lasse. Elle souhaitait tellement en finir.

— Très bien, acquiesça-t-elle.

Robert remarqua la lassitude de la jeune femme. Il posa le papier sur une table et lui prit les mains. Elles étaient glacées. Dans son visage blême, ses yeux semblaient immenses, hantés par les fantômes du passé. Elle paraissait émotionnellement et physiquement épuisée.

Son cœur se serra. Il éprouva une sourde colère et regretta de ne pas avoir croisé ce maudit David Brown. Désormais, il savait où avait disparu la jeune fille du dessin, et il admirait la détermination et la force intérieure qui avaient tout de même réussi à conserver un peu de cette jeune fille.

Dieu, ce qu'elle avait enduré... Et comme elle avait lutté pour ne pas sombrer.

Soudain, elle retira ses mains des siennes.

— Je suis également partie pour m'éloigner de ma famille. Je ne voulais pas que le scandale entache davantage leur nom, et je ne pouvais plus supporter leur compassion. Je savais qu'ils m'aimaient, mais ils ne voyaient que « la pauvre Allie ». Ils me regardaient tous avec l'expression que vous avez en ce moment sur le visage. Je ne veux pas de votre pitié, ajouta-t-elle avec force.

— Je comprends. Mais votre souffrance m'attriste. Et pour vous rassurer, sachez que la compassion n'est qu'une parcelle de ce que je ressens pour vous, en ce moment.

— Vous devez être écœuré…

— En effet, je suis écœuré qu'il existe des David Brown, qui font souffrir des personnes bonnes et confiantes comme vous.

— Je voulais dire que je dois vous écœurer par ma stupidité. Je n'ai pas deviné la vraie nature de cet homme, et je l'ai aimé.

— Pas du tout ! fit-il en la saisissant par les épaules. Vous n'avez rien fait de mal. Vous avez été une malheureuse victime. Il a profité de vous avec une rare cruauté. Je ne ressens que de l'admiration pour vous, et pour la manière dont vous avez tenu à rembourser ces gens. Vous êtes très courageuse.

Elle eut un rire amer.

— Courageuse ? J'ai tout le temps peur. Je ne suis sûre de rien.

— Et pourtant, vous persévérez. Le courage, ce n'est pas de ne pas avoir peur, c'est de surmonter ses peurs. De continuer à avancer malgré elles. J'admire votre force. Je vous admire d'avoir lutté pour rectifier des torts qui n'étaient même pas les vôtres.

— Rendre des objets qui ne m'appartenaient pas, rembourser les sommes volées par David, tout cela ne demandait pas de force.

— Non ? Combien de personnes auraient agi comme vous ? Surtout si elles risquaient d'être ruinées ?

En contemplant son joli visage, il sentit son cœur s'emballer.

— Vous êtes la femme la plus belle et la plus courageuse que j'aie jamais rencontrée. Je vous donne ma parole que le responsable de cet enlèvement, de ces cambriolages et de ces « accidents », sera puni. Je ne laisserai plus personne vous faire du mal.

Diverses émotions passèrent sur le visage de la jeune femme : la surprise, l'incertitude, le doute.

Puis la gratitude. Mais toutes étaient dominées par une vulnérabilité qui donnait à Robert l'envie de la serrer dans ses bras pour la protéger. Sa lèvre inférieure tremblota, attirant son attention sur cette bouche pulpeuse.

Il éprouva un élan de désir. Elle était ravissante.

Soudain, elle rougit. Visiblement, elle avait reconnu la faim qui enflammait son regard. Il resta immobile, lui donnant l'occasion de s'écarter, mais elle ne bougea pas. Lentement, il leva la main pour effleurer sa joue.

Du velours. Sa peau était douce comme du velours. À moins que le satin ne fût encore plus doux ? Ou la soie ? Elle poussa un soupir, attirant à nouveau l'attention de Robert sur sa bouche. Il songea qu'il n'avait aucune raison de ne pas succomber à l'envie qui l'avait taraudé avant même de la rencontrer. Elle n'était pas en deuil... Son cœur était libre.

Il lui entoura la taille d'un bras et l'attira doucement à lui. Ses yeux s'écarquillèrent, mais elle comprenait ce qui se passait. Dans ses prunelles dorées, il lisait la naissance du désir. Il respira son délicieux parfum. Puis il effleura ses lèvres avec les siennes.

Enfin.

Il éprouva la même émotion intense que sur le quai du port et, pendant quelques secondes, il demeura pétrifié. S'il avait pu, il aurait ri de la violence de cette émotion. Alors qu'il l'avait à peine touchée...

Il l'attira davantage à lui. Jamais aucune femme n'avait semblé si parfaite entre ses bras. Comme si elle avait été façonnée pour lui. Se hissant sur la pointe des pieds, elle s'appuya contre son torse. Désormais, il ne pouvait plus rester maître de lui. Un grognement monta du fond de sa gorge. Il toucha la commissure de ses lèvres avec la pointe de la langue, et elle entrouvrit la bouche avec un soupir qui lui fouetta le sang.

Elle avait le goût d'un vin capiteux, doux et voluptueux, enivrant. Alors qu'il explorait les mystères de sa bouche, elle lui rendit la pareille avec une même ferveur, leurs langues se mêlant. Le désir le transperçait.

Il enfouit les mains dans ses cheveux, éparpillant les épingles, et un rideau de mèches parfumées se répandit sur ses doigts. Comme elle était douce... Et comme elle sentait bon. Ses épais cheveux glissaient entre ses mains comme de la soie fraîche, formant un contraste saisissant avec le feu qui le consumait. Un feu attisé par la manière dont elle lui répondait.

Quelqu'un gémit. Lui ? Elle ? Il l'ignorait. Il lui caressa le dos, saisit ses fesses. Il voulait la sentir plus proche et maudit les vêtements qui empêchaient leurs peaux de se toucher.

Il ne sut pas combien de temps dura cette danse effrénée de langues et de lèvres, jusqu'à ce que revînt un semblant de raison. Il l'embrassa plus tendrement, trouvant la force de quitter ses lèvres pour explorer son cou. Il y déposa une traînée de baisers, savourant le gémissement qui roula dans la gorge de la jeune femme.

— Ce parfum, murmura-t-il. Quel est cet incroyable parfum que vous portez ? ajouta-t-il en lui mordillant le lobe de l'oreille.

— Du chèvrefeuille, répondit-elle, essoufflée.

Du chèvrefeuille. Ainsi, ce parfum qui l'enivrait avait un nom. Du chèvrefeuille... Sensuel, comme cette femme dans ses bras.

Il releva la tête pour la contempler. Les yeux clos, le visage empourpré de désir, les cheveux sur les épaules, les lèvres gonflées de leurs baisers... La prochaine fois, il se montrerait plus subtil.

La prochaine fois ? Il était persuadé qu'il y aurait une prochaine fois. Il ne pouvait envisager de ne plus la toucher. En l'embrassant, il avait eu l'impression de revenir à la maison après un long voyage. Il la désirait avec une intensité qui le faisait trembler, littéralement.

Quand elle ouvrit les paupières, il étudia son expression rêveuse. Ses yeux de velours étaient emplis de désir. Pour la première fois de sa vie, il resta sans voix...

Allie émergea du brouillard sensuel qui l'enveloppait avec un soupir de plaisir. Elle se sentait merveilleusement vivante. Chacun de ses nerfs la picotait. Cela faisait si longtemps qu'on ne l'avait pas embrassée. Et elle n'avait jamais été embrassée de cette manière... comme s'il avait voulu l'absorber tout entière, comme s'il n'avait pu la tenir assez proche, la goûter suffisamment. Et elle n'avait pas voulu qu'il cesse. Lorsqu'il l'avait touchée, après lui avoir dit comme il admirait sa force et son courage, elle s'était enflammée. En un clin d'œil, le doux baiser s'était transformé en brasier.

Il continuait à la serrer contre lui, tandis qu'elle gardait les mains enfouies dans ses épais cheveux. Elle croisa son regard et tressaillit, ébranlée par l'intensité qui brillait dans ses yeux. Elle se déplaça légèrement et sentit sa virilité. Il retint son souffle et elle ressentit un élan de désir puissant et féroce.

La raison la frappa soudain telle une gifle. Que faisait-elle ?

Tu l'embrasses, se dit-elle. Comme tu en rêves depuis le premier soir, lorsqu'il t'a encouragée à chanter en duo avec lui...

Elle avait cédé à la tentation, commis un geste de folie. Avec un seul baiser, il l'avait enflammée, attisant des besoins qu'elle croyait disparus. Mais voilà qu'ils revenaient la harceler plus fort que jamais. Ce qui l'effrayait profondément.

Elle recula de deux pas. Tout en elle lui criait de s'enfuir. Sans perdre une minute. Avant qu'elle ne succombe à la tentation et ne se jette dans ses bras.

Allait-il parler le premier ? Dire que ce qui venait de se passer avait été une erreur à ne plus commettre ? Mais comme le silence s'éternisait, elle prit la parole.

— Lord Robert…

— Robert, la corrigea-t-il avec un léger sourire. Je crois que nous pouvons désormais nous appeler par nos prénoms, Allie.

En l'entendant prononcer son prénom d'une voix rauque, elle sentit un frisson lui parcourir l'échine.

— Je suis en partie responsable de ce qui vient de se passer, reprit-elle d'un ton ferme. Ce fut une erreur à ne pas renouveler.

— Ce n'était pas une erreur, protesta-t-il d'une voix douce en lui saisissant les bras. Et nous recommencerons. Vous devez bien le savoir, non ?

Elle resta silencieuse.

— Vous l'avez éprouvé, vous aussi, murmura-t-il. Ce « quelque chose ». Vous refusez de l'admettre, mais je l'ai senti dans votre manière de réagir. Je l'ai goûté dans votre baiser. C'est là, entre nous. Et ça ne partira pas. Au contraire, cela ne fait que s'amplifier.

Sa franchise la troubla. Elle humecta ses lèvres sèches.

— Si nous l'ignorons…

— Impossible. Et pourquoi le ferions-nous ?

— Pourquoi ? Comment pouvez-vous même le demander ? s'enquit-elle, nerveuse. Avoir une relation avec un homme…

Elle frissonna.

— Je ne ressemble en rien à David, déclara-t-il fermement. Mais vous, vous le pensez. Vous me l'avez d'ailleurs dit, par deux fois. Et moi qui croyais que vous me faisiez un compliment...

Il la lâcha, à la fois surpris et furieux.

— Qu'ai-je fait pour vous donner une si mauvaise opinion de moi ?

— Je n'ai jamais pensé que vous étiez un criminel...

— Vous m'en voyez ravi, commenta-t-il, ironique.

— Mais vous me rappelez David par d'autres côtés. C'est difficile à expliquer...

— Est-ce que nous nous ressemblons ?

— Physiquement, non. David était très beau...

— Ah ! Merci beaucoup !

Elle se sentit gênée.

— Ce n'est pas ce que je voulais dire... Oh, flûte ! La vérité, c'est que David était très beau, mais que vous l'êtes encore davantage. Or c'est votre attitude qui lui ressemble. Vous possédez la même personnalité enjouée, optimiste, qui ne prend jamais rien au sérieux.

— Pardonnez-moi, mais je ne suis pas d'accord. Il y a des choses que je prends au sérieux.

— Peut-être. Mais cela n'a guère d'importance. Je refuse de prendre ce risque une nouvelle fois, pour quelque homme que ce soit. Visiblement, personne n'a jamais trahi votre confiance.

— Pas comme on a trahi la vôtre, en effet.

— Vous ne pouvez pas comprendre l'humiliation et le désespoir.

— Je connais le désespoir, fit-il d'un air grave. Mais, quoi que nous ayons ressenti par le passé, cela n'a rien à voir avec l'attirance que nous éprouvons aujourd'hui l'un pour l'autre. Je veux vous montrer quelque chose...

Il sortit un papier de la poche de son gilet et le lui tendit. Allie reconnut un portrait d'elle.

— Elizabeth me l'avait donné pour que je puisse vous reconnaître à votre arrivée. Je crois qu'elle vous a aussi envoyé un dessin de moi.

— Oui.

Et je le regarde tous les jours, ajouta-t-elle en pensée.

— Je regarde ce portrait tous les jours, Allie... dit-il.

Elle leva les yeux vers lui, étonnée.

— J'ai été ensorcelé par cette femme dès que je l'ai vue, expliqua-t-il.

Allie contempla la jeune fille rieuse, et une boule se logea dans sa gorge.

— Elle n'existe plus, répliqua-t-elle en lui rendant le dessin.

— Mais si ! Elle se cache, c'est tout, dit-il en lui caressant la joue d'un doigt. Nous devons seulement l'apprivoiser...

— Pourquoi ? demanda-t-elle, saisie de crainte et d'envie.

— Parce que j'aimerais la connaître. Je crois que je m'entendrais bien avec elle... Et je crois qu'elle m'aimerait bien, aussi.

C'était déjà le cas. Beaucoup trop.

Il replia le dessin et le glissa dans sa poche.

— Vous avez le droit d'essayer d'ignorer vos sentiments, d'y résister, mais je vous promets que vous ne le pourrez pas longtemps.

L'arrogance de cette constatation et le sentiment qu'il avait raison l'agacèrent. Elle arqua les sourcils.

— Comment pouvez-vous en être certain ?

— Parce que, contrairement à vous, je n'ai pas peur des émotions qu'a suscitées notre baiser. Parce que je veux explorer ces émotions davantage.

Parce que vous me trouvez beau et que je vous trouve sublime. Et parce que je souhaite vous prouver que je ne ressemble en rien à David.

Il s'approcha et se pencha pour lui murmurer à l'oreille :

— Vous ne pourrez ignorer ce qui se passe entre nous, Allie, car je ne le permettrai pas. Et vous allez découvrir que je peux être un homme très sérieux...

Refermant la porte de sa chambre derrière lui, Robert s'y adossa et inspira profondément. Il gardait en mémoire le goût délicieux de sa bouche et le parfum ensorcelant de son corps. Comme il la désirait !

Mais il se rappela ses paroles. *Je n'ai jamais pensé que vous étiez un criminel.*

Il ferma les yeux, hanté par la culpabilité. Comment réagirait-elle, en apprenant son passé de criminel ? Il se rappela l'incendie, le mal qu'il avait causé, Nate... Effondré, il passa les mains sur son visage. Il avait nié ressembler en quoi que ce soit à son mari, et c'était vrai, mais le croirait-elle si elle connaissait ses torts ?

Les années s'envolèrent et il se rappela cette nuit funeste. Il s'était arrêté dans une auberge près de Londres. Il avait été surpris d'y trouver Cyril Owens, le forgeron du village près de Bradford Hall. Ivre mort, Cyril se vantait auprès d'un groupe de matelots d'avoir eu une fille, d'avoir utilisé son charme pour la « convaincre ». Dégoûté, Robert s'était détourné. Puis Cyril avait prononcé son nom. Hannah.

Il avait réalisé avec horreur de qui parlait Cyril. Hannah Morehouse, la fille de Nate. Nate Morehouse était davantage qu'un fidèle palefrenier de Bradford Hall, davantage qu'un simple serviteur.

Robert l'admirait et le respectait. Il le considérait comme un ami. Il s'était rappelé que Nate s'inquiétait depuis quelques semaines pour sa fille. Ne lui avait-il pas dit qu'elle semblait troublée, silencieuse ? Désormais, Robert savait pourquoi.

Il avait refréné son envie d'étrangler Owens. Il y avait d'autres façons d'obtenir justice. Il était allé trouver Nate, pour lui révéler ce qu'il avait appris. Il lui avait assuré qu'il veillerait à ce que justice soit rendue, à sa manière. Seigneur, comme il avait été jeune et impétueux !

Son ventre se noua en imaginant la réaction d'Allie quand elle saurait l'histoire, surtout après ce qu'elle avait vécu avec David.

Il ne voulait pas courir ce risque.

Pas encore. Pourtant, il aurait aimé lui dire la vérité. Si seulement il n'était pas lié par sa promesse…

Il n'y avait sûrement aucun mal à attendre encore un peu.

12

Redfern boitillait sur le chemin pavé qui menait à la maison du duc. Quelle guigne ! Maudite soit cette servante qui avait hurlé comme un putois ! Sans elle, il aurait trouvé la fichue boîte. Et il ne se serait pas blessé en sautant par-dessus la balustrade. Non seulement il s'était tordu la cheville, mais il était tombé dans un buisson d'épines. Sa cheville lui faisait mal, sa meilleure redingote et ses pantalons étaient déchirés, et son derrière le brûlait. Y avait-il des os dans le derrière d'un homme ? Si c'était le cas, les siens étaient en morceaux. Et tout cela, à cause de cette bonne femme ! C'était typique : les femmes ne savaient jamais se taire. Quand il en aurait fini avec ce travail qui s'était transformé en cauchemar, il irait lui rendre une petite visite.

Le duc serait mécontent qu'il n'ait pas la boîte. Pourquoi diable tenait-il autant à cette babiole sans valeur ? Il songea à ne rien lui dire, mais se ravisa. Il valait mieux prévenir Shelbourne qu'il poursuivait sa quête. Sinon, son patron risquait de le descendre sans attendre.

Je trouverai la boîte demain, se jura-t-il. Sans faute.

Arrivé chez le duc, il frappa à la grande porte. Le majordome lui ouvrit. Redfern détestait la manière dont ce type prétentieux le toisait, comme s'il était un prince de sang et lui une poussière sur sa chaussure. Après tout, il n'était qu'un domestique !

Un quart d'heure plus tard, alors que Redfern avait été forcé d'attendre debout parce qu'il n'y avait pas une seule chaise dans le vestibule, Willis revint le chercher.

Il ouvrit une porte. Redfern lui jeta un regard dédaigneux avant d'entrer dans la pièce.

Le duc était assis dans un fauteuil en cuir près de la cheminée. Un verre de cognac à la main, il caressait la tête de son énorme chien. Tous deux regardèrent Redfern boitiller jusqu'à eux. Celui-ci se demanda ce qui l'indisposait le plus : l'homme ou le chien. Il n'aimait pas les chiens, surtout ceux qui étaient capables de ne faire qu'une bouchée de votre bras. Shelbourne l'adorait, ce molosse. Il ne cessait de le caresser. Un jour, Redfern l'avait même entendu lui parler, d'une voix nasillarde et haut perchée, comme on parlerait à un enfant. Décidément, les gens de la haute étaient dérangés.

Il s'arrêta devant le duc. La chaleur du feu de cheminée ne le réconforta pas. Le duc n'avait pas l'air content. Il avait peut-être eu tort de venir…

— Alors ? demanda froidement Shelbourne.

— De bonnes nouvelles, monsieur le duc, répondit Redfern en essayant de paraître enjoué. La boîte que vous voulez, vous l'aurez demain. Vous avez ma parole.

— Vraiment ? ironisa le duc. À moins que vous n'ayez l'intention de me voler, je ne vois pas comment ce serait possible. Voyez-vous, je l'ai déjà.

— Mais comment… ?

— Mme Brown me l'a donnée.

Redfern se sentit soulagé.

— Dans ce cas, vous avez obtenu ce que vous vouliez. Alors, mon argent…

— Il y a un problème, coupa le duc. La boîte contenait un papier. Or comme ce papier ne s'y trouve plus, je suppose que Mme Brown l'a encore en sa possession.

— C'est quoi, cette histoire ? s'emporta Redfern. D'abord vous vouliez la bague. Puis la boîte. Et maintenant le papier. Si vous vouliez ce maudit papier, pourquoi ne l'avez-vous pas dit tout de suite ? (Il serra les poings.) Vous vous plaignez de mon travail, mais comment aurais-je pu le faire correctement, puisque je n'avais pas tous les éléments ?

Le duc lui jeta un regard malveillant.

— Je les voulais tous. La bague, la boîte et le papier ne faisaient qu'un, jusqu'à ce qu'ils soient séparés à cause de vous. Mon erreur a été de vous croire assez intelligent pour obéir à un ordre simple. (Il prit une gorgée de cognac.) Je veux ce papier, Redfern, et vous allez me l'obtenir. Est-ce clair ?

— Parfaitement.

— Bien. Mme Brown part demain pour la propriété des Bradford dans le Kent. Je suis certain qu'elle aura le papier avec elle.

Redfern hésita. Flûte alors ! Pourvu que le duc ne lui demande pas de lire ce maudit papier. Il ne savait pas lire.

— Comment saurai-je quel papier vous recherchez ? Les dames gardent toujours des paperasseries…

— C'est une vieille lettre qui a été pliée plusieurs fois pour entrer dans la boîte. Elle sera cachée quelque part. Mme Brown ne la laisserait pas traîner. Apportez-la-moi, et vous serez plus riche que vous ne l'avez jamais rêvé. Mais en cas d'échec… je crois vous avoir déjà fait comprendre ce qui vous attend.

Redfern le savait, en effet, mais il se sentait transporté. Il allait devenir riche !

Robert dévisagea le personnage patibulaire qui venait de lui ouvrir la porte de Michael Evers. Bien qu'il fût vêtu en majordome, l'homme ressemblait davantage à un criminel qu'à un domestique. Sans doute à cause des muscles qu'on devinait sous sa redingote noire, de son crâne rasé, de la cicatrice qui lui marquait le front, et de l'anneau en or accroché à son oreille gauche.

— C'est pas un peu tôt pour une visite ? grommela le géant.

Il croisa des bras épais comme des jambons et observa Robert d'un air sombre.

Celui-ci tendit sa carte de visite, qui disparut dans une paume gigantesque.

— J'ai besoin de voir M. Evers. Immédiatement.

— Eh bien, on va voir si M. Evers veut vous voir, lui.

Sur ces mots, l'homme claqua la porte au nez de Robert.

Il resta debout sur le porche balayé par un vent matinal. Ce brave Michael employait de drôles de gens, aussi bien à son centre de boxe qu'à la maison. Ils changeaient sans cesse. Robert n'avait encore jamais croisé ce géant. Dans son souvenir, le dernier majordome en date avait été maigre comme un clou, avec un bandeau sur l'œil.

Il savait que son ami avait les moyens d'employer des domestiques classiques et de posséder une maison plus belle. Mais Michael préférait vivre humblement. Un jour, il avait confié à Robert qu'il aimait employer des gens qui avaient besoin d'une deuxième – parfois d'une troisième ou quatrième –

chance dans la vie. C'était une attitude admirable.

La porte se rouvrit. D'un mouvement de tête, le géant lui permit d'entrer.

— Par ici, grogna-t-il en précédant Robert le long d'un corridor. Voilà le type qui est venu vous voir! cria-t-il après avoir ouvert une porte.

Robert pénétra dans la salle à manger. Michael le contempla par-dessus le bord de sa tasse de café.

— Bonjour, Jamison. Tu as meilleure mine que la dernière fois...

— Je me sens mieux aussi.

— On ne t'a plus cogné sur la tête?

— Non. Mais je soupçonne ton majordome d'en avoir envie.

— Ne t'en fais pas pour Crusher. Il est doux comme un agneau, malgré les apparences... Viens t'asseoir. Prends un café avec moi. Aimerais-tu quelque chose à manger?

— Non, merci. Je ne peux pas rester longtemps. Nous partirons pour Bradford Hall dès mon retour à la maison.

— Nous?

— Allie et moi... Je veux dire, Mme Brown.

— Et comment se porte la charmante veuve? J'espère qu'elle s'est remise de ses émotions.

À son grand agacement, Robert s'aperçut qu'il rougissait.

— Elle va très bien.

Michael l'étudia quelques instants, avant de hocher la tête d'un air entendu.

— Je l'avais deviné. C'est donc ainsi...

— Oui, s'énerva Robert, sachant qu'il était inutile de nier. Mais elle est en danger. J'ai besoin de ton aide.

Il lui raconta brièvement ce qui s'était passé depuis qu'ils s'étaient vus, le cambriolage, la tentative d'effraction, et enfin la découverte du papier. Puis il fit promettre à Michael d'être discret et lui tendit la lettre.

— Peux-tu la déchiffrer ?

Michael l'étudia en silence.

— C'est en effet du gaélique. Malheureusement, je ne sais en lire que quelques mots…

Robert se pencha pour lui indiquer les deux mots qu'il avait relevés.

— C'est bien ton nom, « Evers », n'est-ce pas ? Et le nom de l'endroit où tu as grandi ?

— En effet, s'étonna Michael en fronçant les sourcils.

— Est-ce que tu reconnais autre chose ?

— On dirait « Brianne »… C'est curieux.

— Pourquoi ? C'est un ravissant prénom.

— Certes, mais c'est surtout celui de ma mère.

Robert se frotta le menton.

— Étrange, en effet. Il doit y avoir des milliers de femmes en Irlande qui s'appellent Brianne, mais tout de même…

— C'est curieux que mon nom, le village où j'ai grandi, et le prénom de ma mère se trouvent réunis sur ce papier, dit Michael, perplexe. Est-ce que ceci pourrait expliquer…

Il s'interrompit.

— Que veux-tu dire ? demanda Robert.

— Je ne sais pas… Ce n'est probablement pas important.

— Allons, Michael, explique-toi.

Michael hésita une seconde.

— Quand j'étais enfant, je disais souvent à ma mère qu'elle était secrète. Je ne savais pas comment exprimer ce que je ressentais. Ses yeux semblaient toujours cacher un secret. Elle répondait que tout le monde avait des secrets.

— Crois-tu que ce mot ait un rapport avec ta mère ?

— Brianne est un nom courant, mais personne d'autre ne s'appelait ainsi dans notre village.

Robert se passa la main dans les cheveux.

— Est-ce que ta mère sait lire le gaélique ?

— Oui. J'aimerais lui montrer cette lettre. Mais elle vit en Irlande…

Ils échangèrent un regard, puis Robert hocha la tête.

— Très bien. Quand peux-tu partir pour l'Irlande ?

— Je vais me débrouiller pour partir dès aujourd'hui.

Robert se leva et tendit la main à son ami.

— Je t'en remercie.

— Dès que possible, je te donnerai des nouvelles à Bradford Hall.

— Merci. Et, Michael… prends garde à toi.

Robert leva les yeux du livre qu'il essayait vainement de parcourir depuis le début du voyage, et contempla la jeune femme en face de lui. Elle semblait fascinée par le livre qu'elle lisait.

Il ravala son amertume. Depuis qu'ils étaient montés dans le carrosse, elle n'était pas restée tranquille. Elle avait commencé par coudre de minuscules boutons sur des gants noirs. Puis elle avait fait de la tapisserie pendant trois heures. Et maintenant, elle était plongée dans un livre… Par deux fois, il avait tenté d'amorcer une conversation, mais elle avait répondu par monosyllabes, sans lever le nez de sa tapisserie ou de son livre. Il avait fini par abandonner.

Comment pouvait-elle se concentrer sur des choses aussi futiles, alors que lui ne pensait qu'à elle ?

À sa peau. À son goût. Il respirait son parfum fleuri... ce délicieux chèvrefeuille qui l'ensorcelait. Pourquoi lui était-il indifférent, alors qu'il la trouvait irrésistible ?

Et que diable lisait-elle ? Il ne lui avait pas demandé le titre du livre qu'elle avait emprunté dans la bibliothèque de son frère. Il plissa les yeux pour déchiffrer le titre relié à l'or fin. Ses yeux s'écarquillèrent.

Elle lisait *La Mégère apprivoisée.*

À l'envers.

Il serra les lèvres pour ne pas sourire.

Il referma son propre livre et le posa sur la banquette en velours. Puis il la regarda.

Elle était habillée en noir de pied en cap. La robe qu'elle portait semblait neuve – probablement l'une de celles achetées à Mme Renée. La couleur sombre rehaussait sa peau ivoire, lui donnant un air fragile. Le bonnet noir cachait presque tous ses cheveux, et il mourait d'envie de défaire le ruban pour le retirer. Il se rappelait la sensation des mèches soyeuses entre ses doigts. Elle gardait les yeux baissés, et ses cils ombraient ses joues.

Quand il observa sa bouche, il retint un gémissement. Il se rappelait si bien la texture de ces lèvres... Le désir le foudroya.

Dans ses vêtements de deuil, elle ressemblait à une créature lointaine et sombre, intouchable et solitaire. Mais il savait que cette façade austère cachait une nature passionnée. Après une nuit sans sommeil durant laquelle il avait arpenté sa chambre, il s'était résigné à regarder la vérité en face.

Allie était *la* femme.

Celle qu'il avait cherchée sans relâche et lui inspirait ce petit « quelque chose ». Celle qu'il désirait.

Il avait essayé de se convaincre du contraire. Il

avait même compté les raisons sur ses doigts : il la connaissait depuis moins d'une semaine, elle habitait de l'autre côté de l'océan, elle se méfiait des hommes...

Mais il avait trouvé une parade à chacune de ces objections. Quelle importance s'ils venaient seulement de se rencontrer ? Chacun des membres de sa famille s'était marié après une cour qui n'avait été qu'un tourbillon. Il avait toujours su que lorsque l'amour le frapperait, ce serait un coup de foudre. D'autre part, comme son amie Elizabeth, elle pourrait s'installer en Angleterre. Et puis, elle avait certes des raisons de craindre une liaison et un mariage, mais il saurait la convaincre. Elle ne voulait pas prendre de risque avec un homme, mais il n'était pas n'importe quel homme. Il était celui qui l'aimait.

Comment la faire changer d'avis ? Comment l'inciter à le désirer autant qu'il la désirait ? Comment la convaincre d'abandonner le passé et d'envisager l'avenir avec lui ?

Il se sentit bien présomptueux. Il n'avait jamais imaginé que son âme sœur ne se plierait pas aussitôt à ses désirs. Il avait pensé que la flèche de Cupidon les frapperait au même moment, et qu'ils auraient la certitude d'être destinés l'un à l'autre.

Évidemment, il avait pensé tomber amoureux d'une jeune Anglaise toute simple, qui l'adorerait. Au lieu de quoi, le destin lui avait présenté une veuve américaine dont la vie était en danger, qui ne voulait plus entendre parler des hommes ou du mariage, et qui le comparait à son mari adultère et criminel.

C'était une sacrée montagne à gravir.

Heureusement, il aimait relever les défis.

Et il jouait toujours pour gagner.

Pourtant, il devinait que s'il lui ouvrait son cœur, s'il la demandait en mariage, elle prendrait ses jambes à son cou. Il devait faire attention, lui laisser le temps d'éprouver les mêmes émotions que lui. Il savait qu'elle ressentait quelque chose.

Il se rappela la prédiction d'Elizabeth: il trouverait le bonheur à Londres... Désormais, il suffisait de garder Allie saine et sauve, de la protéger du fou furieux qui lui voulait du mal, et de la convaincre d'abandonner l'Amérique pour rester en Angleterre et l'épouser.

Pendant ce temps, sous le poids du regard de Robert, Allie luttait pour demeurer impassible. Elle avait eu du mal à l'ignorer alors qu'il avait paru fasciné par sa lecture, mais désormais, le livre posé à côté de lui, il était évident qu'il l'observait.

Une délicieuse ardeur l'enflammait. Dans quelques secondes, elle rougirait et il saurait... il saurait qu'elle était consciente de son regard. Devinerait-il aussi qu'elle avait passé une nuit sans sommeil, tourmentée par ses pensées, son corps brûlant de désirs inassouvis?

Des images lui traversèrent l'esprit. Les premiers jours de son mariage. Elle avait été incertaine et empruntée, mais David avait vite chassé ses craintes. Il lui avait fait découvrir la passion. En dépit de ses fautes, elle ne pouvait nier qu'il avait été un excellent amant. Il lui avait appris à le satisfaire et à savoir ce qu'elle aimait. Durant les quatre premiers mois de leur mariage, ils avaient fait l'amour toutes les nuits, partant à la découverte de leurs corps. À chaque fois, elle avait éprouvé une satisfaction et une jouissance, mais il lui avait toujours manqué quelque chose, qu'elle aurait été bien incapable de nommer. Physiquement, David lui avait apporté tout ce dont elle rêvait, mais chaque soir, elle s'était couchée en espérant capturer cet élément insaisissable, hors de portée.

Ils avaient brièvement évoqué la perspective d'avoir des enfants… Elle en avait ardemment désiré, et elle avait été attristée de ne pas tomber enceinte. Lorsqu'elle s'en était inquiétée auprès de David, craignant d'être stérile, il avait acquiescé. Tous ses espoirs de devenir mère s'étaient envolés, mais il avait ajouté que cela n'avait aucune importance, puisqu'ils étaient ensemble. Il avait été si convaincant qu'elle avait enfoui sa déception au fond de son cœur, et s'était dévouée à lui. Même sans enfants, elle avait un mari qui la rendait heureuse.

Quelle idiote !

Quand la passion de David avait commencé à s'étioler, elle avait accepté ses excuses sans discuter. Il était fatigué, il ne se sentait pas bien…

Après sa mort et la révélation de sa traîtrise, elle avait étouffé sans pitié le souvenir des émotions et du désir qu'il lui avait inspirés. Ils étaient restés cachés… jusqu'à ce que l'homme assis face à elle les réveille.

La nuit dernière, arpentant sa chambre, elle avait voulu comprendre son désarroi. Elle avait essayé en vain de nier cette attirance. Sa lutte secrète avait continué pendant ce voyage interminable, mais désormais, le moment était venu de rendre les armes et d'affronter la vérité.

Robert avait éveillé chez elle des sensations qu'elle croyait oubliées, et elle ne pouvait plus les ignorer. Elle ne se marierait plus jamais, mais son statut de veuve lui offrait des avantages…

Elle pouvait prendre un amant.

Une bouffée de chaleur l'enflamma à cette pensée. La veille, l'idée l'avait effleurée, mais elle l'avait chassée, affolée. Désormais, après avoir passé plusieurs heures assise en face de lui, enivrée par son parfum viril et musqué, les nerfs à fleur de peau, elle ne pouvait plus se voiler la face : elle le désirait avec une intensité qui l'excitait et l'effrayait à la fois. Selon toute vraisemblance, lui aussi la désirait. Par ailleurs, elle ne risquait pas de tomber enceinte. Et tant qu'ils se montraient discrets...

Elle quitterait l'Angleterre dans six semaines au plus tard. Pendant ce temps, ils pourraient profiter l'un de l'autre. Puis il y aurait une séparation sans émotions compliquées. Elle lui offrirait son corps et son esprit, mais elle garderait son cœur. Quelle importance s'il était impétueux ou s'il cachait des secrets ? Leur relation serait purement physique.

Oui, une liaison serait idéale.

Mais comment aborder le problème ? Devait-elle le lui demander de but en blanc ? Le proposer comme un arrangement d'affaires ? Et s'il refusait ? Elle pinça les lèvres. Ce serait pénible de lui demander de devenir son amant, mais un refus serait l'humiliation suprême. Il fallait s'assurer qu'il accepte sa proposition.

Elle esquissa un sourire en s'imaginant dans le rôle d'une séductrice. Comment réagirait-il si elle s'asseyait sur ses genoux et lui passait la main dans les cheveux ? Si elle l'embrassait sur la bouche ?

Il t'embrasserait à perdre haleine. Puis il se mettrait à te caresser. Il retirerait ta robe et...

— Que pensez-vous de votre livre ?

La voix rauque la tira de sa rêverie sensuelle. Elle leva les yeux vers lui. C'était la première fois depuis la veille qu'elle le regardait directement dans les yeux, et le regard bleu foncé, le désir intense qui se cachait sous la question innocente, la firent tressaillir.

Son cœur se mit à battre la chamade.

— Pardonnez-moi ?

— Votre livre. Est-ce qu'il est divertissant ?

— Ah oui ! Il est excellent.

Il eut un sourire ravageur.

— Vous possédez un don incroyable. Est-ce que votre père vous l'a appris en même temps qu'il vous a appris à jongler ?

— Quel don ?

Au lieu de répondre, il tendit la main, lui prit le livre et le retourna.

Intriguée, elle baissa les yeux et contempla les mots à l'endroit.

Elle crut que la rougeur de ses joues allait la consumer sur place. Cette fois, quand elle le dévisagea, l'humour et l'esprit taquin avaient disparu de son regard. Il était devenu intense et parfaitement sérieux.

— Je souffre de la même chose, Allie, murmura-t-il.

Cet aveu lui transperça le cœur et effaça ses derniers doutes. Elle referma le livre et le posa à côté d'elle. Puis, prenant son courage à deux mains, elle inspira profondément.

— Je crois que j'ai une solution pour nous guérir de cette maladie…

— Je suis impatient de la connaître.

Elle adopta un ton impersonnel.

— Je crois que nous devrions devenir amants.

Il sembla surpris, puis une étincelle enflamma son regard. Elle y décela aussi autre chose, qu'elle ne put déchiffrer. Il resta silencieux quelques instants. Puis, alors qu'il allait répondre, le carrosse s'immobilisa. Ils se tournèrent vers la fenêtre. Une demeure en pierre grise se dressait devant eux.

Un valet de pied ouvrit la portière et annonça :

— Nous sommes arrivés à Bradford Hall.

13

Robert fit un effort pour se ressaisir et conduisit Allie jusqu'à la porte d'entrée. Ses quelques mots l'avaient frappé tel un coup de poing : *Je crois que nous devrions devenir amants.*

Il avait à la fois béni et maudit leur arrivée à ce moment précis. Il l'avait maudite car elle l'avait empêché de prendre Allie au mot sans attendre, mais il l'avait bénie car cela lui avait évité de commettre une erreur, lui donnant la chance de reprendre ses esprits.

Il désirait ardemment devenir son amant, mais il voulait bien davantage. Si sa proposition l'excitait et le rendait heureux, il éprouvait aussi un curieux trouble. Puis l'ironie de la situation lui apparut et il secoua la tête. La veille, il avait usé le tapis en l'arpentant et il avait passé cinq heures dans ce carrosse à se demander comment la séduire, alors que c'était déjà chose faite. Il étouffa un grognement impatient. Si seulement elle avait fait sa proposition cinq heures auparavant…

Les portes s'ouvrirent et ils pénétrèrent dans le vestibule.

— Bonjour, lord Robert, madame Brown, dit Fenton en s'inclinant. Votre arrivée était attendue avec impatience.

— J'espère que la duchesse se porte bien ? s'enquit Robert en tendant son chapeau au majordome.

— Oui, monsieur. La duchesse est… alitée depuis ce matin, précisa-t-il en rougissant. Aux dernières nouvelles, tout se passe bien. Elle est robuste.

— Ainsi le bébé risque de faire son apparition aujourd'hui. C'est une bonne nouvelle. Et le duc ?

Fenton esquissa une grimace.

— Il se porte aussi bien qu'on puisse l'espérer, monsieur.

— Il arpente le salon en grommelant et en maudissant la pendule, j'imagine, s'amusa Robert.

— C'est cela, monsieur.

— Et ses cheveux ?

— Ils se sont dressés sur sa tête, monsieur.

— Sa cravate ?

— Un désastre. Kingsbury est désespéré.

Robert se tourna vers Allie pour expliquer :

— Kingsbury est le valet d'Austin. Il ne supporte pas qu'une cravate soit mal nouée. Et les autres ?

— Lord William est parti hier pour Brighton. Son épouse et leur fille l'ont accompagné.

Robert éclata de rire.

— Ils ont réussi à s'enfuir !

— Oui, monsieur. Les enfants font la sieste dans la nursery et votre mère, ainsi que lord et lady Eddington, se trouvent au salon avec le duc.

— Les malheureux ! Depuis combien de temps sont-ils enfermés avec lui ?

Fenton consulta sa montre de gousset.

— Une heure et trente-huit minutes.

— Seigneur, ils méritent une décoration ! Aimeriez-vous vous reposer un peu, ou voulez-vous vous jeter sans attendre dans la gueule du loup ? demanda-t-il à Allie.

— J'aimerais d'abord rencontrer tout le monde, à moins que je ne sois pas présentable.

Il l'étudia de la tête aux pieds.

— Vous êtes parfaite.

Et je n'ai qu'une envie, c'est de vous décoiffer, songea-t-il.

— Dans ce cas, allons-y, fit-elle en rougissant.

Elle posa une main sur son bras, et il serra les dents, perturbé par des images torrides. Il allait avoir du mal à rester impassible.

Quand pourrait-il la revoir en tête à tête ? Quand finiraient-ils leur conversation ? Il l'ignorait, mais d'abord il devait saluer sa famille.

— Lord Robert et Mme Brown, annonça Fenton à la porte du salon.

Allie pénétra dans la grande pièce lumineuse. Deux dames et un gentleman se levèrent. Un autre gentleman, ses cheveux noirs dressés sur la tête et sa cravate de travers, se tenait près d'une porte-fenêtre.

Elle lâcha le bras de Robert et inspira pour se donner du courage. Lorsqu'elle le touchait, lorsqu'elle respirait son parfum masculin, elle n'arrivait plus à réfléchir. Elle se réjouissait de voir Elizabeth et de rencontrer sa famille, mais elle aurait aimé avoir un peu plus de temps. Qu'est-ce que Robert avait été sur le point de dire ? Allait-il accepter sa proposition ou la rejeter ?

Comment pourrait-elle se comporter normalement avec ces gens, alors que ses pensées tourbillonnaient ?

Agis comme tu le fais depuis trois ans, s'ordonna-t-elle. Fais semblant que tout va bien…

Elle redressa les épaules et afficha un sourire chaleureux.

Une femme superbe, avec des cheveux blonds et des yeux bleu foncé, tendit les mains vers Robert.

— Chéri, je suis si heureuse que tu sois là.

Robert l'embrassa sur les deux joues.

— Maman, tu es toujours aussi resplendissante. Tu es beaucoup trop jeune pour devenir encore une fois grand-mère... Puis-je te présenter Mme Brown ? Ma mère, la duchesse douairière de Bradford.

Elle sourit à Allie.

— Madame Brown, je suis heureuse de vous rencontrer. Elizabeth nous a tellement parlé de vous que j'ai l'impression de vous connaître.

Allie fit une révérence.

— C'est un plaisir de vous rencontrer, madame.

Une copie plus jeune mais tout aussi souriante de la mère de Robert s'approcha, suivie d'un homme séduisant aux cheveux noirs.

— Ma sœur et mon beau-frère, lord et lady Eddington, dit Robert.

— On pensait que tu n'arriverais jamais, cher frère, murmura la jeune femme blonde, avant de saisir les mains d'Allie. Maman a raison : on a l'impression de vous connaître déjà.

— Merci, lady Eddington.

— Voyons, il faut m'appeler Caroline.

— J'en serais honorée. Moi, c'est Allie.

Elle adressa un sourire au mari de Caroline.

— C'est un plaisir, lord Eddington, dit-elle.

— Tout le plaisir est pour moi, madame Brown, répliqua-t-il. Ta présence est la bienvenue, Robert. Je n'arrive pas à le distraire. Peut-être seras-tu plus habile que moi ?

Robert regarda approcher son frère, le duc.

— Est-ce que je crois déceler un certain désarroi ?

Avant que quelqu'un pût répondre, le duc les avait rejoints. Robert lui serra la main, pendant qu'Allie étudiait l'homme qui avait gagné le cœur d'Elizabeth. En un mot, il était stupéfiant. Élancé, séduisant, intense. Et tellement paniqué qu'elle éprouva un élan de sympathie pour lui. Il ressemblait beaucoup à Robert. Excepté ses yeux qui étaient gris et tourmentés.

— C'est un honneur de vous rencontrer, monsieur le duc, fit-elle avec une révérence. Merci pour votre généreuse invitation de venir habiter chez vous.

Il lui prit la main et s'inclina.

— C'est un plaisir pour nous, madame Brown. Elizabeth se réjouit immensément de votre visite. Elle est très impatiente de vous revoir. (Soudain, il regarda en direction de la porte.) Est-ce que j'ai entendu un cri ? Est-ce que c'est Elizabeth ?

— Calme-toi, Austin, intervint Caroline. Il n'y a pas eu de cri. Le bébé ne naîtra pas avant des heures.

Il blêmit et passa une main agitée dans ses cheveux.

— Écoute, mon vieux, fit Robert en lui posant une main amicale sur l'épaule. Allons faire une partie de billard pendant que ces dames font connaissance. Avant que tu ne t'arraches tous les cheveux et qu'Elizabeth ne soit contrainte de vivre avec un chauve.

— Merci, Robert, mais je n'ai pas envie de jouer au billard.

Robert se tourna vers son beau-frère.

— Puisque Austin a visiblement peur de se faire terrasser par mon talent supérieur, puis-je te proposer une partie, Miles ?

— Avec joie, fit lord Eddington d'un air soulagé. J'avais espéré jouer un peu plus tôt, mais Austin a refusé. Il doit me craindre, moi aussi.

— Toi ? ironisa Robert. Tu n'as aucun talent pour le billard.

Lord Eddington haussa les épaules.

— Mais Austin a tout de même peur de moi.

Le duc leur jeta à tous les deux un regard agacé.

— Je comprends parfaitement ce que vous essayez de faire, mais ça ne prendra pas. Je n'ai pas envie de jouer en ce moment !

— Évidemment, admit Robert, mais ton désarroi inquiète maman et Caroline. Et je te rappelle que ce beau tapis que tu uses à force de marcher de long en large, est l'un des préférés de ta mère et de ta femme.

— Moi aussi, je l'aime bien, renchérit lord Eddington.

— Tu vois ? Imagine comme Elizabeth sera soulagée d'apprendre que tu t'amuses au billard, plutôt que d'abîmer son tapis adoré.

Allie regarda les deux frères se dévisager. Le duc semblait furieux, puis quelque chose de mystérieux passa entre eux.

— Très bien, soupira-t-il. Je vous accompagne. Mais ne croyez pas que vous allez m'y garder tout l'après-midi. (Il appuya un doigt sur le torse de lord Eddington.) J'aurais peur de perdre contre toi ? Je pourrais te battre les yeux fermés !

— Je pourrais te dire la même chose, lança Robert.

— Tu plaisantes, j'espère ?

— Non. Je te parie même cinq livres. Mais si tu as peur…

— Ce sera une joie de te prendre un billet de cinq livres, fit Austin. J'aimerais même te soulager de davantage. Que dirais-tu de vingt livres ?

Robert fit semblant de réfléchir.

— Peux-tu perdre autant ? Tu vas bientôt avoir une autre bouche à nourrir, tu sais…

— Je crois que j'ai encore ce qu'il faut, et de toute façon je vais gagner. Et toi, as-tu les moyens ?

— Oui, mais de toute façon je vais gagner.

— L'un de nous se trompe.

— En effet, et tu sais que je ne me trompe jamais, rétorqua Robert. Il me semble que c'est l'un de mes traits de caractère les plus enviables, après mon...

— Ta prétention insupportable ? proposa le duc.

— Non, fit Robert comme s'il s'adressait à un enfant récalcitrant. Après mon talent au billard.

— Il est vrai que l'on meurt d'envie de te battre avec une queue de billard. Je vous y précède, dit Austin avant de quitter le salon.

Caroline, son mari et sa mère poussèrent un soupir soulagé.

— Merci, chéri, dit la duchesse douairière. Il tourne en rond comme un lion en cage, depuis qu'Elizabeth a eu ses premières contractions. C'est à perdre la tête. (Elle tapota la joue de Robert.) Une partie le distraira. Et je te rembourserai tes vingt livres.

— Tu n'as pas confiance en moi, maman ? s'offusqua-t-il.

— Tu es un bon joueur, chéri, mais Austin l'est aussi.

— Nous verrons, conclut Robert. Je joue toujours pour gagner, c'est de notoriété publique, conclut-il avec un regard pour Allie.

Allie passa quelques minutes à converser avec Caroline et sa mère, puis s'excusa.

— J'aimerais monter me rafraîchir, si vous le permettez.

— Bien entendu, dit Caroline en lui prenant le bras. Elizabeth vous a installée dans la chambre ivoire. Je vais vous y emmener.

— Je reste ici pour profiter du calme, déclara la duchesse douairière avec un sourire.

Lorsqu'elles furent dans le corridor, Caroline se pencha vers Allie :

— Le pauvre Austin. Il ne tient plus en place. Nous sommes tous soucieux, mais lui est incapable de cacher ses émotions.

— Il n'y a pas d'ennui…

— Pas du tout ! Tout se déroule à merveille. La sage-femme nous donne des nouvelles tous les quarts d'heure. Sinon, Austin enfoncerait la porte de la chambre. Les hommes sont comme ça. Miles était dans le même état, lors de la naissance de notre fille. Maman dit que notre père était comme eux, et Claudine prétend que William a souffert plus qu'elle. Et je parie que Robert, malgré ses airs nonchalants, sera hors de lui quand viendra son moment de devenir père.

Allie éprouva une drôle d'émotion à la pensée de Robert devenant papa. Devenant un époux. Allons, la réprimanda une voix intérieure, c'est de la jalousie pure et simple…

— Heureusement que ce sont les femmes qui accouchent, dit Caroline alors qu'elles gravissaient le grand escalier. Si c'était aux hommes de le faire, l'humanité cesserait d'exister. Aux premières contractions, ils se pendraient !

Allie se retint de rire. Mais elle devait faire attention de ne pas trébucher, tant elle admirait la splendeur de la demeure.

— Je n'avais jamais vu une maison aussi belle.

Un immense lustre de cristal, orné de centaines de bougies, dardait des prismes de lumière sur les murs tapissés de soie. Autour d'elle, il n'y avait que des objets précieux : des tableaux, des statues en marbre, des vases de porcelaine remplis de fleurs.

— Elizabeth m'avait décrit Bradford Hall dans ses lettres, dit Allie, abasourdie. Mais elle était en deçà de la vérité ! C'est étrange de l'imaginer habitant parmi une telle opulence. Je suis heureuse qu'elle ait eu le bonheur de rencontrer votre frère. Elle l'aime beaucoup.

— Et lui l'adore. Ce n'est pas à la mode pour un homme dans sa position de faire un mariage d'amour, mais il a eu le coup de foudre. (Elle poussa un soupir.) C'était tellement romantique. Ils se sont courtisés très peu de temps. Ce fut comme un tourbillon. Mais ça, c'est une tradition familiale...

Elles s'arrêtèrent devant une porte, que Caroline ouvrit.

— Voici votre chambre.

Allie y pénétra et retint une exclamation. La pièce était tout en or, ivoire et vert pâle, telle la chambre d'une princesse. Le sol était recouvert d'un épais tapis persan, et un feu de cheminée crépitait dans l'âtre. Les fenêtres étaient ornées de rideaux en velours vert. Un immense lit à baldaquin était recouvert d'une courtepointe en satin ivoire brodée au fil d'or. Près d'une fenêtre d'où l'on pouvait contempler la campagne verdoyante, un petit secrétaire invitait à l'écriture.

— C'est magnifique ! s'exclama Allie.

Caroline lui montra une corde près du lit.

— Si vous avez besoin de quoi que ce soit, jour et nuit, tirez sur le cordon. Elizabeth m'a dit que vous aviez souffert d'un deuil récemment, ajouta-t-elle d'un air attristé. J'en suis désolée.

Allie s'empourpra.

— Mon deuil n'est pas récent. Mon mari est décédé il y a trois ans...

Elle laissa sa phrase en suspens. Elle avait compris depuis longtemps que les gens tiraient leurs propres conclusions si elle ne disait rien, ce qui lui évitait de mentir trop effrontément.

— Pardonnez-moi, s'excusa Caroline. Je ne voulais pas être indiscrète ni réveiller de tristes souvenirs... (Elle saisit les mains d'Allie.) Nous allons tout faire pour que vous passiez un bon moment parmi nous. Est-ce que vous montez à cheval ?

— Oui. J'aime beaucoup cela.

— Dans ce cas, puisqu'il fait beau et que ces gentlemen jouent aux billards, je propose de faire une promenade. Avez-vous apporté une tenue d'équitation ?

— Hélas, non, dit Allie, gênée. Est-ce que cette robe ne conviendrait pas ?

— Bien sûr, mais il y a la poussière, l'odeur de cheval... Nous avons à peu près la même taille. Je serais heureuse de vous prêter l'une des miennes. Je n'en possède pas de noire, mais l'une est marron foncé.

Allie hésita. Elle était tentée de porter autre chose que du noir, d'oublier un instant ce deuil, de sortir au soleil pour se promener à cheval avec cette charmante jeune femme qui avait les mêmes yeux que Robert. Mais elle se ravisa : si elle faisait ce premier pas, elle ne pourrait plus revenir en arrière...

— Merci, mais je préfère porter l'une de mes vieilles robes.

— Si jamais vous changez d'avis, n'hésitez pas à me le dire. Je vais me changer et je vous retrouve ici dans une demi-heure. Cela vous convient-il ?

— Je serai prête.

Caroline lui sourit dans l'embrasure de la porte.

— Je suis si heureuse que vous soyez ici, Allie. Nous saurons nous occuper de vous, jusqu'à ce qu'Elizabeth soit sur pied. Peut-être que le bébé sera né à notre retour de promenade ? Ce serait merveilleux, n'est-ce pas ?

Un bébé... Allie étouffa la nostalgie qui montait en elle.

— Oui.

Quand Caroline se fut éclipsée, elle s'approcha de la fenêtre. Sa chambre donnait sur le devant de la propriété. Des pelouses verdoyantes s'étendaient de chaque côté d'une allée bordée d'arbres. Les oiseaux piaillaient dans les frondaisons, et le soleil jouait entre les feuillages agités par la brise.

Oh, Elizabeth, je suis si heureuse pour toi ! Que tu aies trouvé cet endroit merveilleux et ces gens si gentils. Que tu attendes la naissance de ton deuxième enfant. Tu mérites chaque parcelle de ce bonheur...

Si elle avait du mal à imaginer Elizabeth parmi cette opulence, elle la voyait en revanche très bien dans cette belle campagne.

Son regard s'attarda sur l'allée. Moins d'une heure auparavant, alors que leur carrosse y avançait, elle avait demandé à Robert de devenir son amant. Elle ressentit une bouffée de chaleur, d'envie et de crainte.

Quelle serait sa réponse ? Y pensait-il en ce moment même ?

Dès que Robert et Miles pénétrèrent dans la salle de billard, Austin interpella son frère.

— Bien, Robert. La seule raison pour laquelle je suis venu ici, c'est que tu m'as adressé « le Regard ». Visiblement, tu as quelque chose à me dire. Que diable y a-t-il de si important ?

Robert glissa une main dans ses cheveux. Il avait eu du mal à convaincre Austin de quitter le salon. Ce n'est que lorsqu'il lui avait adressé le signal tacite qu'ils avaient élaboré enfants pour dire que quelque chose n'allait pas, que son frère avait enfin accepté de sortir. Il ne voulait pas ajouter aux soucis d'Austin, mais il devait lui parler des incidents inquiétants survenus à Londres.

Il expliqua aux deux hommes ce qui s'était passé.

— Nous n'avons rencontré aucun problème lors de notre voyage jusqu'ici, poursuivit-il, mais j'ai un mauvais pressentiment. Michael est parti avec la lettre pour l'Irlande, et le magistrat est à la recherche du coupable. Espérons que ce vaurien sera bientôt arrêté mais, en attendant, nous devons prendre des précautions. Je ne veux pas que Mme Brown, ni aucune de ces dames, ne se promène seule jusqu'à ce que le mystère soit élucidé.

L'air grave, Austin hocha la tête.

— Je vais alerter les domestiques et leur demander de signaler toute activité suspecte. (Il posa une main sur l'épaule de Robert.) Je suis heureux qu'aucun de vous n'ait été blessé. Pauvre Mme Brown…

Robert serra les poings.

— Ce salaud aurait pu la tuer. Je te promets qu'il n'en aura plus jamais l'occasion.

Il vit Austin et Miles échanger un regard interrogateur.

— Mme Brown semble être une femme déterminée qui croit en ses principes, dit le duc. C'est admirable, au vu des difficultés qu'elle a endurées. Je comprends pourquoi elle est si proche d'Elizabeth… En cela, elles se ressemblent beaucoup.

— Oui. C'est une femme admirable, acquiesça Robert.

Il lui était indifférent qu'on devine ses sentiments pour Allie. S'il ne tenait qu'à lui, tout le monde serait au courant le plus vite possible.

— Veuillez m'excuser, mais je vais voir ce que font ces dames. Je veux m'assurer que Caroline n'a pas entraîné Mme Brown Dieu sait où. Je suppose que tu ne quitteras pas la maison, Austin ?

— Évidemment que non.

Robert jeta une queue de billard qu'Austin attrapa au vol.

— Dans ce cas, entraîne-toi, grand frère. À mon retour, tu me devras vingt livres.

Lorsque Robert trouva le salon vide, il sortit sur la terrasse baignée de soleil, où sa mère prenait le thé, entourée de ses petits-enfants. Pirate, son immense corps placé près de la table à un endroit stratégique, gobait les miettes de biscuits aussi vite qu'elles tombaient, et parfois même avant qu'elles ne touchent le sol.

Robert porta une main en visière et chercha Caroline et Allie des yeux. Il fut soulagé de les voir au loin, revenant des écuries.

— Oncle Robert ! s'écria une petite voix.

La fille de Caroline, sa nièce de deux ans, sauta de sa chaise. Elle courut se jeter dans ses bras. Il la fit tournoyer, ravi de l'entendre rire aux éclats.

— Ah, mademoiselle Chatouilles, tu m'as manqué !

Emily lui déposa un baiser doux et sucré sur la joue.

— Encore !

James, le fils d'Elizabeth et d'Austin, lui agrippa la jambe.

— Moi ! ordonna-t-il avec l'autorité d'un héritier de trois ans.

— Tiens, bonjour monsieur Coquin !

Il souleva le garçon et les fit tournoyer tous les deux, jusqu'à ce qu'ils fussent hors d'haleine.

Quand il s'arrêta, James éclata de rire.

— Ça tourne... fit-il.

— Oui, pour moi aussi, ça tourne. Veux-tu un biscuit, petit bonhomme ? Tout cela m'a donné faim.

Il reposa James qui repartit, vacillant, vers la table.

Toujours dans ses bras, Emily lui enserra le visage avec ses deux mains pour attirer son attention. Robert ne put s'empêcher de sourire. Il lui fit les grimaces qu'elle adorait et l'embrassa dans le cou. Elle cria de bonheur et lui empoigna les cheveux.

— Toi, je vais te manger ! grogna-t-il en faisant semblant de la dévorer.

Il s'agenouilla, et fut aussitôt assailli par James qui, un biscuit à la main, lui grimpa sur le dos.

— Cheval ! ordonna-t-il.

Pirate agitait la queue, reniflant les miettes semées par le petit garçon, puis il lécha la main de Robert.

Celui-ci se releva et redevint sérieux. Allie et Caroline gravissaient les marches en pierre qui menaient à la terrasse. Caroline parlait et Allie l'écoutait, un sourire aux lèvres. Son cœur s'emballa. Elle avait l'air si jeune et heureuse, si insouciante… La jeune fille du portrait.

Autour de lui, tout disparut. Excepté elle. Puis elle pivota et le regarda.

Soumise au regard intense de Robert, Allie faillit trébucher. Il portait dans ses bras une petite fille qui ressemblait à Caroline en miniature, et qui s'amusait à le décoiffer. Elle avait dressé deux poignées de mèches noires sur sa tête, qui ressemblaient à des cornes de diable. Un petit garçon, qui ne pouvait être que le fils d'Elizabeth, lui avait grimpé sur le dos, et un chien lui fouillait les poches avec son museau.

Mais Robert ne semblait intéressé que par elle. Un frémissement passa entre eux, effrayant d'intensité. Visiblement, les enfants l'adoraient et il le leur rendait bien, ce qui l'émut. Un jour, cet homme serait un père merveilleux…

— Cette petite coquine est ma fille Emily, expliqua Caroline. Et l'autre diablotin est James, le fils d'Elizabeth et d'Austin.

— Ils sont adorables, dit Allie.

Puis le chien leva la tête pour la regarder. Elle retint son souffle.

— N'ayez pas peur, ajouta Caroline alors que l'immense animal trottinait vers eux, la langue pendante. Pirate est impressionnant, mais très gentil.

— Je n'ai pas peur, la rassura Allie.

Elle caressa la fourrure blanche et soyeuse de Pirate. Une tache marron foncé lui encerclait l'œil gauche, unique couleur sur sa fourrure immaculée.

— J'ai l'impression de retrouver un vieil ami. Il ressemble à Patch, le compagnon d'enfance d'Elizabeth. Elle l'avait laissé avec nous quand elle est partie en Angleterre. Il était trop âgé pour faire le voyage. (Elle gratta le chien derrière les oreilles et il agita la queue.) Nous l'aimions beaucoup.

— Austin savait combien Elizabeth adorait son chien, alors il a parcouru presque toute l'Angleterre pour en trouver un identique.

— Il a réussi.

Allie était émue que le duc se fût donné autant de mal pour Elizabeth. Elle savait combien son amie avait souffert de devoir laisser Patch en Amérique.

C'est de ma faute, songea-t-elle. Elle n'aurait pas été obligée de le quitter si je ne l'avais pas fait fuir…

— Je crois que vous avez rencontré toute la famille, conclut Caroline.

— Pas tout à fait ! lança une voix grave derrière elles.

Le duc sortit sur la terrasse, un sourire aux lèvres.

— Je viens de quitter la chambre d'Elizabeth. La famille compte désormais un nouveau membre !

14

La duchesse douairière, Caroline et son mari, ainsi que Robert avaient tous rendu visite à Elizabeth et à la dernière-née de la famille. Allie se tenait dans l'embrasure de la porte qui donnait dans la chambre chaleureuse ornée de boiseries, retenant ses larmes. Elizabeth était allongée sur le lit, adossée à une montagne d'oreillers bordés de dentelle. Toute trace de la naissance avait disparu. Ses cheveux auburn étaient tressés en une simple natte, et bien qu'elle fût fatiguée, elle dégageait une aura maternelle qui lui conférait une beauté sereine. Vêtue d'un ravissant déshabillé jaune pâle, elle souriait au bébé enroulé dans une couverture rose, qu'elle tenait dans le creux de son coude. Le duc était assis sur le lit, un bras autour des épaules d'Elizabeth, leurs têtes rapprochées. Il regardait tour à tour sa femme et sa fille avec la même adoration.

Le soleil s'était couché depuis longtemps. La chambre était éclairée par le feu de cheminée et le candélabre posé sur la table de chevet. La lumière dorée auréolait les parents en un tableau lumineux de bonheur, qui emplit Allie d'une joie mêlée d'envie. Elle eut le sentiment d'être une intruse. Bien que son amie ait demandé à la voir, elle décida de revenir quand le duc serait parti. Alors qu'elle s'apprêtait à s'éclipser, Elizabeth leva les yeux.

Les années s'envolèrent, et un tourbillon d'images traversa l'esprit d'Allie. Elizabeth et elle, enfants, barbotant dans le lac. Leurs plaisanteries lors d'un repas. Leurs jeux avec Patch. Leurs nuits passées dans le grenier à foin, toutes deux enroulées dans des couvertures. Des rêves, des secrets, des rires et des larmes partagés. Puis la fin abrupte de leur amitié.

Elizabeth tendit le précieux fardeau à son mari. Puis elle sourit à Allie et lui ouvrit les bras.

Elle se retrouva comme par miracle dans les bras d'Elizabeth, toutes deux pleurant, riant, puis pleurant encore.

Enfin, Allie se redressa. Elle parvint à peine à articuler, tant sa gorge était serrée.

— Elizabeth, c'est bon de te revoir... Tu m'as tellement manqué.

Le sourire d'Elizabeth illumina la pièce.

— Je ressens la même chose. Je pensais que tu n'allais jamais arriver, puis, alors que tu étais enfin là, je ne pouvais pas te recevoir.

— Que veux-tu ? Ce sont les bébés qui choisissent le moment de leur naissance.

— En effet. Et maintenant, j'aimerais que tu fasses la connaissance de notre fille... Lily.

— Le prénom de ta mère, murmura Allie.

Elle contourna le lit, pensant seulement jeter un coup d'œil à l'enfant, mais le duc la lui tendit. Allie retint son souffle. Le petit ange aux lèvres ourlées dormait. De longs cils ombraient ses joues rondes, et un petit poing serré reposait contre sa peau de pêche.

En tant que fille aînée, elle avait l'habitude des bébés, mais cela faisait des années qu'elle n'en avait pas tenu un dans ses bras. Elle éprouva un élan d'amour et d'envie en penchant la tête pour respirer ce parfum unique des nouveau-nés.

— Bonjour, Lily, murmura-t-elle. Tu es la plus belle des jeunes filles que j'aie jamais vues.

Allie effleura le petit poing. Les doigts minuscules s'étirèrent et lui agrippèrent le doigt. Son cœur se retourna.

— Et comme tu es forte… Tu as de la chance, tu sais. Tu as une merveilleuse maman et un papa qui t'adorent. (Elle les regarda.) Elle est divine. Je suis si heureuse pour vous deux…

Le duc se leva.

— Merci. Et maintenant, si vous voulez bien m'excuser, je vais vous laisser discuter en paix. J'ai une partie de billard à remporter. Mais d'abord, je vais porter ma fille à la nursery.

Quand il regarda sa femme, Allie comprit qu'il aurait préféré rester auprès d'elle.

— Je reviendrai bientôt, promit-il.

Allie lui donna Lily, amusée de voir cet homme élancé aux larges épaules porter avec précaution le minuscule paquet rose.

Une fois la porte refermée, Elizabeth tapota le bord du lit.

— Assieds-toi. Nous avons tellement de choses à nous dire.

— Mais tu dois être épuisée…

— Je suis fatiguée, mais trop excitée pour dormir.

Allie s'assit au bord du lit. Un long moment, elles se contentèrent de se dévisager.

— Être duchesse te va à ravir, dit enfin Allie.

— C'est un rôle intimidant, mais je m'adapte. Caroline et ma belle-mère sont très patientes. Austin aussi.

— Je n'avais jamais vu un père plus fier.

Elizabeth éclata de rire.

— Robert m'a dit qu'Austin a failli user le tapis du salon jusqu'à la corde.

Allie sentit une rougeur enflammer ses joues. Elle ne souhaitait pas parler de Robert, pas avant d'avoir dit à son amie ce qu'elle avait sur le cœur.

— Elizabeth, je dois m'excuser auprès de toi… Je ne sais pas comment me faire pardonner…

— Allie, arrête. Tu t'es excusée dans tes lettres. Je comprends tout. Tu étais amoureuse de David. Il n'y a rien à pardonner.

Son regard compatissant bouleversa Allie. Le remords et la honte la prirent à la gorge, et elle serra ses mains l'une contre l'autre pour les empêcher de trembler.

— Je t'ai affreusement maltraitée, alors que tu avais raison. Si seulement je t'avais écoutée à propos de David, ajouta-t-elle tandis qu'une larme glissait sur sa joue.

D'une voix haletante, elle raconta la trahison de David, son effroi en apprenant la vérité, et tous les efforts qu'elle avait entrepris depuis pour rectifier ses torts. Elizabeth écoutait attentivement, en silence. Lorsqu'elle eut fini, Allie poussa un soupir douloureux. Son visage était pincé de larmes retenues, son corps épuisé comme si elle avait couru. Mais son cœur était plus léger, comme si elle s'était débarrassée d'un fardeau.

— Je sais que tu as déjà accepté mes excuses, Elizabeth, mais tu mérites que je te demande pardon en personne. Tu étais ma meilleure amie et tu ne voulais que mon bien. J'ai tellement honte de ne pas avoir été à la hauteur, conclut-elle en baissant la tête.

— Allie, je t'en prie. Écoute-moi, et regarde-moi. Tu as traversé une terrible épreuve. Ne la faisons pas durer. Nos différends appartiennent au passé, et, en ce qui me concerne, tout est pardonné et oublié. Désormais, il faut que tu te pardonnes à toi-même. Et que tu te permettes d'oublier.

Elle eut un regard pour la robe noire de son amie.

— Je ne veux pas oublier, protesta Allie. Je risquerais de commettre la même erreur. Maintenant que je t'ai tout avoué, explique-moi comment tu avais deviné pour David.

— C'est difficile à expliquer. Et ce sera encore plus dur pour toi à accepter…

Allie effleura son bras.

— Je suis prête à entendre la vérité, Elizabeth, quelle qu'elle soit. J'ai appris à mes dépens que ce sont les mensonges et la trahison qui détruisent, non la franchise.

— Je ne veux pas mettre notre amitié en péril.

— J'ai douté de toi une fois déjà, Elizabeth. C'est une erreur que je ne renouvellerai pas.

Elizabeth hocha la tête.

— Te rappelles-tu que j'avais parfois des prémonitions ?

— Je n'oublierai jamais la naissance de Jonathan et de Joshua, acquiesça Allie avec un sourire. Tu avais deviné que maman allait avoir des jumeaux, mais aussi le jour et l'heure exacte de leur naissance ! Et tu as su ensuite que Katherine allait tomber de cheval. Je savais que tu avais eu une intuition pour David, mais…

— Ce n'est pas seulement une intuition, Allie. Je sens les choses. Je les vois. Dans ma tête. Des événements passés et à venir. Je ne peux pas l'expliquer, mais je te jure que c'est vrai. Je ne l'avais jamais dit à quiconque, pas même à toi, parce que ces visions sont peu fréquentes et instables. Et je craignais qu'on ne me prenne pour une folle. (Elle parut attristée.) Je savais que David te ferait souffrir, mais j'ignorais comment. Je savais qu'il avait commis de mauvaises actions. Et qu'il était un menteur.

Allie aurait dû être sceptique, mais elle ne l'était pas. Tant de choses extraordinaires lui étaient arrivées, ces derniers jours, que les révélations d'Elizabeth semblaient presque banales. Elle avait toujours su que son amie était intuitive. Désormais, elle connaissait la portée de son don.

Elizabeth lui saisit la main et la pressa.

— Ce n'est pas une erreur de tomber amoureuse, Allie.

— Je suis pourtant la preuve du contraire, fit-elle avec un rire amer.

L'expression intense d'Elizabeth lui donna le sentiment qu'elle lisait dans son âme. Elle eut peur de ce que son amie pouvait y deviner.

— Tu t'es trompée d'homme, Allie. Tu ne referas pas la même erreur.

— Certes, puisqu'il n'y aura pas d'autre homme. Jamais plus, promit-elle alors que le visage de Robert s'imprimait dans son esprit.

— Il ne faut pas refuser l'amour. Ce serait une grave et triste erreur. (Elle resta silencieuse quelques instants.) J'espère que Robert a été un compagnon de voyage agréable...

Allie s'empourpra.

— Oui.

— C'est quelqu'un de très bien.

Allie réfléchit à toute vitesse. Elizabeth connaissait-elle les secrets de Robert ? Je devrais y être indifférente, songea-t-elle. Son passé ne me regarde pas... Mais la curiosité l'emporta. C'était l'occasion idéale pour en savoir plus.

Elle adopta un ton détaché :

— Un homme bien, peut-être, mais qui a aussi ses secrets...

— Oui, je les ai devinés. Est-ce qu'il t'en a parlé ?

— Non, fit Allie, désolée qu'Elizabeth ait confirmé son pressentiment.

— Mais tu veux les connaître, insista son amie.

— Non. Oui. Je ne sais pas. Cela n'a aucune importance. Le fait est qu'il a des secrets, comme en avait David, et cela me suffit. Est-ce que tu sais ce qu'il cache ?

— Il est le seul à connaître toute l'histoire. C'est donc à lui de t'en parler. Je te conseille de lui demander.

Elle pressa plus fortement la main d'Allie, puis fronça les sourcils.

— Quelque chose ne va pas ? s'alarma Allie.

— Je perçois un danger. Rien de précis, mais je le sens... Tu dois faire attention, Allie. Promets-moi de ne pas t'éloigner toute seule. Promets-le-moi !

Allie lui tapota l'épaule.

— Je te le promets, Elizabeth. Je t'en prie, ne t'inquiète pas.

— Je viens d'aller voir comment se porte Lily, annonça le duc en s'encadrant dans l'embrasure de la porte. Elle dort comme un ange.

Allie se leva.

— Merci pour ta compréhension et ton pardon, murmura-t-elle.

— Ils sont à toi, répondit Elizabeth. Et mon amitié aussi.

— C'est bien plus que je ne mérite, mais je les accepte volontiers.

— Tu viendras me voir demain ?

— Si tu te sens assez bien, avec joie.

— Et tu n'oublieras pas ta promesse ?

— Non.

Elle déposa un baiser sur le front d'Elizabeth.

— Bonne nuit.

Elle salua le duc, puis quitta la chambre en refermant la porte derrière elle.

Aussitôt, Austin se précipita vers son épouse et lui saisit les mains. Son expression tendue l'effraya.

— Quelque chose ne va pas. Est-ce que tu te sens mal ?

— Non, je vais bien.

— Mais ça ne va pas, insista-t-il. Tu as eu une vision.

— Oui. Quand j'ai touché la main d'Allie. Tu es au courant du danger qu'elle a couru avec Robert ?

— Il me l'a expliqué, en effet.

— Tu ne m'en avais rien dit.

— Il ne m'en a fait part que cet après-midi, Elizabeth. Et tu étais un peu occupée, ajouta-t-il en lui baisant les doigts.

— Ce n'est pas fini, Austin. J'ignore comment, mais cela va recommencer…

Il s'assit sur le lit.

— Que va-t-il se passer ? Qu'as-tu vu ?

— La mort, chuchota-t-elle, décomposée.

Le cœur d'Austin fit un bond dans sa poitrine. Lorsqu'il l'avait rencontrée, il ne l'avait pas crue capable de lire dans l'avenir. Mais les événements l'avaient convaincu. Son don lui avait sauvé la vie, et aussi celles de William, Claudine et Josette. Il savait que le mot terrible qu'elle venait de prononcer deviendrait réalité, à moins de prendre des précautions.

— Qui va mourir ? s'enquit-il.

— Je ne sais pas… Ce n'était pas très clair. Mais j'ai senti la présence de la mort.

— L'as-tu dit à Allie ?

— Je lui ai parlé de mes visions. Je lui ai dit que je sentais le danger et qu'elle devait prendre garde. (Elle ferma les yeux puis secoua la tête, visiblement effrayée et frustrée.) Une menace approche... Je n'arrive pas à en déterminer la nature exacte. Mais elle se rapproche... Austin, fit-elle en lui agrippant le bras, Allie est en danger. Et Robert aussi.

Debout dans la pénombre du salon, Robert regardait par la fenêtre. Des nuages obscurcissaient la lune, et à en juger par le vent frais qui secouait les fenêtres, un orage se préparait. Il fit tournoyer le cognac dans son verre et l'avala d'une lampée. La pendule sonna: deux heures du matin. Les autres s'étaient retirés depuis longtemps. Il savait qu'il ne parviendrait pas à dormir, et il ne pouvait supporter l'idée d'être allongé dans son lit, avec Allie à deux portes de lui. Mieux valait rester en sécurité au rez-de-chaussée. Loin d'elle, et à proximité du cognac.

Alors qu'il se versait un deuxième verre, la voix d'Austin retentit:

— J'en prendrai volontiers un, moi aussi.

Robert étouffa un soupir. Flûte alors, il y avait plus de cinquante pièces dans ce château. Pourquoi Austin devait-il choisir celle-ci ? Il aimait tendrement son frère, mais il aurait préféré rester seul. Sans un mot, il versa un autre verre.

— À Lily. Et à sa mère, dit Austin en levant son verre.

Robert s'en voulut d'avoir voulu chasser son frère de son propre salon. Il leva son verre et ils trinquèrent dans l'obscurité.

— À Lily et à Elizabeth, répéta-t-il, avant de se détourner pour regarder par la fenêtre. Une ravissante épouse, une petite fille qui vient de naître, un fils en bonne santé... Tu as de la chance, Austin.

— C'est vrai, admit le duc en s'approchant. J'ai de la chance... mais je suis inquiet.

— Pour Elizabeth ? Lily ?
— Non. Pour toi. Et Mme Brown.
— S'est-il passé quelque chose ?
— Pas vraiment…
— Je pressens un « mais »…
— Elizabeth a eu l'une de ses visions quand elle a touché la main de Mme Brown.
— Qu'a-t-elle vu ? s'affola Robert car son frère semblait très grave.
— La mort. Et le danger. Quelqu'un va mourir, Robert. Elle ignore qui. Mais elle sait que Mme Brown et toi êtes en danger.
Robert se raidit. Allie en danger ? Les mots d'Austin résonnèrent dans sa tête. *Quelqu'un va mourir…*
Avant qu'il pût répondre, son frère lui tendit un pistolet.
— Garde-le près de toi. Est-ce que tu as un poignard ?
— Toujours.
— Bien. Ne sors jamais seul. Si Elizabeth a une autre vision, je t'en aviserai aussitôt.
Robert prit le pistolet. *Quelqu'un va mourir…* Il se sentit déterminé : si quelqu'un devait mourir, ce serait celui qui oserait s'en prendre à Allie !
— Merci de m'avoir prévenu, Austin. Et merci pour le pistolet. Tu as ma parole qu'il n'arrivera rien à Allie.
— *Allie ?* répéta Austin en haussant les sourcils.
— Oui. Allie. J'espère que tu ne soulèveras pas d'objections, lança-t-il d'un ton péremptoire.
— Non. Aucune. Je suis bien placé pour savoir l'attirance qu'on peut éprouver pour une belle Américaine… Je suis seulement étonné, car vous vous connaissez depuis peu.
— Et toi, il t'a fallu combien de temps pour tomber amoureux d'Elizabeth ?

— Une minute et demie, avoua Austin. Mais j'ai mis quelques semaines à l'admettre…

— J'ai toujours pensé que tu étais lent d'esprit, soupira Robert. Moi, il m'a fallu quarante-trois secondes. Et je l'ai admis il y a quelques heures.

— C'est un nouveau record familial.

— Oui, mais j'aimerais qu'il reste entre nous jusqu'à ce que j'en aie parlé à la dame en question.

— Promis, mais méfie-toi. Elizabeth risque de le deviner, tout comme Caroline. Notre sœur est très douée pour ressentir ce genre de choses.

La pendule sonna la demi-heure.

— Tu as raison. Si tu le permets, je vais me retirer. La journée a été longue.

Ils se souhaitèrent une bonne nuit.

Robert grimpa l'escalier. Il devait protéger Allie coûte que coûte. Et pour cela, la meilleure façon était d'être à ses côtés. Dans sa chambre.

15

Allie se tenait dans un coin de sa chambre et regardait par la fenêtre. Elle ne voyait que l'obscurité et son propre reflet. Elle était restée allongée dans le grand lit pendant des heures, attendant en vain que le sommeil la délivre d'un tourbillon de pensées. Au lieu de quoi, les émotions, les soucis et les craintes avaient traversé son esprit au pas cadencé – Robert, la chevalière, Robert, la lettre, Robert, les secrets, Robert, la prédiction d'Elizabeth…

Robert.

Elle appuya les doigts contre ses tempes et ferma les yeux, s'efforçant de le chasser, mais il continua à l'obséder. Elle ne l'avait pas vu depuis le dîner. Le repas avait été pris rapidement, car chacun désirait voir Elizabeth et Lily. Dans la salle à manger, elle n'avait pu lui parler de ce qui lui tenait à cœur : *Je crois que nous devrions devenir amants.*

Et maintenant qu'Elizabeth lui avait confirmé que Robert avait des secrets, elle se sentait encore plus tourmentée. Que cachait-il ? Que s'était-il passé autrefois ? Elle ressentait un besoin impérieux de savoir. Que se passerait-il si elle suivait le conseil d'Elizabeth et lui demandait ? Le lui dirait-il ? Ou mentirait-il, comme l'avait fait David ? Prétendrait-il qu'il n'y avait rien à raconter ?

Ne sois pas idiote, se gronda-t-elle. S'il n'a pas partagé ses secrets avec sa propre famille, pourquoi t'en parlerait-il, à toi ? Et pourquoi veux-tu tellement savoir ?

Lorsqu'elle ouvrit les yeux, elle retint son souffle. Dans le reflet de la vitre, elle vit la porte de sa chambre s'ouvrir doucement. Effrayée, elle pivota sur ses talons.

C'était Robert. Elle cligna des yeux. Rêvait-elle ? Mais non, il était bien là…

Elle ressentit une vague de chaleur, et sa peur s'envola. Il referma la porte à clé, s'approcha du lit sur la pointe des pieds. Elle sut à quel instant précis il s'avisa qu'elle n'était pas sous les draps. Il se figea, puis regarda autour de lui.

— Je suis ici, dit-elle en avançant d'un pas.

Robert tressaillit. Elle se tenait là, baignée par la lumière du feu de cheminée. Soulagé, il traversa la pièce et l'empoigna aux épaules.

— Est-ce que ça va ? s'affola-t-il.

— Très bien.

— Vous m'avez fait peur…

— Dans ce cas, nous sommes quittes. Mon cœur a failli s'arrêter de battre quand j'ai vu la porte de la chambre s'ouvrir.

— Je suis heureux que vous n'ayez rien. Quand j'ai vu le lit vide, j'ai cru…

Il perdit le fil de sa pensée. Le coton sage de la robe de chambre couleur crème emmitouflait Allie du menton aux doigts de pieds. Sa chemise de nuit devait être tout aussi sage.

L'ayant toujours vue habillée de noir, cette vision fut pour lui un choc. Elle était d'une beauté poignante et, pour la première fois, il ne ressentit plus entre eux la présence d'un autre homme.

— Qu'avez-vous cru ? murmura-t-elle. Qu'on m'avait enlevée ?

Des mèches de cheveux s'étaient échappées de sa natte, lui donnant un air sensuel. D'un doigt, il effleura les cernes qui ombraient ses yeux. Ainsi, elle n'avait pas dormi. Ses pupilles se dilatèrent lorsqu'il la toucha, et il se demanda comment elle réagirait à une caresse plus audacieuse, plus intime.

— J'ai eu peur d'un malheur, poursuivit-il. Au vu de ce qui nous est déjà arrivé, vous ne pouvez m'en vouloir.

— Je ne vous en veux pas. Depuis ma conversation avec Elizabeth, j'apprécie votre vigilance.

Il lui caressa la joue. Elle ignorait qu'il avait l'intention d'être encore plus vigilant.

— Que vous a-t-elle dit ?

— Qu'elle pressentait un danger, et que je ne devais pas m'éloigner seule.

— Vous connaissez son… don ?

— Elle me l'a expliqué ce soir. Elle avait ressenti quelque chose à propos de David, c'est pourquoi elle avait essayé d'empêcher mon mariage. Si seulement… lâcha-t-elle avec un rire amer.

Elle s'approcha de la cheminée. Il comprit qu'elle souhaitait garder ses distances.

— Je ne peux pas changer le passé. Je ne peux qu'apprendre de mes erreurs.

— C'est pareil pour chacun d'entre nous, Allie.

Elle étudia les flammes qui virevoltaient, puis se tourna vers lui.

— Ce don d'Elizabeth est extraordinaire…

— Oui. Ses prémonitions ont sauvé la vie d'Austin. Ainsi que celles de mon frère William et de sa famille. Nous lui sommes à jamais redevables.

— Racontez-moi.

— Pas maintenant. Il y a d'autres choses dont nous devons discuter.

Elle releva le menton.

— C'est-à-dire ?

— Un danger continue à vous menacer.

Il se mit à marcher lentement vers elle. Elle resta immobile. Tant mieux. Il était satisfait de constater qu'elle ne reculait pas.

— Vous n'avez pas à craindre d'être seule, car je ne serai jamais plus loin que… ceci, conclut-il à un mètre d'elle.

Il lui prit les poignets, et sentit le pouls de la jeune femme s'accélérer.

— Nous devons également terminer la conversation commencée dans le carrosse.

— Y avez-vous réfléchi ?

— Je n'ai pas cessé d'y réfléchir.

— Avez-vous pris une décision ?

Il admira son apparente nonchalance, alors que son propre cœur s'emballait.

— Vous ne doutez sûrement pas que je souhaite vous faire l'amour.

Elle sembla soulagée, mais comme il n'ajoutait rien, son soulagement se transforma en incertitude.

— Je crois deviner un « mais »…

— Je présume que vous avez envisagé la possibilité de tomber enceinte, dit-il, essayant de chasser l'image merveilleuse d'Allie enceinte de son enfant.

— Bien entendu, mais ce n'est pas un souci, dit-elle en baissant la tête. Je suis… stérile.

Il demeura pétrifié. *Non !* Le destin ne serait pas aussi cruel.

— Pourquoi dites-vous cela ? demanda-t-il d'une voix rauque.

— Je ne suis jamais tombée enceinte pendant mon mariage.

— Vous n'avez pas été mariée longtemps.

— Huit mois. C'est suffisamment long. D'autant que nous avons souvent essayé…

Il serra les dents à la pensée de ce criminel la caressant. Heureusement qu'il ne la toucherait plus jamais. Ni aucun autre homme, songea-t-il, excepté moi.

— C'était peut-être à cause de votre mari.

— Non. C'est de ma faute. David me l'a affirmé. Il était tellement sûr de lui que je me demande s'il n'a pas eu un enfant d'une autre femme. (Son visage trahissait son amertume.) Il en avait peut-être plusieurs. Je n'ai été ni la première femme dans sa vie… ni la dernière. J'ai eu du mal à accepter que je ne pouvais pas avoir d'enfant, mais je me suis fait une raison.

Ces mots étaient blessants. Il désirait des enfants. De nombreux enfants. Et Allie serait une maman merveilleuse.

Et si elle était vraiment stérile ? Sa gorge se noua. Oui, des enfants étaient importants, mais elle, elle était indispensable. Si elle ne pouvait concevoir, ils aimeraient encore davantage leurs neveux et leurs nièces. Par ailleurs, si Allie ne s'inquiétait pas de tomber enceinte, pourquoi s'en ferait-il ?

Or, si elle attendait un enfant de lui, elle serait obligée de l'épouser.

Il ne voulait pas lui forcer la main, mais il était convaincu qu'elle comprendrait bientôt qu'ils étaient faits l'un pour l'autre. Et lorsqu'ils auraient fait l'amour, elle en serait persuadée.

— Souhaitiez-vous discuter d'autre chose ? murmura-t-elle.

Il entrelaça leurs doigts.

— Non. Je crois que je n'ai plus rien à dire…

Elle avança d'un pas. Les pointes de ses seins, en lui effleurant le torse, l'enflammèrent.

— Dans ce cas, vous aimeriez peut-être m'embrasser.

Il abaissa les yeux vers ses lèvres et sentit son sang sourdre dans ses veines.

— Ce serait une bonne idée. Pour commencer...

Il inclina la tête pour l'embrasser avec tendresse, mais très vite, le baiser se transforma en brasier, attisé par les doigts d'Allie qui remontaient le long de son torse et de ses épaules pour se mêler à ses cheveux.

Il l'attira à lui, tandis que d'une main il caressait ses cheveux soyeux. Ses seins étaient pressés contre son torse. Leurs langues dansaient une sarabande folle. Allie avait un goût doux et épicé à la fois. Enivré par le parfum de chèvrefeuille, il en voulait davantage. Là, maintenant, sans attendre.

Une voix intérieure lui disait de se calmer, mais son corps n'obéissait plus. C'était comme s'il avait passé des semaines en plein désert et qu'elle était son oasis. Il avait envie de la toucher partout. Ses mains lui caressaient le dos, saisissaient ses fesses, puis s'aventuraient vers sa poitrine.

Quand elle gémit, il cessa de l'embrasser. Les lèvres d'Allie étaient gonflées, humides, ses joues empourprées, ses yeux voilés de désir. Elle respirait par à-coups, comme lui.

Il lui enserra le visage entre ses paumes.

— Allie... murmura-t-il. Je voudrais être doux avec vous, prendre le temps, mais je ne sais pas si j'en suis capable...

— Je ne vous ai pas demandé de prendre votre temps. À vrai dire...

D'une main impudente, elle caressa sa virilité. Il retint son souffle.

— Très bien, conclut-il. Nous irons lentement une autre fois.

Il recula d'un pas et commença à retirer sa chemise. Elle se mit à déboutonner sa robe de chambre. Il se reprocha de ne pas le faire lui-même, mais c'était plus rapide ainsi. Il voulait sentir sa peau contre la sienne, le plus vite possible.

En dépit de ses mains tremblantes, il réussit à se dévêtir en un temps record. Il jeta ses pantalons de côté, au moment même où la chemise de nuit glissait à terre.

Elle était d'une beauté à couper le souffle. Ronde et féminine, douce et parfumée. Ses seins étaient hauts et pleins, ses mamelons tendus d'excitation. Il examina la taille fine, puis le triangle sombre entre ses cuisses.

Ils tendirent les bras l'un vers l'autre au même instant. *Enfin...* Elle était si merveilleuse, si chaude. Il s'empara de ses lèvres en un baiser fougueux, glissa la langue dans le paradis de sa bouche. Puis il la souleva. Aussitôt, elle l'entoura de ses cuisses, sa moiteur féminine se pressant contre sa virilité. Il se demanda s'il tiendrait jusqu'au lit. Décidé à ne pas perdre la face, il l'emporta rapidement vers le lit et les bascula tous deux sur le matelas.

Une voix intérieure lui hurlait de ralentir, lui rappelait qu'il manquait de subtilité. Si elle avait été passive, il aurait peut-être pu se dominer. Mais elle était aussi impatiente et frénétique que lui. Elle écarta les jambes, arqua les reins, et il la pénétra d'un geste fluide. Ses parois intérieures le serrèrent telle une gaine de velours.

Gémissant de plaisir, elle se mit à onduler sous lui, frottant ses mamelons contre son torse, et il perdit le contrôle de lui-même. Le monde se résumait à la jonction intime de leurs corps. Rien n'existait, excepté elle. Peau contre peau. Cœur contre cœur. Il imprima de longs mouvements, la pénétrant de plus en plus profondément. Il était vaguement conscient qu'elle lui griffait les épaules.

Il sentit les spasmes naître au plus profond d'Allie, et son cri de jouissance résonna à ses oreilles. Ne pouvant plus se retenir, il enfouit son visage dans son cou, déversant en elle ses sucs et une parcelle de son âme...

Il ne sut pas combien de temps s'écoula avant qu'il ne recouvre la raison, mais celle-ci le frappa de plein fouet.

Que diable lui était-il arrivé ? Il avait perdu le contrôle de lui-même, de son corps et de son esprit. Jamais il n'avait vécu une chose pareille. Il avait fait preuve d'un manque absolu de finesse et de maîtrise de soi, et il s'en voulait amèrement. Il n'avait jamais traité aucune de ses maîtresses avec cette désinvolture.

Il fit un effort pour lever la tête et se dresser sur ses bras. Lorsqu'il baissa les yeux pour la contempler, il dut retenir son souffle.

Elle avait les paupières fermées. Ses cils noirs ombraient des joues enflammées. Ses cheveux soyeux étaient éparpillés sur l'oreiller. Il déposa un baiser sur ses lèvres entrouvertes.

Elle ouvrit lentement les yeux. L'air désorienté, elle humecta les lèvres qu'il venait d'embrasser. Sans rien dire, elle le contempla. Peu à peu, la lucidité revint dans son regard traversé d'émotions diverses.

Il se sentit mal à l'aise. Que pensait-elle ? Il savait qu'elle avait connu la jouissance, mais elle n'avait peut-être pas éprouvé la même intensité que lui, la même magie.

Il avait envie de lui parler, mais il préféra se taire pour l'instant. C'était trop tôt. Chaque chose en son temps. Pour le moment, avec ou sans subtilité, il avait fait vibrer son corps. Son cœur ne manquerait pas de suivre. C'était impossible autrement. Mais il s'était comporté comme un adolescent.

— Je suis désolé, s'excusa-t-il. J'ai perdu le contrôle de moi-même. Ce sera mieux pour vous la prochaine fois, je vous le promets...

Le cœur d'Allie bondit à cette pensée, et elle l'étudia en silence. Elle l'avait décoiffé. Une mèche lui retombait sur les yeux et elle eut envie de la toucher. Il avait les joues roses, les lèvres légèrement rougies par leurs baisers. Et ses prunelles la dévoraient avec une intensité nouvelle.

Avait-elle découvert cette chose insaisissable qu'elle avait cherchée en vain pendant son mariage? Plus tard... Elle réfléchirait plus tard. Quand elle aurait le temps. Pour l'instant, elle ne voulait rien perdre de cette magie qu'il avait créée avec ses mains et son corps.

Elle s'étira comme un chat rassasié, savourant la divine sensation du poids de Robert qui l'enfonçait dans le matelas. Avant qu'ils ne se jettent l'un sur l'autre telles des bêtes affamées, la brève vision de son corps dénudé l'avait bouleversée. Grand, musclé, avec de larges épaules, et ce ruban fascinant de poils noirs qui descendait le long de son estomac et encadrait sa virilité triomphante. Un frisson lui parcourut l'échine.

Elle eut un sourire espiègle.

— Mieux pour moi? répéta-t-elle. Je n'aurais pas imaginé que cela fût possible... Mais si vous insistez, j'attendrai avec impatience la prochaine fois. Avez-vous une idée de quand cela pourrait être?

Elle lui effleura la bouche d'un doigt.

Il inclina la tête et lui lécha la coquille de l'oreille.

— J'en ai une idée très précise...

— J'espère que c'est pour bientôt.

— Je pensais à tout de suite.

— Cela me semble une excellente idée.

Robert se redressa, mais resta agenouillé entre les cuisses d'Allie. Il prit le temps de savourer le spectacle de son corps.

Elle ressemblait à une tentatrice auréolée d'or et de bronze, baignée par la lumière du feu de cheminée, sa peau luisant après leurs ébats passionnés. Il contempla les mamelons sombres, le ventre, le charmant nombril, puis le triangle merveilleux entre ses cuisses. Il respira le parfum musqué qu'ils avaient créé tous les deux.

Elle l'observait avec une expression mi-sérieuse, mi-joueuse. D'un doigt, il effleura le creux délicat à la base de son cou, descendit vers un mamelon, puis l'autre, avec une caresse légère comme une plume. Lorsque la respiration d'Allie se transforma en de longs soupirs, son doigt laissa la place à sa langue. Il lécha ses seins, prit les mamelons entre ses lèvres. Le parfum de chèvrefeuille montait de sa peau moite, mélangé à l'odeur de musc.

Elle se mit à gémir, lui caressant les cheveux, arquant sa poitrine pour l'encourager. Elle fit onduler ses reins. Il découvrit un charmant trio de taches de rousseur sous le sein gauche, qui l'occupa quelques minutes. Puis il continua son exploration, savourant chacun de ses frémissements, chaque vallon, chaque colline de son corps féminin.

— Robert…

Le murmure rauque de passion l'enflamma. Il la regarda dans les yeux. Le regard tourmenté d'Allie l'emplit d'un désir puissant.

Il remonta le long de ses cuisses et lui écarta les jambes, révélant sa féminité. Il lui caressa les lèvres intimes d'un mouvement lent et circulaire, contemplant tour à tour le visage d'Allie et ses propres doigts. Le corps de la jeune femme vibrait sous ses caresses. C'était ainsi qu'il la désirait : au point de non-retour. Sentant qu'elle y était presque parvenue, il retira sa main. Elle protesta, l'enflammant encore davantage.

Appuyé sur ses paumes, il la taquina avec la pointe de sa verge. La sensation satinée de son corps, son soupir de plaisir, l'emplirent de sensations diverses. Il baissa les yeux afin de voir comment il la pénétrait doucement, se perdait dans sa chaleur accueillante.

Quand leurs regards se croisèrent, il découvrit dans le sien la même envie, le même désir.

— Allie...

Il murmura son prénom telle une prière. Il accéléra le mouvement, et elle ferma les yeux.

— Regardez-moi, implora-t-il.

Elle lui obéit. Sans la quitter des yeux, il accéléra encore, de plus en plus, jusqu'à ce qu'il sente le corps de la jeune femme se tendre comme un arc et qu'elle crie sa jouissance.

Alors il se jeta avec elle dans l'infini.

Robert émergea lentement du sommeil. Allongé sur le dos, la première chose qu'il perçut fut une peau satinée et chaude contre la sienne. *Allie.* Heureux, il inspira profondément. Le parfum de chèvrefeuille, mélangé à la senteur érotique de leur passion, lui rappela la nuit passée. Ouvrant les paupières, il contempla sa maîtresse.

Son cœur chanta à cette idée. Sa maîtresse... Elle dormait sur le côté, la tête posée au creux de son épaule. L'un de ses bras était posé sur son torse, la main sur son cœur. Une cuisse ravissante reposait sur les siennes.

Ses longs cheveux l'auréolaient. Il en caressa quelques mèches soyeuses. Comme le reste, ses cheveux étaient magnifiques.

Le souffle de la jeune femme lui effleurait l'épaule. Il éprouva un instinct de possession comme il n'en avait jamais ressenti. Cette femme était à lui. Ils étaient faits l'un pour l'autre. Après cette passion partagée pendant la nuit, le lien émotionnel et physique qu'ils avaient forgé, elle ne pourrait pas le nier. À son réveil, elle aurait la même certitude que lui.

Il entendit la pluie crépiter contre la fenêtre. L'orage qui menaçait avait enfin éclaté. Il regarda la pendule et soupira. C'était presque l'aube. La maisonnée allait bientôt se réveiller. Il n'en avait guère envie, mais il devait retourner dans sa chambre, avant qu'on ne les découvre et que la réputation d'Allie ne soit entachée. Avant qu'il ne cède à la tentation de l'embrasser et de poursuivre leur exploration sensuelle.

Il se glissa hors du lit et ramassa ses affaires. Avec un dernier regard pour la belle endormie, il quitta la chambre, sachant qu'il n'aurait plus longtemps à s'enfuir ainsi comme un voleur.

Bientôt, en effet, Allie serait son épouse.

Lester Redfern regarda par la fenêtre de sa chambre et poussa un juron. Il pleuvait des cordes. Il aurait dû quitter Londres la veille, mais il avait tenu à assister à un combat de coqs. Il avait gagné cinq livres, mais désormais la récompense lui semblait bien maigre. Comment diable aurait-il pu prévoir ce déluge ? Les routes seraient impraticables. Il ne lui restait plus qu'à louer un cheval, mais il détestait ces sales bêtes. Des brutes stupides qui mordaient et sentaient mauvais. Et il se ferait mal aux fesses. La situation pouvait-elle encore empirer ? À en juger par sa malchance, ces derniers temps, mieux valait ne pas se poser la question.

Mais s'il ne partait pas, s'il ne trouvait pas cette fichue lettre que voulait le duc… Sa gorge se noua. Il n'avait pas le choix : il devait aller à la campagne, déluge ou pas. Il devait en finir avec ce maudit travail.

Et aujourd'hui même.

16

Le lendemain de sa nuit avec Robert, en début d'après-midi, Allie se contemplait dans le miroir. En dépit de la faible luminosité due au ciel pluvieux et de sa traditionnelle robe noire, elle irradiait. Une lumière nouvelle éclairait son regard et ses joues, se reflétant dans le sourire secret qui jouait sur ses lèvres.

Voilà trois ans qu'elle ne s'était pas sentie aussi pleine de vie. Son corps frémissait de plaisir et son pouls accélérait à chaque fois qu'elle repensait à la nuit précédente. Elle regarda en direction du lit. Elle s'imaginait avec Robert parmi les draps défaits, leurs corps emmêlés, leurs caresses avides... Seigneur, il lui tardait de recommencer !

Hélas, tout le monde devinerait. Comment pouvait-on la regarder sans comprendre ? Elle avait l'allure d'une femme comblée et rien n'entachait cette aura, ni le bain interminable qu'elle s'était octroyé, ni le temps maussade, ni ses vêtements sombres. Elle ne regrettait rien, mais elle devait se montrer prudente. Discrète. C'était une chose de prendre un amant... Une autre de mettre sa famille entière au courant.

Mais comment pourrait-elle se trouver dans la même pièce que lui et se comporter normalement ? Maintenant qu'elle avait senti la douceur de sa peau sous ses doigts ? Maintenant qu'elle avait vu ses yeux s'assombrir de passion et d'envie tandis qu'il la pénétrait ? Maintenant qu'elle connaissait le son de sa voix quand il criait son nom ?

Tu n'y arriveras pas, espèce d'idiote. Tu n'aurais jamais dû…

Elle ferma les yeux pour étouffer sa voix intérieure. Robert était devenu son amant. Rien de plus. Ils profiteraient l'un de l'autre, jusqu'à ce qu'il soit temps pour elle de repartir en Amérique. Puis ce serait terminé.

Une nouvelle fois, sa voix intérieure essaya de protester, mais elle ferma son cœur et son esprit à ces remontrances. Il était temps de descendre saluer la famille d'Elizabeth. Et de voir son amant.

Le cœur battant, elle pivota vers la porte. Au même instant, quelqu'un frappa. Était-ce lui ?

— Entrez, dit-elle, nerveuse.

Caroline apparut, tout sourire, une boîte rectangulaire sous le bras.

— Bonjour, Allie. Avez-vous bien dormi ?

— Très bien, répondit-elle en rougissant. J'ai fait la grasse matinée.

— Rester au lit jusqu'en début d'après-midi est l'un des privilèges de la vie à la campagne. Moi-même, je viens seulement de quitter ma chambre. Mais voyez ce que j'ai trouvé dans le hall, ajouta-t-elle en posant la boîte sur le lit. D'après Fenton, elle vient d'arriver de Londres. Comme j'étais impatiente de voir ce que vous aviez acheté chez Mme Renée, je l'ai montée.

Allie fronça les sourcils.

— Mme Renée ? Il doit y avoir une erreur. Les deux robes que je lui ai achetées m'ont été livrées à Londres.

— Seigneur ! s'exclama Caroline. Vous avez dû payer une fortune pour qu'elle travaille si rapidement. En général, il lui faut au moins trois mois. C'est la couturière la plus demandée de Londres. Miles frémit d'appréhension chaque fois que je prononce son nom. Il craint pour la fortune familiale ! conclut-elle en riant.

— Nous devons parler de deux couturières différentes. Les robes que j'ai achetées étaient d'un prix raisonnable.

— Il n'y a qu'une seule Mme Renée, affirma Caroline. Sa boutique se trouve sur Bond Street. (Elle examina la robe d'Allie.) D'ailleurs, vous portez l'une de ses œuvres. Son style est inimitable, et toutes ses créations sont divines. Je voulais vous demander hier comment vous avez fait pour qu'elle prenne vos mesures aussi rapidement. Il faudra me donner votre secret.

— Je n'en ai pas. Votre frère m'a emmenée à sa boutique...

Allie s'interrompit. Un soupçon venait de naître dans son esprit. Robert n'aurait tout de même pas...

— Robert vous a emmenée chez Mme Renée ? s'étonna Caroline, amusée. De son propre chef ?

— Je lui avais demandé où acheter des robes.

— Je vois, dit Caroline, une lueur espiègle dans le regard. Voyons ce qu'elle vous a envoyé. C'est peut-être un châle ou un accessoire pour l'une de vos robes.

— Je crains plutôt que ce ne soit une erreur, répliqua Allie.

Mais dès qu'elle écarta le papier de soie à rayures roses et blanches et aperçut le chatoyant tissu couleur topaze, elle sut que ce n'était pas une erreur.

— Magnifique ! s'écria Caroline. Quelle couleur extraordinaire ! Elle est parfaite pour vous.

Allie la déplia. Elle n'avait jamais rien vu d'aussi splendide, une robe fluide, simple et élégante. C'était bien le tissu qu'elle avait admiré chez Mme Renée. Et il n'y avait qu'une explication possible…

Robert.

Elle fut assaillie d'émotions contradictoires. Il lui avait menti au sujet des prix de Mme Renée. Il avait financé ses achats, et cette création avait dû lui coûter une fortune.

D'un côté, elle était émue qu'il lui ait permis d'acquérir de nouvelles robes tout en sauvegardant sa fierté. Mais son geste mettait à mal cette indépendance qu'elle avait conquise au prix d'immenses sacrifices. Elle n'avait pas besoin de lui, ni de quiconque pour acheter ses vêtements. Elle ne voulait plus jamais dépendre d'un homme.

Mais ce qui la heurtait par-dessus tout, ce qui la mettait en colère et la décevait profondément, c'était que Robert lui eût menti. Il avait certes eu de bonnes intentions, mais elle ne tolérait pas le mensonge. Elle était en colère contre lui, mais doublement contre elle-même. Pour avoir baissé la garde. Pour avoir bêtement cru qu'il ne lui mentirait pas comme l'avait fait David.

Bien que son instinct féminin l'encourageât à essayer la robe, sa fierté et le sentiment d'avoir été trahie l'incitèrent à la replier.

— Sauriez-vous où se trouve votre frère ? s'enquit-elle avec un sourire crispé.

— À la nursery, avec les enfants.

— Pouvez-vous m'y conduire, je vous prie ? J'ai à lui parler.

Debout dans l'embrasure de la porte, Allie regarda Robert qui était assis dans un canapé en chintz.

Emily était installée à califourchon sur l'un de ses genoux, et James sur l'autre.

— Êtes-vous prêts pour un galop dans la forêt ? demanda-t-il.

— Prêts ! s'écrièrent les enfants à l'unisson.

— Accrochez-vous, ordonna-t-il avant d'émettre des sons chevalins en faisant tressauter ses genoux. Voici l'obstacle, annonça-t-il. Sautez !

Il souleva les jambes et les enfants s'accrochèrent à ses genoux en hurlant de rire.

— Nous sommes presque arrivés. Tenez bon !

Dès qu'il arrêta, Emily décréta :

— Encore !

Il éclata de rire et la souleva pour la serrer dans ses bras.

— Le cheval doit d'abord se reposer.

Il déposa un baiser sonore sur sa joue ronde, puis la remit debout. Tournant la tête, il aperçut Allie et Caroline à la porte.

Quand il croisa le regard d'Allie, une étincelle apparut dans ses yeux. En dépit de sa colère, la jeune femme rougit. Seigneur, Caroline se poserait sûrement des questions…

— Maman ! cria Emily en courant vers sa mère.

James glissa du genou de Robert et se précipita lui aussi vers sa tante. Caroline se baissa pour les serrer tous les deux contre elle.

— Mes deux cavaliers préférés, dit-elle en souriant. Qui a gagné la course ?

— Moi ! s'écrièrent les enfants d'une seule voix.

— Exæquo, plaisanta Robert.

Il se leva, sans quitter Allie des yeux, et elle eut l'impression d'une caresse intime.

Caroline se redressa. Donnant une main à chacun des enfants, elle adressa un sourire espiègle à Allie et à son frère.

— Si vous voulez bien m'excuser, je vais emmener ces deux cavaliers voir si nous pouvons convaincre la cuisinière de nous donner quelques biscuits en récompense. Ensuite, puisqu'il pleut, nous irons dans le jardin d'hiver cueillir des fleurs pour Lily et sa maman.

— Des fleurs pour maman, approuva James en la tirant par la main.

Caroline entraîna les bambins excités. Leurs voix s'éloignèrent peu à peu.

Robert étudia la jeune femme, sentant son cœur frémir. Il se retint de la prendre dans ses bras, car la posture raide et immobile d'Allie le mettait mal à l'aise. Comme s'il s'approchait d'un animal sauvage, il avança avec précaution. Lorsqu'il fut auprès d'elle, il tendit la main et referma la porte.

Cette femme sérieuse ne ressemblait en rien à la compagne passionnée qu'il avait tenue la veille entre ses bras. Avait-elle des regrets ? Il espérait que non. La nuit avait été parfaite. Une première nuit qui en annonçait beaucoup d'autres. Mais d'après son expression, il allait devoir l'en convaincre.

Quand il voulut la toucher, elle s'écarta aussitôt.

— Je dois vous parler, dit-elle d'une voix atone qui effraya Robert.

— Je vous écoute, répondit-il, se préparant à affronter un flot de récriminations et de regrets.

— Vous m'avez menti.

— Pardon ? s'étonna-t-il.

— Vous m'avez menti au sujet de Mme Renée. Je viens d'apprendre que son magasin est le plus couru de Londres et qu'elle demande des prix astronomiques. Les clientes doivent patienter des mois avant de recevoir leurs robes.

Crénom ! Tout ceci était sans doute à cause de sa sœur. Il se sentit soulagé que ce ne fût pas à cause de leur nuit.

— Allie, j'ai seulement…

— *Menti !* s'écria-t-elle, les joues empourprées. Et je vous saurais gré de ne pas continuer en niant. Vous allez me donner la somme exacte que vous avez déboursée pour mes robes, afin que je puisse vous rembourser.

— C'est hors de question.

— Dans ce cas, je serai obligée d'interroger Mme Renée.

— Elle ne vous le dira pas.

— Alors, je demanderai à Caroline de faire une estimation de ce que je vous dois.

— Vous ne me devez rien. Vos robes ont été détruites par le cambrioleur. Je vous ai seulement permis de les remplacer au plus vite.

— En me mentant, persista-t-elle, furieuse. Savez-vous ce que l'on ressent lorsqu'on vous ment, Robert ? Moi, je le sais. C'est odieux. Et je refuse qu'on se serve à nouveau de moi de cette manière.

— Allie… commença-t-il en tendant la main vers elle, mais elle recula d'un pas.

Il se sentait frustré. Cette fois, il avait vraiment un problème.

— J'essayais seulement de vous aider. Visiblement, j'ai été maladroit et je vous ai fait de la peine. Je m'en excuse. Mais il ne s'agit que de quelques robes. Vous le prenez trop à cœur.

Les lèvres d'Allie se pincèrent.

— Pas du tout. Je n'avais pas sollicité votre aide. Je n'en ai pas besoin. Je me débrouille seule depuis trois ans, et je continuerai à le faire sans rien devoir à quiconque !

— Vous ne me devez rien, Allie, s'offusqua-t-il. J'aurais agi de même pour toute personne que j'apprécie, sans rien attendre en retour. Je n'ai pas voulu que vous le sachiez, car j'avais deviné que votre fierté vous empêcherait d'accepter quoi que ce soit de moi, ou de quiconque d'ailleurs. Je comprends ce sentiment. Je l'admire, même. Mais dans ce cas, je ne suis pas du tout d'accord.

— Vous avez fait un choix pour moi, un choix que je n'aurais pas fait si j'avais été au courant. Or je ne pouvais pas l'être, puisque vous m'avez menti. Et qu'en est-il de l'autre robe ? Celle qui vient d'arriver de chez Mme Renée. Comment avez-vous arrangé ça ?

— Je lui ai écrit après notre visite à sa boutique.

— Ainsi, vous avez décidé que j'avais besoin de cette robe.

— Oui. J'estime qu'il est temps que vous cessiez de porter le deuil.

— Ce n'est pas à vous de prendre cette décision.

Il la saisit par les épaules. Elle se raidit, mais ne protesta pas.

— Allie, je voulais simplement que vous ayez quelque chose de beau à porter. Je voulais vous voir dans une autre couleur que le noir.

— Je n'ai pas les moyens de m'offrir une robe pareille.

— C'est un *cadeau*.

— Je n'en veux pas. Je ne veux pas, et je ne *peux* pas accepter un cadeau d'un homme qui me ment.

Il la relâcha brusquement et s'écarta.

— Je ne suis pas lui, bon sang ! s'écria-t-il, furibond. Je ne suis pas David.

— Non ?

Il revint vers elle. Elle recula et se retrouva acculée contre le mur. Il appuya les deux mains de chaque côté de ses épaules, l'emprisonnant entre ses bras.

— Avez-vous une idée de ce que je ressens quand vous me comparez à lui ? l'accusa-t-il, tourmenté de chagrin et de colère. Laissez-moi vous expliquer. C'est non seulement insultant, mais aussi très blessant. Je reconnais que j'ai des défauts, mais je ne mens pas, je ne vole pas et je ne suis pas un maître chanteur. Vous détestez qu'on vous mente ? C'est compréhensible. Mais vous devez comprendre que je refuse d'être comparé à votre mari décédé. Je n'ai pas l'habitude de mentir, mais en ce qui concerne Mme Renée, je l'ai fait, c'est vrai. Je peux seulement vous assurer que mes intentions étaient bonnes, et vous promettre de ne plus jamais vous mentir à l'avenir.

Allie avait une boule dans la gorge. Il était heurté et furieux. Elle le voyait dans ses yeux et dans la tension de son corps qui la retenait prisonnière. Sa propre colère s'égrena comme le sable dans un sablier. Elle commençait à se reprocher de l'avoir peiné. Pourtant, elle serra les poings. Elle ne voulait pas faiblir. Robert lui avait menti. Elle avait raison et lui avait tort.

Cependant, alors qu'elle l'avait comparé à David, il se comportait d'une manière parfaitement différente. David n'avait jamais reconnu ses défauts. Il ne s'était jamais excusé. Et elle était certaine qu'il n'aurait jamais admis avoir menti.

Elle éprouva un sentiment de honte. Elle n'approuvait pas le geste de Robert, mais elle ne pouvait comparer son erreur aux péchés de David. Et quant aux ombres dans son regard, aux secrets qu'il dissimulait, elle ne croyait plus qu'ils impliquaient quelque chose de mauvais ou de criminel – c'était impensable, venant d'un homme qui avait l'intégrité de la regarder en face, de reconnaître ses erreurs et de s'en excuser.

Mais tout cela lui faisait peur. Comment résister à un homme bon et intègre, et qui tenait visiblement à elle ? Déjà, son corps la trahissait, saisi par l'envie de se plaquer contre sa chaleur, de poser la tête dans le creux de son épaule et de respirer son parfum.

Elle soupira.

— J'accepte vos excuses, et j'espère que vous accepterez les miennes. Je ne voulais ni vous insulter ni vous peiner. Je ne voulais pas insinuer que vous êtes un tricheur, un voleur ou un maître chanteur.

— Merci, dit-il, un peu rasséréné.

— Quant aux robes…

Il posa un doigt sur ses lèvres.

— Acceptez-les, Allie. Je vous en prie. Dans l'esprit dans lequel elles vous ont été offertes. Les robes noires comme un cadeau d'un ami qui tient à vous. (Il se pencha vers son oreille.) Et la robe topaze comme une marque de grande affection de la part de votre amant.

Elle éprouva une bouffée de chaleur. Quand il lui lécha l'intérieur de l'oreille, elle ferma les yeux de plaisir.

— Êtes-vous toujours aussi généreux avec vos maîtresses ?

Aussitôt, elle regretta sa question. L'attitude de Robert envers les autres femmes ne la regardait pas. Elle ne voulait pas l'imaginer avec des maîtresses passées ou à venir.

Il la contempla d'un air intense.

— Je ne sais pas ce que vous entendez par « généreux ». Il est vrai que je leur ai fait des cadeaux, mais ils ont toujours été impersonnels. Des fleurs, parfois un bracelet. Jamais rien d'aussi intime qu'un vêtement. Et je n'ai jamais attaché d'importance à un cadeau comme j'en attache à celui-ci.

Le cœur d'Allie s'emballa. Il fit glisser ses paumes le long de ses bras et entrelaça leurs doigts. La chaleur des mains de Robert l'enflamma. Son corps viril l'enveloppait telle une cape de velours.

— Vous dites que vous ne souhaitez pas m'insulter ni me peiner, murmura-t-il d'une voix rauque de désir. Alors, ne refusez pas mes cadeaux. Si vous ne voulez pas les accepter pour vous, faites-le pour moi. Je suis heureux que vous n'ayez pas à vous inquiéter de remplacer vos vêtements détruits. Et j'aimerais beaucoup vous voir revêtir la robe topaze. (Il lui prit une main et la baisa.) Je me réjouis à l'avance de vous dévêtir de ce tissu chatoyant, avant de vous faire l'amour…

Les genoux d'Allie flanchèrent.

— Je… je ne sais pas quoi dire.

— Dites « merci, Robert », la taquina-t-il.

Elle esquissa un sourire.

— Merci, Robert.

— Dites « je porterai la robe topaze ce soir ».

— Je porterai la robe topaze ce soir, murmura-t-elle.

— Dites « et toute la soirée je penserai à l'instant où vous me la retirerez avant de me faire l'amour ».

Seigneur, comment refuser de dire une chose tellement vraie ? Mais comment faire une déclaration aussi intime, prononcer des paroles qu'elle n'avait jamais prononcées auparavant ? Ses lèvres articulèrent malgré elle :

— Et toute la soirée, je penserai à l'instant où vous me la retirerez avant de me faire l'amour.

Les prunelles de Robert flambèrent avec une telle intensité qu'elle se sentit brûler. Quand il baissa la tête pour l'embrasser, elle posa les mains sur son torse.

— Robert, ce n'est pas une bonne idée…

— Au contraire. C'est une excellente idée. Et je ne peux pas résister. Je dois vous embrasser.

— Mais si Caroline revenait, avec les enfants ?

— Elle ne le fera pas. Ils vont manger des biscuits, puis aller cueillir des fleurs. Croyez-moi, une fois que James et Emily seront dans le jardin d'hiver, ils joueront à cache-cache entre les plantes pendant des heures. Et cette pièce est fermée à clé. Nous sommes seuls.

— Je vois. Dans ce cas…

Elle se dressa sur la pointe des pieds. Leurs lèvres se scellèrent en un ardent baiser. Il lui caressa le dos, puis les seins. Les mamelons d'Allie se tendirent et elle se pressa contre lui.

Elle sentait ses doigts s'agiter comme des papillons cherchant un endroit où se poser en pleine tempête. L'érection de Robert contre son ventre l'enflammait de désir. Elle effleura la virilité dressée.

— Allie…

Quand il posa le front contre le sien, son souffle court lui chatouilla le visage. Pleine de malice et d'audace, elle renouvela sa caresse. Lentement. Il gémit.

— Je vous préviens, grommela-t-il. Si vous continuez à me toucher ainsi, vous ne sortirez pas de cette pièce indemne.

— Mon Dieu, fit-elle sans s'arrêter. Qu'entendez-vous exactement par « indemne » ?

— Vous allez le savoir.

Aussitôt, il prit le contrôle de la situation. Sa bouche dévora celle d'Allie. Le rythme insistant de sa langue trahissait le désir de son corps de se joindre au sien.

Il déposa une traînée de baisers sur son cou, puis sur ses seins. Elle faillit crier, tant la barrière de la robe l'exaspérait. Elle mêla ses doigts aux cheveux de Robert, attirant sa tête contre elle.

Il la souleva, l'emporta vers le canapé où il la déposa parmi les coussins. Impatient, il déboutonna son corsage, libéra ses seins, et elle gémit quand il aspira l'un des mamelons dans sa bouche, le torturant avec la pointe de sa langue.

Elle essaya en vain de reprendre son souffle, tandis qu'il taquinait ses seins avec sa bouche, et qu'une de ses mains remontait le long de sa cuisse. Elle écarta les jambes, souleva les reins, les ongles plantés dans ses épaules. Sa féminité était chaude, humide, et s'il ne la touchait pas bientôt...

Lorsque Robert effleura les lèvres secrètes, elle s'arqua contre lui, un gémissement de satisfaction roulant dans sa gorge. Il s'agenouilla entre ses cuisses, lui remonta la robe jusqu'à la taille et savoura la vue de ses doigts jouant avec la peau humide, des hanches ondulant sous ses caresses, des mamelons moites de salive. Il glissa un doigt, puis deux en elle, heureux de sentir la chaleur satinée l'entourer. Le parfum d'Allie, mêlé à celui du chèvrefeuille, lui monta à la tête et il sentit son érection se tendre encore. D'une main, il se libéra.

Il voulait prendre son temps, prolonger leur plaisir, la toucher, la goûter mais, comme la veille, il perdit le contrôle de lui-même. Il devait la pénétrer. Maintenant.

Quand il retira ses doigts et qu'elle protesta, il retint un sourire. D'un mouvement fluide, il glissa dans son fourreau humide. Elle lui saisit les fesses comme pour le forcer à la pénétrer davantage encore. Il imprima à son corps un rythme saccadé. La sueur lui perlait sur le front. La tête d'Allie était penchée vers l'arrière, exposant son cou. Elle gardait les yeux fermés, les lèvres entrouvertes, et sa respiration haletante ressemblait à la sienne.

— Oh… murmura-t-elle.

Il sut le moment où elle atteignit l'orgasme ; son corps se raidit, ses parois intérieures le serrèrent, l'entraînant avec elle dans l'abîme. Avec un grognement animal, il la rejoignit, puis il s'effondra sur elle.

Il lui fallut quelques minutes pour reprendre ses esprits et trouver la force de relever la tête. Lorsqu'il croisa le regard satisfait d'Allie, son cœur fit un bond de joie.

Il avait tant de choses à lui dire, mais il resta silencieux, de crainte qu'elle ne fût pas prête à les entendre.

— Allie…

Elle cligna des yeux, puis sourit. On aurait dit le soleil apparaissant derrière les nuages. C'était la fille du portrait.

— Robert, murmura-t-elle.

Il lui sourit, incapable de cacher son bonheur. Elle était à lui, et rien ni personne ne les séparerait.

Alors qu'Allie venait de se recoiffer après son interlude sensuel avec Robert, on frappa à la porte de sa chambre.

— Entrez.

— Pardon, madame Brown, s'excusa une femme de chambre souriante. Je m'appelle Mary. Je venais ranger la chambre, mais je peux revenir plus tard…

— Je vous en prie, entrez, Mary.

D'emblée, Allie trouva sympathique cette femme rondelette d'un certain âge. Pourrait-elle lui fournir quelques réponses ?

La voix de sa conscience se fit entendre : Il y a une heure, tu étais furieuse contre Robert parce qu'il t'avait menti. Ce n'est pas plus honorable d'essayer d'obtenir des informations sur lui…

Elle se raisonna. N'y avait-il pas une différence entre la malhonnêteté et le désir légitime d'en savoir davantage sur son amant ? Elle était curieuse, voilà tout. D'ailleurs, la domestique ne savait peut-être rien.

Tandis que Mary agitait son plumeau dans la chambre, Allie lui parla du mauvais temps et du bébé. Puis elle évoqua Elizabeth et le duc.

— Des gens bien, déclara la servante en arrangeant les oreillers. Ils ne sont pas prétentieux comme beaucoup. Toute la famille est bien. Je travaille à Bradford Hall depuis vingt ans, vous savez.

— Alors vous connaissez le duc et ses frères depuis leur enfance ?

— Oui. Ils sont futés comme tout, chacun d'entre eux. Le plus jeune, lord Robert, était un sacré coquin. Il faisait sans cesse des bêtises. Mais c'est un garçon adorable.

Le cœur d'Allie se mit à battre plus vite.

— Oui, il est charmant… Évidemment, c'est tellement triste, ce qui s'est passé… ajouta-t-elle à mi-voix.

Mary sembla perplexe, puis elle écarquilla les yeux.

— Vous pensez à l'incendie ? Je ne comprends pas que les gens en parlent encore. C'est arrivé il y a si longtemps.

Un incendie ?

— Une terrible tragédie, murmura Allie.

— Voyons, c'était un accident de jeunesse. Ce garçon n'aurait jamais fait de mal à une mouche. Et il a réparé, comme il l'avait promis. On n'en parle plus. La famille a tourné la page.

— Bien sûr, fit Allie.

La tête lui tournait. Robert avait-il commis un acte criminel ?

— Tout est rangé, madame Brown. Je vous laisse.

— Merci, Mary.

La jeune femme pressa les doigts contre ses tempes, avant de s'asseoir dans le fauteuil qui flanquait la cheminée. Elle avait l'impression qu'on lui avait coupé les jambes.

Mary avait parlé d'un incendie et de « réparation ». Quels étaient les détails ? Soudain, elle se rappela l'étrange réaction de Robert quand lady Gaddlestone avait évoqué un incendie alors qu'ils prenaient le thé. Elle frémit. Visiblement, son amant cachait un terrible secret. Devait-elle suivre le conseil d'Elizabeth et lui demander ? Voulait-elle vraiment savoir ? Et lui dirait-il la vérité ou mentirait-il, comme l'avait fait David ?

Reprends-toi, Allie, se dit-elle. Ce n'est pas comme si tu allais l'épouser...

Il était son amant, rien de plus. Elle n'avait pas besoin de tout savoir de son passé.

Elle inspira profondément. Tant qu'elle n'y mêlait pas son cœur, le passé et les secrets de Robert n'avaient aucune importance.

Geoffrey Hadmore était assis dans son fauteuil en cuir préféré chez White's. Il venait de porter un verre de cognac à ses lèvres, lorsqu'une agitation près du livre des paris attira son attention.

— L'annonce officielle est arrivée de Bradford Hall ce matin, expliqua lord Astley. La duchesse a mis au monde une petite fille hier. Beaucoup d'argent va changer de main, ajouta-t-il en souriant.

Geoffrey sirota son cognac. Ainsi, la duchesse avait accouché. Parfait. L'attention de tout le monde à

Bradford Hall se porterait sur le bébé, facilitant la tâche de Redfern. Et la sienne.

Il esquissa un sourire. Il allait apporter un cadeau à la famille. C'était une parfaite excuse pour se rendre à Bradford Hall.

17

Vêtue de la splendide robe topaze, Allie se tenait en haut du grand escalier. Elle appuya ses mains gantées sur son ventre pour se calmer. Toute la journée, ses nerfs avaient été mis à rude épreuve.

Baissant les yeux, elle regarda le tissu chatoyant et ne put retenir un soupir. Voilà si longtemps qu'elle n'avait pas porté quelque chose d'aussi gai et coloré. La douceur du tissu contre sa peau l'enchantait. Elle n'avait jamais possédé une robe pareille. Elle lui allait à merveille, aussi bien le corsage ajusté que les manches ballon, et le ruban de velours noué sous ses seins. Elle se sentait féminine et jolie. Une vraie princesse.

Elle était impatiente de voir la réaction de Robert. Elle repensa à ses paroles: *Je me réjouis de vous dévêtir de ce tissu chatoyant, avant de vous faire l'amour.* Une traînée de feu lui enflamma les reins.

Comment arriverait-elle à passer la soirée sans se trahir? Surtout maintenant qu'elle avait enfin compris cette chose insaisissable qui lui avait manqué dans sa relation avec David.

Elle avait compris cet après-midi, allongée sur le canapé, alors qu'elle reprenait ses esprits après un orgasme intense. Elle avait senti le cœur de Robert battre contre le sien, son souffle court dans son cou. Sa redingote et sa chemise avaient irrité ses seins délicats. D'un seul coup, elle avait compris.

Ce désir fulgurant que Robert éprouvait pour elle, voilà ce qui lui avait manqué avec David. Il la désirait tellement qu'il ne pouvait pas attendre qu'elle fût déshabillée.

David avait été un amant habile et efficace, mais il n'avait jamais perdu sa maîtrise de soi. Jamais elle ne lui avait fait perdre la tête. Elle ne l'avait jamais incité par des paroles ou des gestes à la posséder, tout simplement. Elle comprenait aussi qu'elle n'avait jamais renoncé à sa propre maîtrise de soi. Pas vraiment.

Non, elle n'avait jamais ressenti la profondeur de cette communion physique et émotionnelle. Et maintenant qu'elle l'avait découverte, elle voulait la retrouver...

Seigneur, elle devait penser à autre chose ! Elle descendit l'escalier. La présence d'Elizabeth à table la sauverait. Elle se concentrerait sur son amie et tâcherait d'oublier Robert.

Tu es idiote, ironisa sa voix intérieure. Tu ne peux pas ne pas penser à lui !

Lorsqu'elle arriva dans le vestibule, elle perçut aussitôt sa présence. Il émergea de la pénombre d'une alcôve. Avec sa redingote bleu foncé de la couleur de ses yeux et ses pantalons beiges qui soulignaient sa haute stature, il était magnifique. Son cœur s'emballa.

Il s'approcha, lui prit la main et la baisa.

— Vous êtes renversante, murmura-t-il. Cela me fait presque mal de vous regarder...

Elle rougit de plaisir. Elle aurait dû être gênée par le désir qui enflammait son regard, mais elle se sentait au contraire délicieusement féminine. Comme si elle avait le vertige.

— Merci, dit-elle. La robe est splendide.

C'est la femme qui la porte qui est splendide. J'aime vos cheveux coiffés comme cela, ajouta-t-il en caressant une boucle qui encadrait son visage.

La femme de chambre avait dressé ses cheveux en un chignon à la mode grecque.

— Mes cheveux sont toujours si droits. Les boucles ne dureront pas toute la soirée.

— Ma chère Allie, je sais que ces boucles ne dureront pas. Dès que nous serons seuls, elles seront DSA.

Elle arqua un sourcil.

— Décoiffées Sans Attendre.

— Je vois. Dans ce cas, je suis TI. Très Impatiente, précisa-t-elle.

— Moi aussi.

Il pressa la main d'Allie sur son cœur. Elle en perçut le battement rapide.

— Voilà ce que vous me faites, chuchota-t-il. Je n'ai pensé qu'à vous toute la journée. J'ai eu un mal fou à me concentrer sur les comptes, comme me l'avait demandé Austin. Je ne voulais pas vous laisser cinq minutes. Heureusement que Miles était là pour corriger mes nombreuses erreurs !

— J'ai passé un après-midi très agréable avec Caroline et votre mère. Elles m'ont appris à jouer au piquet, puis nous nous sommes promenées dans le jardin d'hiver.

Elle regarda ses lèvres et fut frappée de voir comme sa bouche était belle. Masculine, ferme et douce à la fois.

— Si vous continuez à me regarder ainsi, vous ne sortirez pas de ce vestibule…

— Indemne ? suggéra-t-elle.

— Sans que je vous aie embrassée. Le reste, c'est pour plus tard.

— Un baiser serait merveilleux, mais je crois qu'il vaut mieux nous abstenir. Nous ne parviendrons pas à nous retenir, et je ne peux aller dîner avec mes cheveux décoiffés et ma robe de travers.

— Prétendez-vous que je ne sais pas embrasser sans faire des dégâts ?

Elle ferma les yeux et soupira d'aise.

— Absolument.

Il éclata de rire.

— Vous avez raison, il vaut mieux attendre. Puis-je vous escorter vers la salle à manger ?

Elle posa la main dans le creux de son coude et le laissa la guider le long du corridor d'un pas formel, alors que des pensées lascives dansaient dans sa tête.

Le dîner fut une fête. Des plats succulents se succédèrent, tandis qu'on servait du sherry, du vin de Madère et du champagne. À chaque plat – turbot avec du homard, côtelettes d'agneau avec de la moutarde française, asperges et petits pois à la crème –, tout le monde levait son verre pour porter un toast à Elizabeth et à Lily.

Assis entre Caroline et sa mère, Robert mangeait à sa faim, mais le splendide repas n'avait aucun goût pour lui. Allie était assise en face de lui et il la dévorait des yeux. Il ne l'avait jamais vue aussi animée, aussi rieuse. Il ne pouvait plus compter ses sourires et il était sous le charme.

Et cette robe topaze qui rehaussait l'éclat de sa peau ivoire... La beauté de la jeune femme lui coupait le souffle.

Elizabeth, resplendissante dans une robe de mousseline vert d'eau, présidait la table. Alors qu'on changeait les assiettes, elle se tourna vers Allie :

— Te rappelles-tu la première fois que nous sommes allées à la pêche ?

— Je ne l'oublierai jamais, fit Allie en levant les yeux au ciel.

— Que s'est-il passé ? demanda Caroline.

— Nous avions douze ans, dit Allie. Mon père nous avait mis au défi de pêcher aussi bien que lui, alors que nous n'avions jamais essayé auparavant. Après tout, cela ne pouvait pas être si difficile d'attraper quelques poissons. Nous sommes parties jusqu'au lac. Malheureusement, nous avons rapidement découvert qu'aucune d'entre nous ne voulait accrocher le ver à l'hameçon.

— Les vers étaient visqueux, grommela Elizabeth.

— Serait-ce ma femme si robuste qui pense une chose pareille ? plaisanta Austin.

— Visqueux n'a rien à voir avec une constitution robuste, répliqua-t-elle.

— Nous savions qu'il était impossible d'attraper des poissons sans appât, poursuivit Allie. À moins d'être un ours, un oiseau ou quelque animal…

— … que nous ne sommes pas, précisa Elizabeth.

— Alors nous avons décidé d'utiliser autre chose comme appât. Hélas, notre choix était limité. Mais d'après notre expérience, je peux vous affirmer que les poissons n'aiment pas les glands, les feuilles, les pierres ou le fromage.

— Du fromage ? s'étonna Robert.

— Nous en avions apporté avec nous, reconnut Allie. C'était un bon fromage. On aurait pu penser qu'au moins un poisson, dans cet immense lac, aimerait le fromage.

— Visiblement, ce n'étaient pas des poissons très intelligents, s'amusa Robert.

— C'est exactement ce que nous avons dit ! s'exclama Allie avec un grand sourire. En dépit de nos efforts, nous n'avons rien attrapé. Mais nous ne voulions pas rentrer les mains vides. Papa nous avait taquinées avant notre départ en prétendant que sans lui, nous n'arriverions à rien.

— Et il a eu raison ? demanda Caroline.

— Oh non ! fit Allie, une lueur coquine dans le regard. Sur le chemin du retour, nous nous sommes arrêtées au village. Chez le poissonnier.

— Avec notre argent de poche, nous avons pu acheter un assez beau poisson, enchaîna Elizabeth en riant. Le père d'Allie n'a jamais su qu'on l'avait acheté, au lieu de le pêcher ! Il nous a coûté toutes nos économies, mais cela en a valu la peine.

— Incroyable, fit Austin. Je croyais pourtant tout savoir de ma femme. Je ne l'aurais jamais crue capable de tricher de cette manière...

— C'était l'idée d'Allie, dit Elizabeth.

Allie ouvrit de grands yeux.

— Mon idée ? Enfin, à la réflexion, tu as raison, avoua-t-elle.

Tout le monde éclata de rire, et Robert passa le restant du dîner à tomber encore plus follement amoureux d'elle. À chacun de ses regards, son cœur s'emballait. À chaque rire, son cœur bondissait. Lorsqu'arriva le dessert, il se demanda si son pauvre cœur tiendrait jusqu'à la fin de la soirée !

Elle était tout ce dont il avait toujours rêvé chez une femme. Pleine d'esprit, intelligente, généreuse, attentionnée, honorable... Elle le rendait fou.

— Tu es bien silencieux, lui dit Caroline à mi-voix, tandis que la conversation continuait autour d'eux. Et tu as une drôle de lueur dans le regard. Je parie que je sais pourquoi, conclut-elle en regardant Allie.

— Je ne vais pas prendre de pari, parce que tu as raison.

— Tu veux dire... Allie ?

— Allie ? répéta-t-il, feignant de ne pas comprendre. Que veux-tu dire ? Je croyais que tu parlais du sabayon. Il est délicieux. Je ne peux pas parler pendant que je mange, tu sais. Je dois me concentrer sur cet arôme délicat.

Caroline esquissa un sourire.

— Tu sais qui est encore plus exaspérant que toi ?

— Qui ?

— Personne.

Il éclata de rire. Oui, la vie était belle. Il avait trouvé la femme qu'il aimait et savait encore taquiner sa sœur. Il avait planifié toute la nuit à venir. Il allait faire l'amour à Allie, puis lui demander de devenir sa femme. Pour l'instant, il lui cacherait son passé. Rien ne devait gâcher cette soirée.

Plus tard. Il lui dirait plus tard. Quand elle l'aimerait suffisamment pour comprendre. Ce soir, il allait lui demander sa main. Ils annonceraient leurs fiançailles le lendemain au petit-déjeuner. La famille l'accueillerait les bras ouverts. Elizabeth l'aimait, et il était évident que Caroline et sa mère l'appréciaient beaucoup. Quant à lui... il était fou amoureux.

Oui, la vie était belle.

Après le dîner, Robert proposa qu'ils se rendent dans le salon de musique.

— Pourquoi ? demanda le duc, soupçonneux.

— J'aimerais vous divertir avec une chanson.

Allie faillit s'étrangler de rire en voyant les visages consternés autour d'elle. On aurait dit que Caroline et sa mère avaient trouvé des insectes dans leurs tasses de thé, tandis que le duc et lord Eddington affichaient des mines affligées. Seule Elizabeth semblait amusée.

— Je t'en prie, mon vieux, même si tu n'as pas pitié de nous, pense à Elizabeth, dit le duc. Elle vient de traverser une épreuve redoutable...

— Balivernes ! s'exclama Elizabeth en prenant le bras de Robert. Vous savez comme je suis robuste. J'aimerais beaucoup écouter une chanson.

Tout le monde lui emboîta le pas à contrecœur. Allie marchait à côté de la mère de Robert.

— Je suis désolée, ma chère, murmura la duchesse douairière. C'est mon fils et je l'aime, mais il chante affreusement faux. Nous essayons de le dissuader, mais le pauvre garçon adore chanter.

— Je l'ai déjà entendu chanter et jouer du piano à Londres, lui confia Allie.

— Alors, vous savez.

— Je sais qu'il n'a aucune oreille. Mais je suis comme lui.

— Dans ce cas, vous ne serez pas dépaysée avec nous, ma chère. Nous chantons tous affreusement mal, mais Caroline joue plutôt bien du piano.

Quand ils entrèrent dans le salon de musique, Pirate leva la tête et agita la queue pour les saluer. La famille s'installa dans les fauteuils, tandis que Robert prenait place au piano. Aussitôt, Pirate se dressa et quitta la pièce, la tête basse et la queue entre les jambes. Le duc marmonna quelque chose qui ressemblait à : « Futé, le chien... »

— Quelqu'un aimerait-il commencer ? proposa Robert avec un sourire.

— Non ! répondirent-ils à l'unisson.

— Nous voulons que tu en finisses au plus vite, cher frère, précisa Caroline.

— Ce que je vais vous jouer va vous étonner...

— Nous faire peur, tu veux dire, grommela le duc.

— ... parce qu'il s'agit d'un duo, continua Robert. Je vais demander à ma merveilleuse partenaire de me rejoindre. Allie ?

La jeune femme s'empourpra.

— Oh non, je ne pourrai jamais...

— Bien sûr que si, insista Robert. Nous allons chanter la même chanson qu'à Londres, en l'honneur de Lily.

— Merci, Robert, dit Elizabeth.

— Vous voyez ? Elizabeth est ravie.

— Elle est surtout très bien élevée, marmonna le duc.

— Je suis curieuse d'entendre Allie, ajouta Elizabeth d'un air espiègle. Je la connais depuis toujours, et elle n'est pas une musicienne accomplie...

Amusée, Allie s'approcha du piano et se plaça près de Robert.

— J'ai l'impression que l'on doute de nos talents musicaux, monsieur, se moqua-t-elle.

— Absolument. C'est une question d'honneur de leur prouver le contraire.

— Je vous donnerai vingt livres si vous ne le faites pas, proposa le duc, plein d'espoir.

— Tu me dois déjà vingt livres pour avoir perdu au billard, rétorqua Robert.

Allie se tourna vers lui.

— Vous avez gagné ? s'étonna-t-elle.

— Je vous l'avais dit, je joue toujours pour gagner.

— Tu peux commencer, gronda le duc.

Allie s'aperçut que les autres avaient cessé de bavarder et les observaient d'un air curieux. Visiblement, ils se posaient des questions.

— Puisque vous insistez... s'amusa Robert.

Ils jouèrent la même chanson qu'à Londres, et ce fut encore pire. Probablement parce que la jeune femme ne pouvait s'empêcher de rire devant les pitreries de Robert.

Au dernier verset, il ralentit le tempo et chantonna :

Le soleil éclairait ses jolis traits
Tandis qu'elle se demandait s'il oserait.
Il ne voulut pas décevoir la jeune demoiselle
Et déposa sur ses lèvres un baiser de miel.

Alors que la dernière fausse note résonnait encore dans la pièce, elle sentit le regard de Robert peser sur elle et prit soin de garder les yeux baissés, de peur que toute la famille ne remarque combien elle espérait ce baiser.

Puis les applaudissements crépitèrent. Elizabeth vint serrer Robert dans ses bras, avant d'embrasser Allie.

— Merveilleux ! s'exclama-t-elle.

— « Merveilleux », expliqua le duc à son beau-frère, est un terme américain qui signifie : « Robert, tu chantes désespérément faux et tu devrais avoir honte d'infliger à Mme Brown ton absence de talent musical. »

— Et si tu nous offrais l'une de tes chansons, Austin ? lança Caroline.

— Je ne veux pas vous voir vous jeter par la fenêtre pour échapper à la cacophonie ! Je pense d'ailleurs que ce serait une bonne idée si Elizabeth et moi, nous nous retirions. (Il adressa un tendre regard à sa femme.) Je ne veux pas que tu te fatigues trop, ma chérie.

— Je suis assez lasse, c'est vrai, acquiesça Elizabeth. Mais la soirée fut divine. Merci à tous les deux pour votre chanson.

Comme minuit approchait, les autres choisirent de se retirer aussi. Ils montèrent ensemble le grand escalier, puis se séparèrent pour regagner leurs chambres respectives. Allie évita de regarder Robert, car elle savait que son expression la trahirait. Après avoir souhaité bonne nuit, elle se dirigea vers sa chambre. Elle referma la porte et s'y adossa, les yeux fermés, le cœur battant.

Combien de temps mettrait-il à la rejoindre ?

Elizabeth contemplait sa petite fille endormie. Quand Austin posa les mains sur ses épaules, elle s'appuya contre lui. Il déposa un tendre baiser dans son cou, puis ils admirèrent Lily, joue contre joue.

Elizabeth poussa un soupir.

— Est-ce que ça va ? s'inquiéta Austin.

— Oui. Je suis fatiguée, c'est tout... Non, ce n'est pas vrai, corrigea-t-elle après réflexion. Je m'inquiète pour Allie et Robert.

— As-tu eu une autre vision ?

Elle se tourna vers son mari.

— Il est amoureux d'elle.

— Chérie, même moi qui ne possède pas tes dons de voyance, je m'en suis aperçu. Mais j'aurais pensé que leur union te ferait plaisir, ajouta-t-il, soucieux de la voir aussi grave. N'avais-tu pas prévu qu'il tomberait amoureux d'elle ?

— Oui. Et j'en serais heureuse, mais...

— Tu as peur de ce danger qui les menace ?

— Oui. Je le sens encore. Mais je pressens également autre chose... quelque chose de plus imminent... Le cœur de Robert va être brisé, Austin.

— En es-tu certaine ? On dirait qu'Allie lui est attachée, elle aussi.

— Je l'ai senti très fort quand je les ai touchés dans le salon de musique. Tous les deux auront le cœur brisé.

Michael Evers s'allongea sur le vieux matelas, le corps rompu de fatigue. Il avait chevauché longtemps, changeant de monture, essayant de précéder l'orage qui menaçait. Il était arrivé à Liverpool moins d'une heure auparavant. Épuisé, il avait trouvé une auberge, avalé un ragoût, avant de s'effondrer sur le lit.

Le lendemain, il traverserait la mer d'Irlande jusqu'à Dublin. Ce n'était pas un voyage qui le réjouissait. Il détestait la mer et tout ce qui la concernait, la pêche, la voile. Sa méfiance venait de ce qu'il ne savait pas nager. Chaque fois qu'il s'approchait de l'eau, il se mettait à transpirer. Il n'avait confié cette hantise à personne. Il s'efforçait de ne jamais montrer sa peur. Mais il préférait monter à cheval toute une journée que de passer cinq minutes sur un bateau.

Il aurait pu trouver une place à bord d'un navire qui transportait du bétail et levait l'ancre à minuit. Mais il n'avait pas osé affronter la traversée de nuit. Mieux valait se reposer et tenter sa chance en plein jour. Au moins, il pourrait voir ce qui se passait et ne pas tomber accidentellement à l'eau…

18

À minuit et demi, Robert se faufila dans la chambre d'Allie et referma la porte à clé. Elle se tenait devant le feu de cheminée, auréolée d'une lumière dorée qui lui donnait un air éthéré. Excepté pour ses yeux qui vibraient de désir.

Il eut la gorge serrée. Il avait l'impression de l'avoir attendue depuis toujours, cherchée partout. Et voilà qu'elle était là. Enfin.

Sans la quitter des yeux, il traversa l'épais tapis. Il ne portait que sa robe de chambre bleu foncé, nouée à la taille et, à chaque pas, la soie glissait sur sa peau enflammée. Il s'immobilisa devant elle, le cœur battant la chamade.

— J'aimerais que vous sachiez, murmura-t-il, que j'ai l'intention d'aller lentement cette fois-ci. Mais vu ce que je ressens sans même vous avoir touchée, j'ai peur de ne pas être à la hauteur…

Elle avança d'un pas, posa les mains sur son torse que dévoilait l'échancrure de la robe de chambre. Aussitôt, il se raidit. Il la prit par la taille. Elle déposa un baiser sur sa peau.

— Je crois que nous attendrons un peu avant d'aller lentement, plaisanta-t-elle.

Elle remplaça ses doigts par sa bouche, lui lécha les mamelons, décochant des flèches de feu dans son corps. Quand elle saisit le nœud de la ceinture, il lui attrapa les poignets.

— Si vous continuez, nous en aurons terminé en quelques secondes…

Elle sembla à la fois attristée et résignée. Il admira la robe topaze.

— Quelle robe exceptionnelle !

— En effet.

— Enlevons-la.

— Oui, acquiesça-t-elle, les yeux sombres.

Il vint se placer derrière elle, plaqua un baiser dans son cou vulnérable. Le parfum du chèvrefeuille lui taquina les sens, et il goûta la peau d'Allie avec la pointe de sa langue. Elle frissonna.

Il fit glisser un doigt le long des petits boutons qui fermaient la robe de la nuque au creux des reins. Il déboutonna le premier, dévoilant une peau satinée, puis le second.

— J'ai demandé à Mme Renée de poser ces boutons ici, murmura-t-il, afin que je puisse faire ceci.

Il termina de les défaire et caressa d'un doigt sa colonne vertébrale.

— Je devrais être horrifiée par cette présomption et cette arrogance.

— Ce n'est pas de l'arrogance, mais de la confiance. Je sais quand quelque chose est inévitable.

Il lui retira la robe, la faisant glisser sur ses bras, puis sur ses hanches. Elle termina aux pieds d'Allie, chatoyante et lumineuse. Il lui prit la main et l'aida à enjamber le tissu. Puis il ramassa la robe, la posa sur une chaise, tout en se félicitant d'être aussi maître de lui.

Vêtue d'une chemise transparente et de bas retenus par des jarretières, elle était d'une beauté à couper le souffle. Les mamelons se dessinaient sous la chemise, l'attirant tel le chant des sirènes.

Lorsqu'il s'approcha, il fut surpris de voir le regard espiègle de la jeune femme. Elle recula.

— Vous m'observez d'un air troublant, fit-elle d'une voix rauque de désir.

Il la contourna, afin qu'elle fût obligée de reculer en direction du lit.

— Pour ma part, je ne suis guère troublé. Je sais exactement ce que je prévois de faire avec vous.

— Et qu'est-ce donc ?

Elle heurta le matelas avec l'arrière de ses jambes. Il se mit à avancer doucement, tel un félin qui s'apprête à bondir sur sa proie. Il s'arrêta devant elle, savourant le désir coquin qui dansait dans ses yeux, le pouls qui battait à la base de son cou, le parfum délicat de l'excitation féminine qui émanait de sa peau.

— Ma chère Allie, je vais vous expliquer. Tout d'abord, j'ai l'intention de vous dévêtir entièrement.

Il fit glisser sa chemise le long de ses bras. Elle n'était plus vêtue que de ses bas et de ses jarretières.

— Vous êtes exquise, approuva-t-il.

Puis il lui caressa les seins. Les mamelons se dressèrent entre ses doigts.

Allie gémit de plaisir. Les yeux clos, elle s'abandonna à la sensation de ces mains sur son corps, ses mamelons, ses fesses. Sa peau picotait. Les lèvres et la langue de Robert célébraient ses seins. Elle glissa les doigts dans ses cheveux soyeux. Une lourdeur douloureuse entre ses cuisses appelait les caresses. Elle était impatiente. Elle avait besoin de davantage. Maintenant.

— Qu'avez-vous l'intention de faire ensuite ? demanda-t-elle.

Quand il leva la tête, elle resta saisie par le brasier qui enflammait son regard. Il posa les mains sur ses épaules et la fit asseoir sur le matelas. Puis il l'encouragea à s'allonger sur le dos. Il se plaça entre ses genoux, plaqua les mains de chaque côté de ses épaules.

— Ensuite, j'ai l'intention de découvrir si vous avez *partout* le goût de chèvrefeuille.

Il taquina sa lèvre inférieure avec sa langue. Elle voulut l'embrasser, mais il éloigna ses lèvres, lui effleura la mâchoire, puis lui mordilla le cou. Elle leva les bras, s'abandonnant à la magie que créait cet homme avec sa bouche et ses mains.

Bien qu'il eût prévenu qu'il ne saurait pas être patient, il explora son corps avec une exquise et douloureuse lenteur. Ses lèvres glissaient sur sa peau avec des caresses légères comme une plume et une chaleur de velours. Il lui suça les seins jusqu'à ce qu'elle se torde sous lui, le suppliant d'éteindre ce brasier qu'il ne cessait d'attiser.

Mais il poursuivit sans relâche son exploration, semant une traînée de baisers jusqu'à son nombril.

Soudain, elle ouvrit les yeux et se dressa sur les coudes. Il était agenouillé par terre et jouait avec les poils à la jonction de ses cuisses. Les épaules de Robert étaient nues ; il avait retiré sa robe de chambre. Leurs regards enflammés se croisèrent.

— Écartez vos cuisses, Allie.

Le cœur battant, elle obéit. Il glissa les mains sous ses fesses, puis l'attira à lui en la soulevant.

La sensation de la langue de Robert sur ses lèvres intimes lui arracha un cri. Elle retomba en arrière, emportée dans un tourbillon tandis qu'il la célébrait avec sa bouche et sa langue, léchant, embrassant, taquinant, faisant monter la pression jusqu'à la faire gémir. Lorsque les vagues du plaisir l'emportèrent, elle agrippa la courtepointe.

Ses profondes contractions venaient à peine de cesser quand elle le sentit qui la soulevait, pour la déposer au centre du matelas. Avant qu'elle pût reprendre son souffle, il l'avait pénétrée.

— Regardez-moi, dit-il.

Elle distingua son visage ardent, ses yeux assombris de désir.

— Allie, murmura-t-il.

Puis il l'embrassa. Le goût et la senteur de son musc féminin, mêlés à sa saveur masculine unique, lui tournèrent la tête. Et la magie reprit. Drapant les jambes autour de ses reins, agrippée à ses épaules, elle accueillit ses assauts rapides. Il enfouit le visage dans son cou.

— Maintenant, grogna-t-il. Venez avec moi. Maintenant.

L'orgasme d'Allie lui arracha un cri de plaisir. Il la serra contre lui en trouvant sa propre délivrance. Puis, avant même que le cœur de la jeune femme reprît un rythme normal, il les bascula sur le côté. Toujours unis de la manière la plus intime qui fût, elle se pelotonna contre son torse, écoutant les battements furieux de son pouls.

Elle soupira de plaisir. Il était si immobile qu'elle pensa qu'il s'était endormi. Mais il la contemplait. Il était sérieux. Trop sérieux.

Aussitôt, elle ressentit le besoin de plaisanter, car elle n'était pas prête à affronter les émotions qu'elle devinait dans ses yeux. Mais avant qu'elle pût dire un mot, il lui caressa la joue et prononça les paroles qu'elle redoutait. Les paroles qui mettraient un terme à leur liaison.

— Je vous aime, Allie.

19

Robert se noyait dans les yeux bronze pailletés d'or. Il répéta les paroles qu'il ne pouvait plus garder pour lui.

— Je vous aime, murmura-t-il.

Sitôt prononcés les mots qui marquaient le début de leur avenir commun, il éprouva un sentiment d'apaisement mêlé d'exaltation. Tendrement, il repoussa une mèche d'Allie qui lui collait à la joue, attendant sa réponse.

Au lieu de quoi, elle blêmit. La chaleur disparut de son regard et elle se raidit entre ses bras.

Elle le repoussa, et bien qu'il eût envie de la garder contre lui, il préféra la lâcher. Elle se leva et décrocha un peignoir blanc dans l'armoire. Il prit le temps d'enfiler lui aussi sa robe de chambre, et demeura assis au bord du lit. Elle noua soigneusement la ceinture autour de sa taille, avant de se tourner enfin vers lui.

Elle souriait, mais ce n'était pas le sourire heureux qu'il avait espéré. C'était un sourire indulgent, semblable à celui qu'il adressait à Emily ou à James quand ils le prenaient par la main pour jouer.

— Je vous remercie. Mais chacun sait qu'il ne faut jamais prendre au sérieux les mots prononcés en pleine passion.

Stupéfait, il la contempla en silence. Puis il se leva et s'approcha d'elle. Il la saisit par les épaules, ouvrit la bouche pour parler, mais elle posa un doigt sur ses lèvres.

— Ne le redites pas, je vous en prie.

— Pourquoi pas ? s'écria-t-il, exaspéré et malheureux.

— Parce que ces mots ne conviennent pas à deux personnes qui ne sont que des amants.

Ces paroles lui firent l'effet d'un coup de poignard.

— Ce ne serait pas sage de votre part de croire que vous m'aimez, poursuivit-elle. Vu notre situation, vous devez oublier cette idée.

— Je ne *crois* pas que je vous aime, Allie. Je le sais. Sans l'ombre d'un doute.

— Comment serait-ce possible ? Vous me connaissez à peine.

Il se demanda s'il était étonné ou furieux. Il étudia le regard d'Allie. Avait-elle peur des sentiments qu'il éprouvait pour elle ? Ou de ses propres sentiments ?

— Étant donné ce que nous avons vécu dans cette chambre, il me semble que je vous connais intimement.

— Vous confondez l'amour et le désir.

Remarquant l'appréhension dans les yeux de la jeune femme, il se sentit quelque peu rasséréné. Elle devait craindre que les choses ne soient allées trop vite. Il fallait seulement la rassurer.

— Allie, je ne peux nier que j'éprouve du désir pour vous, fit-il en toute sincérité. Mais je ne me méprends pas sur l'amour. Je n'aurais peut-être pas dû vous l'avouer si tôt, mais je ne pouvais plus le cacher. (Il lui caressa la joue.) Je vous assure que je ne prononce pas impunément des paroles comme

« je t'aime ». Je ne les avais encore jamais dites à une femme.

— Il faut plus d'une semaine pour tomber amoureux, Robert.

— Je ne suis pas d'accord. Il y a des femmes que je connais depuis des années et qui ne m'ont jamais inspiré une parcelle de ce que j'ai éprouvé en vous voyant la première fois.

— Robert, croyez-moi, implora-t-elle. Vous ne connaissez rien à l'amour.

— Vous vous trompez. Je sais tout sur l'amour. Je l'ai vécu chaque jour de ma vie. Regardez ma famille : il suffit de passer une heure en leur compagnie pour le comprendre. Mais vous, savez-vous ce que c'est ?

— Oui. Je l'ai connu une fois. Cela me suffit.

Il secoua la tête.

— Ce n'était pas de l'amour. Vous avez adulé quelqu'un qui vous a trompée de la manière la plus abjecte qui soit. Vous avez vécu un tissu de mensonges et de traîtrise. L'amour, c'est le partage, les rires et le bonheur.

— Non, l'amour suscite le désespoir et je ne veux plus de cela. Je vous en prie, Robert, je ne veux pas vous faire de la peine...

— Alors acceptez mon amour, et aimez-moi en retour. (Il encadra son visage avec ses mains.) Épousez-moi.

Elle le dévisagea, consternée. Les mots résonnaient à ses oreilles comme une sonnerie aux morts. *Épousez-moi. Épousez-moi...*

Seigneur, comment avait-elle permis aux choses d'aller si loin ? Robert la contemplait d'un air sombre, intense, et plein d'espoir. Elle tenta de s'écarter pour fuir ce regard insistant, mais il la retint par les épaules.

Elle se mit en colère. Elle en avait assez des hommes qui croyaient pouvoir la contrôler, décider de ses actes ou de son avenir.

— Je vous avais dit, avant le début de notre liaison, que je ne désirais plus jamais me marier. Je voulais un amant, rien de plus. Je ne cherche pas quelque chose qui dure. Pourquoi ne pouvons-nous pas profiter l'un de l'autre, le temps de mon séjour ici ?

— Nous le pouvons. Mais moi, je cherche quelque chose de permanent. Et je souhaite partager cet avenir avec vous. Pouvez-vous me regarder dans les yeux et affirmer que vous ne ressentez rien pour moi ?

Le ventre noué, elle aurait aimé nier, mais elle en fut incapable. Malgré elle, Allie avait fini par ressentir quelque chose pour lui. Elle réprima un rire amer. Quelle idiote ! Comment avait-elle pu croire un instant qu'elle pouvait accepter cet homme dans son lit, lui donner son corps, sans y mêler son cœur ?

Mais elle ne voulait plus prendre de risques. Seigneur, elle avait commis la même erreur avec David – laisser son cœur dominer sa raison avec un homme qu'elle connaissait à peine. Un homme qui cachait des secrets. Combien de fois devrait-elle se fourvoyer avant de comprendre la leçon ? Deux ? Trois ? Cinq ? Douze fois ?

Non. Elle ne referait pas la même erreur. En dépit de son cœur. Elle avait appris à ses dépens que celui-ci n'était pas fiable.

— Je vous trouve attirant, certes…

— Ce n'est pas ce que je veux savoir, répliqua-t-il d'un air si intense, si défait, qu'elle sentit sa poitrine se serrer. Pouvez-vous honnêtement dire que vous ne ressentez rien de cette magie entre nous ? Comment serait-ce possible, alors que je la ressens à chaque respiration ? À chaque battement de cœur ?

— Vous comptez pour moi… Vous êtes un amant généreux, excitant. Mais c'est tout ce que je désire. Et tout ce que je peux vous offrir.

— Seigneur, fit-il en secouant la tête. Je croyais qu'une fois que nous aurions fait l'amour, vous comprendriez, vous sauriez…

Il lui lâcha les épaules et se frotta le visage. Lorsqu'il la regarda à nouveau, la colère enflammait ses yeux.

— Combien de temps allez-vous laisser ce salaud diriger votre vie, Allie ?

— Si vous parlez de David…

Il eut un rire amer.

— Évidemment ! Il a dominé chacune des facettes de votre existence depuis trois ans, de vos actes aux vêtements que vous portez. C'est comme s'il était assis dans cette pièce avec nous ! Selon moi, vous avez payé votre dette. Vous avez même payé les siennes. Combien d'années allez-vous encore lui donner ? Combien de votre bonheur allez-vous lui permettre de vous voler ?

Elle serra les poings.

— Vous ne comprenez pas…

— Vous avez raison, je ne comprends pas… Expliquez-moi, Allie. Expliquez-moi pourquoi vous ne voulez pas oublier le passé et recommencer à vivre.

— Je suis décidée à ne pas refaire mon erreur d'autrefois.

— Laquelle ?

— Nous nous connaissons à peine.

— Moi, je vous connais, Allie. Vous avez vécu dans mon cœur, mon esprit, toute ma vie adulte – je devais seulement vous trouver. Ce n'est pas nécessaire de tout savoir l'un sur l'autre pour tomber amoureux. Je sais tout ce que j'ai besoin de savoir sur vous. Je sais que vous êtes généreuse, fidèle, honorable. Vous me faites rire. Vous me rendez heureux. Voilà les choses importantes. Nous avons toute la vie pour apprendre le reste.

Elle se mordit la lèvre.

— Je n'ai pas été assez précise. J'aurais dû dire que moi, je ne vous connais pas assez bien…

— Nous pouvons y remédier aisément. Que voulez-vous savoir ?

— Qu'aimeriez-vous me dire ?

Le ton agressif le mit mal à l'aise. Il hésita.

— Je serais heureux de répondre à vos questions…

Elle songea que c'était une réplique évasive, à la David.

— Très bien. Je veux que vous me parliez de l'incendie.

Un voile passa dans le regard de Robert, et un nerf tressaillit près de sa bouche.

— Puis-je vous demander qui vous en a parlé ? s'enquit-il après un silence.

— Quelle importance ? Ce qui compte, c'est ce que vous ne m'avez pas dit.

— J'en avais l'intention.

— Vraiment ? Et quand cela ?

— Le moment venu.

Mais la vraie réponse éclatait dans son regard coupable : il n'avait eu l'intention de lui en parler qu'après leur mariage, lorsqu'elle ne pourrait plus le rejeter.

— C'est arrivé il y a longtemps, Allie…

— Que s'est-il passé ?

— Que voulez-vous savoir exactement ?

— Expliquez-moi d'abord votre rôle dans cette affaire.

Il l'observa quelques instants.

— Je n'aime pas en parler.

Elle se sentit à la fois blessée et furieuse. Il n'allait pas lui dire. Maudit soit-il !

— Je ne veux savoir qu'une seule chose, mais je veux la vérité. Avez-vous causé cet incendie ?

Il resta silencieux pendant ce qui parut une éternité. Son expression troublée trahissait son malaise.

— Oui, avoua-t-il enfin.

— Était-ce un accident ?

— Non.

Le mot lui fut arraché tel un cri.

— J'ai été coupable d'allumer un feu dans un village voisin, poursuivit-il. Une maison a été détruite. Un homme est mort.

Elle blêmit.

— Vous n'avez pas été en prison ?

— Non. Ma famille est très influente...

Il semblait prêt à lui révéler autre chose, mais il serra les lèvres. Des émotions indéchiffrables passèrent sur son visage.

— C'est tout ce que je peux vous dire.

Elle en fut dévastée. Il y avait autre chose, c'était évident, mais il ne voulait pas lui en parler. Comment pouvait-on se sentir aussi tétanisée et heurtée à la fois ? Et pourquoi avait-elle pitié de lui ? Était-ce son regard torturé ? Cette manière de l'implorer en silence pour quelque chose qu'elle ne comprenait pas ?

Elle ne voulait pas ressentir de la pitié pour lui. Il avait avoué avoir commis un crime. Elle revivait son pire cauchemar. Robert était exactement comme David. *Comme David...*

Elle se détourna.

— Je crois que vous feriez mieux de quitter ma chambre. Et de ne pas revenir.

Incapable de cacher sa détresse, il la saisit par les épaules et la força à le regarder.

— Vous voulez mettre un terme à notre liaison ?

— Je ne peux plus partager une telle intimité avec vous.

— À cause d'une faute dans mon passé ?

— À cause de la nature de cette faute. Et parce que vous ne m'en avez pas parlé. Vous m'avez demandé de partager le restant de ma vie avec vous, mais vous avez délibérément omis de me mettre au courant de quelque chose qui avait son importance pour moi, notamment à cause de mon propre passé.

L'air grave, il lui enserra le visage entre ses mains.

— Je vous en prie, Allie. Laissons tomber le passé. Je vous aime tellement que cela me fait mal, lança-t-il en scrutant son visage. Si vous ressentez la même chose pour moi, si vous me faites confiance, nous pourrons tout surmonter ensemble. Sinon… Est-ce que vous m'aimez ? demanda-t-il, la gorge nouée.

Seigneur, elle ne pouvait pas répondre ! Elle ne le savait pas ! Elle avait l'impression que sa tête allait exploser. Elle avait été décidée à ne rien ressentir pour lui, mais il avait réussi à anéantir ses défenses. Elle avait besoin de réfléchir, or il l'en empêchait. Elle n'était certaine que de deux choses : elle ne voulait pas l'aimer, et elle refusait de souffrir à nouveau.

— Je suppose que j'ai ma réponse, se résigna-t-il en la lâchant.

— Robert…

Elle voulut dire quelque chose, mais elle ignorait quoi. Elle ne comprenait pas pourquoi, en dépit de tout, elle souhaitait le réconforter et lui faire comprendre.

— Vous ne savez pas ce que c'est d'avoir un cœur brisé en mille morceaux, ajouta-t-elle.

Il la dévisagea intensément.

— Là, vous vous trompez, dit-il d'une voix monocorde. Voyez-vous, je viens de le découvrir à l'instant...

Puis il pivota sur ses talons et quitta la pièce sans un dernier regard. La porte se referma avec un cliquetis lugubre.

Il était parti. Elle comprit qu'il avait quitté davantage que sa chambre, fermé la porte sur bien plus qu'un interlude sensuel. Il était vraiment parti. Il avait quitté sa vie. Il n'y aurait plus de nuits passionnées, de journées remplies de rires...

Une douleur cuisante lui comprima le cœur. Jamais elle n'avait autant souffert. Même la trahison de David ne l'avait pas autant bouleversée. Elle se mit à trembler et se réfugia sous les couvertures, tel un animal blessé.

Mais elle avait agi pour le bien de tous les deux. Elle avait juré de ne plus jamais se marier, de ne plus donner son cœur à quelqu'un qui le piétinerait, à un homme à secrets, capable de commettre un crime.

Et même si elle était assez folle pour oublier ces raisons, elle n'était pas la femme qu'il lui fallait. Elle repensa à Robert jouant avec son neveu et sa nièce. Malgré ses défauts, il était merveilleux avec les enfants. C'était un homme qui aurait besoin d'avoir des enfants à lui.

Et elle ne pourrait jamais lui en donner.

Mon Dieu, pourquoi souffrait-elle autant ? D'emblée, elle avait su qu'ils ne se marieraient pas et qu'elle n'aurait jamais d'enfants. Mais lui en aurait un jour, et cette idée l'emplissait d'un chagrin immense...

De toute façon, quelle importance désormais ? Leur liaison était terminée. Un peu plus tôt que prévu, c'était tout. Elle savait qu'elle avait pris la bonne décision pour tous les deux. Sa raison le lui soufflait.

Si seulement son cœur pouvait le comprendre aussi.

Robert pénétra dans sa chambre et s'avança vers les carafes. Il avala un cognac d'une lampée et s'en versa aussitôt un second. Alors qu'il portait le verre à ses lèvres, il aperçut son reflet dans le miroir. Il avait l'air débraillé d'un homme qui vient de quitter le lit de sa maîtresse. Mais son visage trahissait la consternation de celui qui vient de perdre ce qu'il a de plus cher au monde…

Il leva son verre d'un air ironique pour porter un toast :

— Eh bien, ça n'a pas été une réussite, n'est-ce pas ?

Il savoura la brûlure de l'alcool. Au moins, il n'était pas complètement anesthésié. Après quelques verres, il se sentirait peut-être mieux. Mais il lui en faudrait une bonne douzaine.

— Il n'y a pas assez de cognac dans ce pays pour que je me sente mieux, grommela-t-il.

Il se jeta dans le fauteuil à côté de la cheminée. Penché en avant, les coudes sur les genoux, il fixa les flammes, comme si elles pouvaient lui apporter une réponse. Et Dieu sait s'il avait des questions ! Mais les réponses lui déplaisaient.

L'image de leurs corps nus lui traversa l'esprit, et il éprouva une telle douleur qu'il en eut le souffle coupé. Il pouvait encore goûter sa peau, ce goût délicieux de chèvrefeuille. Sentir l'empreinte de sa chair satinée… qu'il ne caresserait plus jamais.

Non ! Cela ne pouvait être fini entre eux, alors que tout avait à peine commencé !

Il l'avait perdue à cause de sa propre maladresse. Allie avait clairement déclaré ses sentiments. Elle ne le voulait pas, elle ne l'aimait pas.

Qu'elle ait refusé de l'épouser lui faisait mal, mais qu'elle ne l'aime pas... Dieu, c'était un coup de poignard. Elle aurait pu tout aussi bien lui découper le cœur et le piétiner.

Il ne pouvait s'en prendre qu'à lui-même. Il aurait dû lui raconter l'incendie. Il avait été un imbécile de croire qu'elle ne l'apprendrait pas, mais c'était arrivé il y avait si longtemps... Elizabeth lui avait-elle dit ? Il en doutait. Elle avait dû surprendre des commérages de servantes. À moins que lady Gaddlestone n'en ait parlé lors de leur traversée.

Quelle importance... Aux yeux d'Allie, il était coupable non seulement d'un crime, mais de ne pas lui en avoir parlé. Il se rappela son regard. Elle l'avait dévisagé comme s'il était un monstre. C'était presque un cri, une accusation : *Vous êtes comme David.*

Comment lui en vouloir ? Il n'avait rien dit pour la faire changer d'avis. Il aurait aimé lui avouer la vérité, mais il était lié par des promesses qu'il ne pouvait renier. Il n'en avait jamais parlé à quiconque, et il avait donné sa parole qu'il ne le ferait pas.

Flûte, il n'était pas un criminel. Mais il avait commis un crime...

Jamais il n'aurait pensé qu'un jour, ses actes lui coûteraient la femme qu'il aimait.

Évidemment, son passé n'était qu'un prétexte, le dernier clou dans le cercueil. Même s'il avait été un saint, elle n'aurait pas accepté de l'épouser. Elle ne l'aimait pas. Ne le désirait pas. Ne voulait plus se marier. En déversant ses sentiments comme une fontaine percée, il s'était rendu ridicule. Il avait deviné qu'elle serait réticente à accepter sa demande en mariage, mais il avait sous-estimé cette réticence.

Il termina son cognac et déposa le verre vide au pied de la cheminée. C'était fini ! Il devait l'accepter. Il lui avait tout offert – son amour, son cœur, son nom – et elle l'avait rejeté. Pourquoi diantre n'était-il pas tombé amoureux d'une gentille petite Anglaise sans complications ? Quelqu'un capable d'oublier ses erreurs ?

Il étouffa un juron. Il avait envie de quitter Bradford Hall et de se réfugier à Londres ou ailleurs, le temps de son séjour en Angleterre, mais il écarta cette idée. Elizabeth l'avait prévenu d'un danger. Il ne laisserait pas Allie toute seule, qu'elle le veuille ou non. Et il devait attendre le retour de Michael. Il mettrait ses sentiments de côté et continuerait comme si de rien n'était. Comme si son rêve le plus cher n'avait pas été réduit en cendres. Comme si son cœur n'avait pas été brisé.

Mais il ignorait comment il allait y parvenir.

Lester Redfern avançait dans l'obscurité, maudissant la boue qui aspirait les semelles de ses bottes. Bon sang, un homme de sa trempe ne devrait pas se sentir aussi glacé, sale et pitoyable !

Des rafales de vent agitaient les arbres. Le cœur battant, il regarda autour de lui. Il haïssait les bois. Surtout la nuit, à cause des ombres et des bruits étranges.

Il détestait encore davantage les chevaux, et un cheval en particulier. Cette brute l'avait jeté à terre et lui avait mordu la main. Il plia ses doigts ankylosés et lâcha un chapelet de jurons. Et tout cela après qu'il eut dételé la carne, parce que les roues de l'attelage étaient enlisées !

C'était de la folie. Il allait attraper mal, par ce froid. Si la pluie continuait à détremper les routes, il aurait de la chance en arrivant à Bradford Hall le mois prochain ! Il lui avait fallu une journée entière pour parcourir ce qu'il aurait fait en une heure par temps sec.

Quoi qu'il en soit, il n'allait pas y aller à pied. Il attendrait que les conditions s'améliorent. Le duc patienterait pour avoir sa lettre.

— Et il payera plus cher, grommela Redfern. Il va remplacer mes bottes et me payer un beau manteau !

Soudain, un grincement attira son attention. Il plissa les yeux et crut discerner une lueur dans la pénombre. Il reprit espoir. Au détour du chemin, il faillit trébucher de bonheur en apercevant l'enseigne d'une auberge qui cliquetait dans le vent. Il pourrait se procurer un repas chaud, se réchauffer devant un feu de cheminée, et prier pour que cette maudite pluie s'arrête. Le moment venu, il poursuivrait son voyage vers Bradford Hall et Mme Brown.

20

Robert était assis dans la salle de billard. Il regardait s'éteindre les dernières flammes de la cheminée en écoutant sonner les douze coups de minuit. Les rafales de vent secouaient les fenêtres, mais au moins la pluie avait cessé. Il s'était demandé, non sans ironie, si Austin, Miles et lui devraient construire une arche. Depuis quatre jours, des trombes d'eau s'étaient abattues sans interruption d'un ciel plombé, dont le gris reflétait parfaitement son état d'esprit.

Quatre jours. Quatre jours depuis sa dernière entrevue avec Allie dans sa chambre. Quatre jours pendant lesquels il avait fait de son mieux pour l'éviter, dans cet immense château qui semblait s'être transformé en cabane. Quatre nuits interminables où, privé de sommeil, il avait essayé en vain de penser à autre chose.

La maisonnée s'était retirée une heure plus tôt, mais il était redescendu de sa chambre, ne pouvant endurer une nouvelle nuit agitée dans son lit solitaire. Il contempla son verre de cognac. Il avait déjà terminé la carafe qui se trouvait dans sa chambre.

Allie et lui avaient réussi à s'éviter, mais il ignorait si c'était plutôt elle ou lui qui l'avait souhaité ainsi. Il avait passé la plupart du temps dans le bureau d'Austin, l'aidant à dresser les comptes du domaine. Il avait surpris son frère par son excès de zèle. Pour ne pas penser à Allie, il lui avait fallu occuper sa tête et ses mains.

Quand il n'aidait pas Austin, il passait son temps à lire dans la bibliothèque, à jouer au billard, à amuser les enfants dans la nursery, où c'était une torture de regarder le canapé. Caroline lui avait appris qu'Allie passait ses journées avec sa mère et elle, à bavarder, coudre et jouer aux cartes. Elle rendait visite tous les après-midi à Elizabeth.

Il avait eu envie de quitter la maison où il respirait parfois son parfum au détour d'un corridor, afin de faire une longue et fatigante promenade. Mais la pluie l'en avait empêché.

En quatre jours, il ne l'avait vue que le soir, lors du dîner qui rassemblait toute la famille dans la salle à manger. Et chaque fois, il avait souffert l'enfer.

Elle avait été assise en face de lui, dans une méchante robe noire, l'air pâle et défait, faisant un effort pour participer à la conversation. Pas une seule fois elle n'avait croisé son regard… excepté par accident, quelques heures plus tôt.

Lorsqu'il avait vu ses yeux bronze, il avait tressailli. Autour de lui, tout avait disparu sauf elle. Un court instant, il avait espéré distinguer une étincelle dans son regard, y découvrir la preuve qu'il lui avait manqué, qu'elle avait envie de lui et l'aimait.

Mais elle s'était contentée de baisser les yeux, et son rejet avait été un nouveau coup au cœur.

Il avait de plus en plus de mal à feindre que tout allait bien, alors que tout allait au plus mal. Depuis l'incendie, il avait réussi à montrer une façade souriante, tandis qu'il se consumait de culpabilité, mais, désormais, rire était devenu impossible. Il essayait de faire bonne figure pour sa famille, mais il savait que tous s'inquiétaient. Il le voyait à leurs regards, l'entendait dans les intonations de sa mère et de sa sœur quand elles lui demandaient s'il allait bien. Il n'arrivait pas à les rassurer.

Un bruit près de la porte attira son attention.

— Puis-je me joindre à toi ? s'enquit Austin.

Robert poussa un soupir. Il aurait préféré rester seul.

— Bien sûr, dit-il, espérant que son frère n'avait pas envie de parler.

— Aimerais-tu un cognac ?

Robert vida son verre d'une lampée.

— Volontiers. Apporte la carafe.

Austin vint lui remplir son verre et s'installa en face de lui dans un fauteuil.

Robert avala une bonne gorgée, savourant la sensation de brûlure. Les braises de l'âtre se mêlaient les unes aux autres. Parfait. Bientôt, il aurait trouvé l'oubli qu'il recherchait.

— Veux-tu en parler ? proposa Austin.

— Pas vraiment.

— Veux-tu entendre ce que j'en pense ?

— Ai-je le choix ?

— Seulement si tu peux quitter la pièce, et à entendre ta voix pâteuse, j'en doute.

Robert leva une main lasse.

— Dans ce cas, je t'en prie.

— Très bien. Mme Brown et toi êtes désespérément tristes. Un commentaire ?

— Je ne peux pas parler à sa place. Mais en ce qui me concerne, tu as raison. Je suis profondément, désespérément triste. Et pas assez ivre pour l'oublier.

Il prit une nouvelle gorgée d'alcool.

— Et tu es triste parce que… ?

Robert laissa sa tête retomber en arrière.

— N'ai-je pas dit, à un moment de cette conversation, que je ne voulais pas en discuter ?

— Peut-être. Mais comme tu n'es pas capable de te lever de ce fauteuil et que je ne te quitterai pas jusqu'à ce que tu me répondes, autant que tu avoues.

— Crénom, puisque tu insistes ! Elle a refusé ma proposition.

— Et que lui as-tu proposé ?

Robert tourna la tête pour le foudroyer du regard, ce qu'il regretta aussitôt. Trois Austin dérivaient devant lui. Il ferma les yeux.

— Je l'ai demandée en mariage.

— Et elle a refusé ?

— Je dois avouer, cher Austin, que ton étonnement me met du baume au cœur… Oui, elle a refusé. De manière irrévocable. Elle ne veut plus rien avoir à faire avec moi.

— Est-ce qu'elle t'a donné une raison ?

Robert eut un rire plein d'amertume.

— Elle m'en a donné une demi-douzaine.

— Peut-être qu'avec le temps…

— Non. Elle est très claire sur ce point. Elle ne veut pas se remarier. Elle ne veut épouser personne, et surtout pas moi. (Il vida son verre.) Un criminel dans sa vie lui a suffi.

— Tu n'es pas un criminel.

— Je le sais bien. Mais je viens de m'apercevoir que l'on devient un criminel lorsqu'on commet un crime. Même s'il date de plusieurs années et qu'on s'est racheté depuis. Crois-moi, quand je l'ai réalisé, c'était comme un coup de pied au derrière.

Il sentit la main d'Austin lui saisir l'épaule. Son frère se penchait vers lui, le visage grave.

— Je suis désolé, Robert. Je sais comme on souffre, quand on croit que la femme qu'on aime n'éprouve pas les mêmes sentiments.

— Merci, grand frère, mais tu n'en as aucune idée. Elizabeth t'adore.

— Je ne l'ai pas toujours su.

— C'est parce que tu es lent à comprendre.

— Dans ce cas, c'est un trait de famille, et tu es plus atteint que moi.

Robert lui décocha un regard sévère.

— Qu'est-ce que tu racontes ?

— Mme Brown est visiblement malheureuse. Si elle n'éprouvait pas de sentiments pour toi, pourquoi serait-elle aussi défaite ? Elle aurait décliné ton offre et n'y aurait plus pensé.

— Je n'ai jamais dit qu'elle ne ressentait rien pour moi. Malheureusement, ses sentiments vont de la déception au dégoût. (Il se pencha vers son frère et faillit glisser du fauteuil.) C'est décevant, vu que j'espérais de l'amour et de la dévotion.

Austin secoua si fort son épaule qu'il lui donna mal à la tête.

— Écoute-moi bien, petit crétin. Je crois qu'elle éprouve la même chose que toi. C'est la seule explication à son désarroi.

— Elle m'en veut, car je ne lui ai pas dit la vérité. Mon passé criminel l'inquiète.

— C'est parce que tu comptes pour elle.

— Parce que je lui rappelle son mari, corrigea Robert en fronçant les sourcils. Et ça, c'est très, très mauvais. Ça ne disparaîtra pas comme ça, fit-il, tentant vainement de claquer des doigts.

— J'espère que tu te trompes.

— Moi aussi. Mais tu sais que j'ai toujours raison. Jusqu'à maintenant, cela faisait ma fierté.

Austin se redressa et tendit une main.

— Viens, je vais t'aider à remonter dans ta chambre.

En grommelant, Robert prit la main de son frère, puis passa un bras autour de ses épaules quand le plancher vacilla sous ses pieds.

— Seigneur Dieu, qu'est-ce qui fait chanceler la maison ?

Austin l'empoigna par la taille.

— Tu vas avoir une sacrée gueule de bois demain, frérot...

— Arrête de hurler, grimaça Robert.

— Je n'ai pas hurlé, protesta Austin alors qu'ils traversaient lentement la pièce. Tu auras oublié toute cette conversation demain.

— Bien sûr que je vais m'en rappeler. Ma tête est...

— ... une passoire ? suggéra Austin.

— Exactement.

— Dans ce cas, j'ai deux choses à te dire.

— Quoi donc ?

— Tu es un vrai emmerdeur.

— Merci bien.

— Et je t'aime.

Robert essaya de sourire, mais il ne sentait plus ses lèvres. Or, dans la petite parcelle de son cœur qui restait intacte et continuait à battre pour le maintenir en vie, les paroles d'Austin le réchauffèrent comme rien ne l'avait fait depuis quatre longues journées.

À Dublin, Michael s'élança sur la passerelle du bateau, en récitant ses litanies habituelles pour conjurer sa panique. Il était une heure du matin, et le ciel et la mer étaient noirs comme de l'encre. Mais quelle importance si la mer était agitée à cause du vent... La traversée n'en serait que plus rapide. C'était tout ce qui comptait.

Il devait se dépêcher, rejoindre l'Angleterre aussi vite que possible, puis faire le trajet de Liverpool à

Bradford Hall – quinze heures de cheval, s'il avait de la chance. Il devait informer Robert et Mme Brown.

Pourvu qu'il arrive à temps !

Sans prendre la peine d'enfiler sa robe de chambre, Allie s'approcha de la fenêtre. Elle tira le rideau de velours vert et cligna des yeux sous le soleil inattendu. Enfin, la pluie avait cessé ! Enfin, elle pourrait s'échapper de cette maison. Respirer de l'air frais, sans craindre de respirer l'eau de Cologne de Robert...

Les jours qui avaient suivi leur altercation avaient été les plus désolants de son existence. Et les plus difficiles. Pire encore que la mort de David et la découverte de sa trahison, car à l'époque elle n'avait pas dû faire semblant d'être heureuse.

Elle avait passé des heures avec Caroline et sa mère, mais leur présence n'avait fait que renforcer son désir de revoir sa propre mère et sa sœur. Caroline, avec ses manières taquines, sa façon de tricher aux cartes, lui rappelait Katherine. Et bien que la duchesse douairière fût très différente de sa mère, toutes deux adoraient leurs enfants, et Allie était touchée que cette dame la traite avec autant d'affection que Caroline ou Elizabeth.

Pourtant, au fil des jours, le poids des regards interrogateurs de la famille était devenu pénible. Elle avait évité de parler de Robert avec Elizabeth, changeant de conversation quand son amie abordait le sujet, mais elle ne pourrait plus esquiver très longtemps. Connaissant les prémonitions d'Elizabeth, son amie devait deviner ce qui n'allait pas.

On n'avait nul besoin de pouvoirs particuliers pour sentir la tension qui émanait de Robert et d'elle aux repas. Allie avait l'impression que l'air était à couper au couteau. C'était une torture d'être assise face à lui. La gorge nouée, elle parvenait à peine à avaler et fuyait son regard.

Si elle croisait son regard, le désirerait-elle encore davantage ? C'était presque impossible, tant elle le désirait déjà. Changerait-elle d'avis ? Non, rien n'avait changé entre eux. Ils étaient toujours aussi peu faits l'un pour l'autre. Craignait-elle de devoir reconnaître la vérité de son amour pour lui ?

Elle posa le front contre la vitre fraîche et ferma les yeux. Elle l'aimait. De tout son cœur…

Comment était-ce arrivé ? Elle réprima un sanglot. Quelle idiote… Elle pouvait admettre une erreur – elle était humaine, après tout. Mais commettre la même erreur deux fois, en tombant amoureuse d'un homme qui ne lui convenait pas, c'était de la folie !

Si au moins elle faisait des bêtises moins graves… Mais non, elle semblait destinée à tomber amoureuse d'hommes beaux et charmants qui lui cachaient la vérité. Des hommes dont l'allure séduisante dissimulait un passé sombre et criminel. Autant aller visiter une prison. Elle gagnerait du temps en choisissant son prochain amoureux parmi les détenus.

Ce sarcasme la laissa de marbre. Elle venait de comprendre qu'il n'y aurait personne après Robert. Elle avait cru aimer son mari de tout son cœur, mais ce qu'elle ressentait pour Robert était mille fois plus puissant.

Tu croyais avoir déjà eu le cœur brisé ? ironisa sa voix intérieure. Maintenant, tu sais ce qu'on éprouve…

C'était vrai. Et elle ne le supportait plus. Elle devait regarder la vérité en face et prendre une décision. Elle avait trois solutions. Premièrement, changer d'avis et accepter d'épouser Robert. Impossible ! Elle ne pouvait pas donner son cœur à un autre David. Robert possédait peut-être son cœur, mais elle ne le lui offrirait pas.

La deuxième solution serait de rester encore cinq semaines comme prévu avec Elizabeth à Bradford Hall. Mais elle savait bien que ce serait intenable.

Ainsi, il ne lui restait qu'une solution et, bien que cela lui fît de la peine, c'était la plus sage. Elle devait s'en aller aussi vite que possible, regagner Londres et embarquer sur le premier navire en partance pour l'Amérique.

Avant de commettre une nouvelle erreur. Avant de céder à la tentation et de laisser ses sentiments dominer son esprit.

Lester Redfern approcha du cheval en plissant les yeux.

— Si tu me mords une nouvelle fois, je te tire une balle dans la tête.

L'animal montra les dents. En grommelant, Redfern posa le pied sur l'étrier et tenta de monter, pendant que le cheval dansait sur place. Crénom, peut-être allait-il tout de même l'abattre, cette carne ! Après avoir récupéré la lettre et s'être débarrassé de Mme Brown.

Grâce au soleil et à la température plus clémente, la route serait praticable. Il sourit et donna deux coups de talons.

Le lendemain, à la même heure, il serait un homme riche.

Préparez-vous, madame Brown… J'arrive !

Michael galopait sur le chemin de terre. Les dents serrées, il se concentrait sur chaque foulée qui le rapprochait de Bradford Hall. Il essayait de ne pas penser à l'histoire dramatique que lui avait racontée sa mère, ni aux conséquences. Pour l'instant, il ne devait songer qu'à rejoindre Bradford Hall et Mme Brown au plus vite.

Avant que Geoffrey Hadmore ne le prenne de vitesse.

Geoffrey Hadmore ralentit sa monture et la fit avancer au pas, agacé par le mauvais état de la route. Il s'essuya le front avec un mouchoir. Bien que les conditions de voyage ne fussent pas parfaites, la route s'asséchait lentement. En début d'après-midi, il pourrait aller plus vite. Ce qui était une bonne chose. Après tout, il avait un cadeau de naissance à apporter.

Et au moins un meurtre à commettre.

21

Dans le corridor devant la nursery, Allie hésita un instant. Fenton lui avait dit qu'Elizabeth s'y trouvait, et elle priait le Ciel que Robert ne fût pas avec elle. Prenant une profonde inspiration, elle s'avança dans l'embrasure de la porte.

Aussitôt, ses yeux furent attirés par le canapé. Les images de leurs corps enlacés traversèrent son esprit, lui serrant le cœur de tristesse.

Son amie était assise avec James à une petite table en bois. La haute silhouette d'Elizabeth s'était pliée pour s'asseoir sur la chaise d'enfant, et sa robe en mousseline rose s'évasait en corolle autour d'elle. James était installé sur une chaise identique. Tous deux étaient penchés sur des carnets à dessin. Quelle charmante image… Une mère et son fils, leurs têtes se frôlant, éclairés par le soleil. Elizabeth murmura quelque chose qui le fit rire. James se pencha et déposa un baiser sonore sur sa joue.

La gorge d'Allie se noua et des larmes lui piquèrent les paupières. Elle ne connaîtrait jamais ce bonheur… Jamais son fils ne la regarderait avec cette adoration innocente. Jamais elle n'aurait un enfant à aimer. Un mari et une famille à elle. Elle en avait rêvé, mais au fil du temps, elle avait réussi à oublier. Or voilà que des sentiments et des envies, enfouis au plus profond de son âme, se révélaient au grand jour telles des plaies béantes.

— Allie, je suis heureuse de te voir. Entre, je t'en prie.

La voix d'Elizabeth la ramena à la réalité. Elle se rappela ce qu'elle était venue lui dire. Visiblement, sa mine défaite inquiéta son amie.

— Tu avais besoin de me parler ?

Allie se contenta de hocher la tête.

Elizabeth se leva et tira sur un cordon. Puis elle trempa un morceau de chiffon dans un bol d'eau et revint à la table.

— Mme Weston arrive, mon chéri, dit-elle à son fils en lui nettoyant les mains.

Une petite femme rondelette aux yeux rieurs s'encadra dans la porte. Dès que James l'aperçut, il s'écria :

— Biscuits !

— Oui, Mme Weston va t'emmener chercher des biscuits, approuva Elizabeth avant de le serrer dans ses bras. Est-ce que tu en garderas un pour moi ?

Il tendit des doigts pas très propres.

— Deux !

Puis il courut vers sa gouvernante. Ils quittèrent la pièce en refermant la porte derrière eux.

— Je ne voulais pas t'interrompre, s'excusa Allie.

— Tu n'interromps rien du tout, voyons. Je suis ravie de quitter cette petite chaise, et tu vois comme James était content à l'idée d'aller manger des biscuits.

— Comment te sens-tu, aujourd'hui ?

— Très bien. Mais on ne peut pas dire la même chose de toi, Allie…

— C'est vrai.

— Aimerais-tu t'asseoir ?

Seigneur, elle n'osait même pas regarder le canapé.

— Je préfère rester debout. Tu ne peux pas savoir combien j'ai apprécié mon séjour ici, Elizabeth. De te revoir, de rencontrer ta merveilleuse famille… Ce fut un bonheur.

— Pour moi aussi.

— Mais je dois repartir. Je suis désolée…

Sa voix se brisa.

— À cause de Robert, reprit Elizabeth.

Allie serra les lèvres pour les empêcher de trembler. Puis elle hocha la tête. Une larme glissa sur sa joue.

Elizabeth s'approcha, lui entoura les épaules d'un bras et l'attira vers le canapé.

— Allie, fit-elle, désolée. J'attendais que tu me racontes…

En dépit de sa voix tremblante et des larmes qui coulaient sur ses joues, Allie lui parla de sa dernière conversation avec Robert et de leur séparation. Elizabeth l'écouta avec tendresse et compassion.

— J'aimerais que ce soit autrement, Elizabeth, mais je ne peux pas rester ici.

— Parce que tu l'aimes.

Allie releva la tête, vit les yeux affectueux et troublés d'Elizabeth, et ne put lui mentir.

— Oui.

— Mais tu penses qu'il va te faire souffrir comme David.

— Je… je ne peux pas écarter cette possibilité. Ils se ressemblent beaucoup.

— Ils sont aussi très différents.

— Cela n'a pas d'importance. Je ne veux pas risquer mon cœur une nouvelle fois.

— L'incendie s'est passé il y a longtemps.

— Je sais. Mais c'est arrivé. Et il ne m'en avait pas parlé de lui-même.

— Il n'a pas menti quand tu l'as évoqué.

— Mais il ne m'aurait rien dit ! C'est bien le problème. Il m'en a parlé à contrecœur. Et il cache encore des choses, c'est évident.

— Je ne cherche pas à le défendre, mais il n'en parle à personne. Dans la famille, nous n'abordons pas le sujet. Il t'en a probablement dit plus qu'à nous.

— Peut-être, mais cela ne change rien entre nous, fit Allie avec un soupir. Essaye de comprendre. Essaye d'imaginer que ton mari boit trop, qu'il joue la fortune de la famille au jeu, puis qu'il meurt. Est-ce que tu ne te méfierais pas d'un autre homme qui boirait plus que de raison ?

Elizabeth réfléchit.

— Je comprends. Pourtant, je sais que Robert est quelqu'un d'honnête et de bon.

— Je le pense, moi aussi. Mais ce n'est pas un homme pour moi. C'est mieux pour tous les deux si je pars.

— Ton départ le peinera.

— Si je reste, il souffrira encore plus. Je ne peux pas lui donner ce qu'il désire. (Épuisée moralement et physiquement, elle courba les épaules.) Si tu le permets, je vais aller me reposer un peu. J'ai mal dormi, ces dernières nuits.

— Quand as-tu prévu de partir pour Londres ?

— Demain, si c'est possible...

— Il y aura un carrosse à ta disposition. Mais je vais prier pour que tu changes d'avis.

— Je ne le ferai pas, assura Allie avant de l'embrasser sur la joue. Merci pour tout. Surtout pour le cadeau précieux de ton amitié.

Après le départ de son amie, Elizabeth resta seule à contempler ses mains croisées. Puis elle se leva et se rendit dans son salon privé. Là, elle sortit une feuille de papier à lettres et trempa sa plume dans l'encrier, tout en espérant avoir pris la bonne initiative…

Allie s'apprêtait à rejoindre sa chambre, quand elle croisa Caroline dans le couloir.

— Allie, je vous cherchais !

— Quelque chose ne va pas ?

— Non, mais je voulais vous emmener faire une promenade. Il fait beau et j'ai hâte de sortir prendre l'air.

Allie hésita. Elle devinait que Caroline souhaitait lui parler de Robert, mais l'idée de s'échapper de la maison était tentante. De toute façon, elle devait lui annoncer son départ.

— Venez avec moi, l'air frais vous fera du bien, insista Caroline.

Elle hésita encore, car Elizabeth l'avait prévenue de ne pas s'éloigner seule. Mais elle ne serait pas seule.

— Bonne idée, dit-elle. Je serai ravie de vous accompagner.

22

Un majordome ouvrit la porte à Michael et examina d'un air dédaigneux sa tenue débraillée. Mais Michael n'en avait cure. Il avait l'habitude des domestiques prétentieux qui le regardaient de haut.

— Puis-je vous aider, monsieur ?

— Je dois voir lord Robert immédiatement.

— Si vous voulez bien me remettre votre carte, je vais voir...

Michael l'empoigna par le revers de son veston, le souleva et pénétra avec lui dans le vestibule. Puis il referma la porte d'un coup de pied.

— Je n'ai pas de maudite carte, dit-il d'une voix menaçante. Je m'appelle Michael Evers. Il m'attend et, croyez-moi, c'est votre tête qui tombera si vous n'allez pas le chercher tout de suite. Vous m'avez compris ?

L'homme acquiesça, et Michael le reposa sur ses pieds.

— Où est Mme Brown ? Est-elle en sécurité ?

Le majordome déglutit, à la fois troublé et effrayé.

— Bien sûr. Mme Brown se trouve avec la duchesse dans la nursery.

— Vous en êtes certain ?

— Oui. Je l'y ai escortée moi-même.

Michael laissa échapper un soupir soulagé.

— Parfait. Alors, allez tout de suite chercher...

— Michael ?

Robert venait d'apparaître dans le corridor.

— Lord Robert, ce... cet individu qui prétend vous connaître est entré de force...

— Tout va bien, Fenton, assura Robert. Je l'attendais. As-tu des nouvelles, Michael ?

— Oui. Nous devons discuter. En privé.

— Suis-moi.

Michael se tourna vers le majordome :

— Veillez à ce que Mme Brown reste dans la maison. Les autres aussi. Ne laissez personne sortir ni entrer. C'est clair ?

L'homme hocha la tête.

Satisfait, Michael emboîta le pas à Robert.

Fenton regarda l'imposant étranger disparaître dans le corridor. Indigné, il s'essuya le front avec un mouchoir. Quel malappris ! Puis il baissa les yeux. Grands dieux, sa veste était froissée, sa chemise de travers... Il ignorait qui était ce Michael Evers, mais il n'était visiblement pas digne d'une demeure comme Bradford Hall. Comment osait-il pénétrer de force dans le vestibule, l'empoigner, puis lui donner des ordres ?

Il n'accepterait pas d'ordres de ce vaurien. Certainement pas ! Seul le duc avait le droit de le commander. À cause d'Evers, il devait remonter dans sa chambre arranger sa tenue. Ni le duc ni les autres domestiques ne devaient le voir aussi débraillé.

Il appela un valet de pied pour monter la garde dans le vestibule, et ignora l'incrédulité du jeune homme quand il le découvrit dans cet état. Seigneur, il devait avoir l'air pire qu'il ne le pensait ! Fenton lui donna ses instructions, puis se retira dans sa chambre. Dès qu'il aurait rectifié sa tenue, il irait trouver le duc afin de l'informer de la présence de cet abominable Evers.

Robert referma la porte de la bibliothèque derrière Michael, qui semblait très agité.

— Qu'as-tu appris ? Est-ce que ta mère a réussi à traduire la lettre ?

— Oui. Et tu ne vas pas en croire tes oreilles. Je n'arrive pas à le croire moi-même. (Il eut un regard à la fois étonné et amer.) J'ai couru jusqu'ici comme si j'avais le diable à mes trousses, mais maintenant je ne sais pas par où commencer…

— Parle-moi de la lettre. Est-ce qu'elle concernait le mari d'Allie ?

— Indirectement. Quand je l'ai montrée à ma mère, elle est devenue blanche comme un linge et a failli s'évanouir.

— Pourquoi ? s'étonna Robert.

Michael eut un rire sarcastique.

— Cette maudite lettre lui était adressée, à elle.

— Vraiment ? Mais par qui ?

— Par le prêtre qui l'avait mariée à mon père.

Michael se mit à marcher de long en large devant la cheminée.

— Lorsque maman a vu la lettre, elle s'est effondrée en sanglots et m'a supplié de lui pardonner. Je ne savais pas de quoi elle voulait parler. Puis, une fois calmée, elle m'a tout expliqué. (Il s'arrêta de marcher.) Seigneur, je ne parviens toujours pas à y croire…

Soucieux, Robert vint poser une main rassurante sur son épaule.

— Michael. Dis-moi.

— Je ne me souviens pas de mon père, commença Michael d'une voix rauque. Il est mort alors que j'étais encore un enfant... du moins, c'est ce que je croyais jusqu'à cette conversation avec ma mère. Elle m'a avoué que l'homme qu'elle avait épousé ne s'appelait pas Evers. C'était un nom qu'elle avait choisi au hasard.

— Mais alors, qui a-t-elle épousé ?

— Voilà ce que tu n'arriveras jamais à croire.

Allie respira l'air saturé du parfum des roses et leva son visage vers les rayons du soleil.

— Vous allez attraper des taches de rousseur, plaisanta Caroline.

— Cela m'est égal. C'est merveilleux de se retrouver dehors.

— Je suis d'accord avec vous. Après quatre journées enfermée dans la maison, j'étais sur le point de devenir folle.

Elles marchèrent en silence, écoutant le piaillement des oiseaux. Allie savourait chaque seconde, admirant les superbes jardins et profitant de Caroline, une femme qu'elle appréciait et qui lui manquerait. Tant de choses ici lui manqueraient...

Elles s'arrêtèrent à un croisement de chemins. Caroline lui indiqua les bois sur la droite.

— Ce chemin mène aux ruines d'une ancienne forteresse. C'était l'un de nos endroits préférés, quand nous étions enfants. Aimeriez-vous y aller ? La promenade à travers la forêt est magnifique.

Allie jeta un coup d'œil par-dessus son épaule. Ils voyaient encore la maison.

— Est-ce loin ?

— Non. À quelques minutes.

— D'accord.

Dès qu'elles pénétrèrent sous les chênes et les ormes, la température chuta. Allie avançait en silence, devinant que Caroline allait aborder le sujet qui lui tenait à cœur.

— Allie, même un aveugle remarquerait combien Robert et vous tenez l'un à l'autre. Vous êtes tristes tous les deux. Je ne veux pas être indiscrète… (Elle rit doucement.) À vrai dire, j'ai très envie d'être indiscrète, mais j'ai promis à Miles de bien me tenir. Alors, je vais seulement vous demander si je peux vous aider. Je pensais peut-être organiser un pique-nique pour vous deux, demain ? Ainsi, vous pourriez discuter et résoudre ce qui vous sépare…

Allie était atterrée. Le lendemain, à la même heure, Bradford Hall et ses occupants ne seraient plus qu'un souvenir. Il était temps d'informer Caroline de son intention de partir. Les différends entre Robert et elle ne pourraient jamais être résolus.

— Malheureusement, je ne serai pas…

Elle s'interrompit au moment où Caroline et elle passaient un coude dans le chemin. Les deux femmes s'immobilisèrent brusquement.

À quelques mètres devant elles, un homme était allongé par terre, tandis qu'un autre se penchait sur lui. Un cheval alezan se tenait non loin, foulant nerveusement la terre de son sabot. Les deux femmes poussèrent une légère exclamation. L'homme accroupi se releva d'un bond.

— Lord Shelbourne ! s'écria Caroline. Que s'est-il passé ?

Il les regarda tour à tour.

— Je ne sais pas… dit-il, à bout de souffle. Je venais à Bradford Hall féliciter le duc et la duchesse pour la naissance de leur fille, quand j'ai trouvé cet homme allongé sur le chemin. J'ai entendu du bruit dans les fourrés, et j'ai vu un homme s'enfuir par là.

(Il indiqua du doigt la direction opposée à la maison.) Je suppose que ce vaurien a essayé de le dépouiller.

— Est-il vivant ? demanda Caroline.

— Oui, mais il a besoin d'aide. Il saigne et on dirait qu'il a reçu un coup sur la tête. Lady Eddington, seriez-vous assez bonne pour aller chercher de l'aide ? Et vous, madame Brown, pourriez-vous m'aider en attendant son retour ?

Caroline hésita.

— Je ne veux pas laisser Allie toute seule...

— Elle ne sera pas seule, puisqu'elle sera avec moi, s'offusqua Shelbourne. Allons, il faut se dépêcher !

— Bien sûr, s'excusa Caroline.

Elle pivota sur ses talons et repartit en courant.

Allie se précipita vers l'homme allongé par terre et s'agenouilla près de lui. Elle lui souleva la tête.

— Monsieur ? Est-ce que vous m'entendez ?

Du sang colla à ses doigts. La tête était molle et lourde. Elle le contempla d'un air effaré.

— Mon Dieu, mais je le connais ! C'est M. Redfern. Il était sur le bateau avec moi en venant d'Amérique.

Toutes sortes de questions l'assaillirent. Que faisait M. Redfern ici ? Était-il grièvement blessé ?

Geoffrey l'observait, en tentant de reprendre ses esprits. Maudit contretemps ! À cause de son arrivée intempestive, son plan ne tenait plus debout. Dieu merci, lady Eddington et elle n'avaient pas surgi une minute plus tôt, parce qu'elles l'auraient vu poignarder Redfern.

Le manche de son poignard enfoncé dans sa botte était couvert de sang. Il le frotta subrepticement, mais des traînées rouges maculaient sa redingote beige et ses manchettes blanches. Son cœur battait la chamade. Lady Eddington avait-elle remarqué ? Non, certainement pas. Et même si cela avait été le cas, elle aurait songé qu'il s'était sali en essayant d'aider la victime.

Il repensa à la stupéfaction de Redfern quand il l'avait approché dans les bois. Geoffrey lui avait demandé de lui remettre la lettre, mais hélas, le malheureux ne l'avait toujours pas. Ce fut là sa dernière erreur.

Désormais, il lui fallait agir vite, avant que lady Eddington ne revienne avec une douzaine de personnes. Il devait découvrir où était la lettre et s'enfuir d'ici. Et malheureusement pour Alberta, elle serait obligée de l'accompagner.

— Alberta, il y avait une lettre dans l'écrin de la bague. L'avez-vous trouvée ?

Penchée sur le corps de M. Redfern où elle cherchait désespérément le pouls, Allie écoutait Shelbourne d'une oreille.

— Une lettre ? Euh, oui…

— Où est-elle ?

— Elle est…

Soudain, elle se tut. Visiblement, lord Shelbourne avait été au courant de l'existence de la lettre, mais il ne l'avait pas mentionnée quand elle lui avait rapporté la boîte vide chez lui. Elle se rappela son comportement étrange durant le dîner ce soir-là.

— Dites-moi où se trouve la lettre, Alberta.

Elle perçut l'impatience et la menace tacite dans sa voix. Quelque chose n'allait pas. Abasourdie, elle posa la paume sur le torse de M. Redfern, puis la retira doucement, saisie d'horreur.

— Il est mort, murmura-t-elle.

Les jambes tremblantes, elle se releva et fit face à Shelbourne. Elle fixa la manche ensanglantée du duc, avant de scruter son visage. Il avait l'air désespéré. Un frisson lui parcourut l'échine.

— Oui, je sais.

En trois enjambées, il était auprès d'elle. Il lui saisit le bras.

— Où est la lettre, Alberta ?

Les yeux noirs et cruels ressemblaient à ceux d'un serpent. Soudain, tout s'éclaira dans son esprit. Redfern… les accidents sur le bateau… l'enlèvement et les cambriolages à Londres… la lettre… lord Shelbourne… Tout était lié. Sans connaître les détails, elle comprit d'instinct qu'elle se trouvait confrontée au danger dont lui avait parlé Elizabeth. Et à en juger par l'état de Redfern et le regard de Shelbourne, ce danger était mortel.

Elle essaya en vain de se libérer de son étreinte. Elle songea à crier, mais elle était trop éloignée de la maison – et si Caroline l'entendait, elle reviendrait en courant, ce qui la mettrait elle aussi en danger. Par ailleurs, si elle hurlait, cela risquait d'agacer Shelbourne. Il pourrait l'assommer, la bâillonner, la ligoter. Mieux valait le garder aussi calme que possible. Et gagner du temps jusqu'à ce que Caroline ramène de l'aide.

— Je sais où se trouve la lettre, dit-elle d'une voix atone.

— Où cela ?

— Je l'ai donnée à quelqu'un.

Il la serra plus fortement, et elle grimaça de douleur.

— À qui, bon sang ?

— Un gentleman à Londres. Un traducteur. La lettre est écrite dans une langue étrangère.

Il sembla étonné.

— Une langue étrangère ? Qu'est-ce que vous racontez là ?

— C'est la vérité. Je crois que c'est du gaélique.

Il fronça les sourcils, puis hocha la tête.

— Du gaélique. Oui, c'est possible… Quand la lui avez-vous donnée ?

— La veille de mon départ de Londres.

— Comment s'appelle-t-il ?

— Smythe. Edward Smythe.

— Où habite-t-il ?

— Je l'ignore.

Il la secoua si fort que ses dents s'entrechoquèrent.

— Je ne sais pas ! reprit-elle. Le majordome me l'avait recommandé. J'ai écrit un mot, mis la lettre dans l'enveloppe, puis tout donné à un domestique pour la faire porter. Je n'en sais pas plus.

Il la dévisagea intensément.

— J'ai d'autres questions, mais elles devront attendre. Il faut partir d'ici.

— Je n'irai nulle part avec vous, déclara-t-elle, hautaine.

Aussitôt, il tira un pistolet de sa redingote. L'air féroce, il le coinça sous son menton.

— Vous allez me suivre en silence. Si vous criez, je vous jure que ce sera le dernier son que vous émettrez de votre vie.

— Vous auriez du mal à expliquer la présence de deux cadavres.

— Pas du tout. Je dirais que le même vaurien qui a attaqué Redfern est revenu, et qu'en dépit de mes efforts, il vous a enlevée et emmenée Dieu sait où. Je maculerais mon visage avec de la boue et je prendrais un air horrifié avant de proclamer : « J'ai à peine réussi à lui échapper moi-même… »

Il la poussa en direction du cheval. Il l'enfourcha, puis manqua de lui luxer l'épaule en la forçant à grimper devant lui. Il rangea le pistolet dans sa poche. Si seulement elle pouvait s'en emparer...

Il lui entoura la taille d'un bras ferme, lui coupant le souffle, puis talonna l'animal.

Assis sur le canapé, les coudes sur les genoux, Robert regardait Michael marcher de long en large.

— L'homme que ma mère a épousé s'appelait Nigel Hadmore. Il était le fils cadet du duc de Shelbourne. Ce Nigel était venu visiter l'Irlande, et mes parents étaient tombés fous amoureux l'un de l'autre. Or maman n'était pas une dame, mais la fille d'un aubergiste. Quand Nigel a décidé de rester en Irlande avec elle, son père, un homme très autoritaire, lui a ordonné de rentrer à la maison. Nigel a refusé, et son père lui a coupé les vivres.

Il s'interrompit, le regard perdu dans les flammes.

— Est-il reparti en Angleterre ? questionna Robert, abasourdi.

— Non. Il avait mis de l'argent de côté, donc l'argent ne lui posait pas de problème. Maman m'a dit qu'il se sentait enfin libéré de la présence de son père, et qu'il a embrassé la vie avec bonheur. Ils se sont mariés sans en informer sa famille. (Il se tourna vers Robert, tourmenté.) Après le mariage, il a montré son vrai visage. Au début, il était heureux en Irlande avec sa femme et un bébé qui allait naître. Mais quelques mois plus tard, ses économies avaient fondu. Il en eut rapidement assez de travailler à l'auberge, et le luxe commençait à lui manquer. Lorsque son fils eut six mois, Nigel n'y tint plus. (Michael prit une expression dégoûtée.) Alors qu'il s'était senti libre, il se sentait désormais prisonnier. Il ne comprenait pas comment maman pouvait se contenter de leur petite maison perdue au milieu de nulle part, travaillant jour et nuit pour un salaire de misère. Il ne comprenait pas pourquoi elle n'avait pas plus d'ambition. Il prétendait toujours aimer sa femme et son enfant, mais il n'était pas fait pour cette existence. Les cercles de gentlemen, les soirées, les vêtements sur mesure, les repas servis par des domestiques lui manquaient, précisa Michael d'un ton sarcastique. Il décida qu'il devait se réconcilier avec son père.

— Y est-il parvenu ?

Michael afficha une expression haineuse.

— Quand il a contacté son père, celui-ci lui a ordonné de revenir à la maison. Entre-temps, le frère aîné était mort, et Nigel était désormais l'héritier du domaine. Son père lui a annoncé que juste avant le décès de son frère, un mariage avec la fille d'un duc très riche avait été arrangé pour son frère. Les Hadmore étaient au bord de la faillite, et ils avaient désespérément besoin de la dot de la fiancée. Le père de Nigel lui a demandé d'honorer le contrat, d'épouser la fille du duc, afin de sauver la famille et le domaine.

— Il ne le pouvait pas, puisqu'il était déjà marié, protesta Robert.

— La plupart des hommes auraient eu un problème, mais pas Nigel. Le mariage avec la fille du duc devait se faire sans tarder, avant qu'elle ne reçoive d'autres propositions. Il n'avait pas le temps de faire annuler son mariage avec Brianne, et de toute façon, il n'y avait aucune raison pour qu'il obtienne une annulation. Et comme le divorce était bien entendu hors de question... En Angleterre, personne ne savait qu'il était marié.

Ils se dévisagèrent en silence quelques instants. Puis Robert secoua la tête, incrédule.

— Tu veux dire... ? Non, ce n'est pas possible.

— Hélas, cher ami, c'est pourtant la vérité.

Geoffrey se força à inspirer calmement. Une migraine lui déchirait le cerveau, et il devait se concentrer pour guider le cheval à travers les sous-bois.

Il repensait à ce qu'elle avait dit. *Je l'ai donnée à un traducteur.* Il était soulagé. Si la lettre était écrite dans une langue étrangère, peu de personnes avaient pu la comprendre. Mais Alberta disait-elle la vérité ? Ou essayait-elle seulement de sauver sa peau ? Il serra les dents. Il le saurait bientôt.

Ils s'enfoncèrent dans les bois, s'éloignant de la maison. Après un quart d'heure, il avisa une clairière près d'un étang. Des rochers surplombaient l'un des coins du plan d'eau. C'était parfait. Exactement le genre d'endroit où il pourrait prétendre que le vaurien qui avait attaqué Redfern s'en était pris à eux. Il arrêta le cheval et sauta à terre.

— Descendez, ordonna-t-il.

Elle obéit en silence, et l'animal s'approcha de l'étang pour boire.

— Qu'avez-vous l'intention de faire ? demanda Allie.

Il réfléchit. Comment savoir si elle avait menti ? Comment obtenir ce qu'il voulait de la jeune femme ? Il sourit... Il allait faire appel à sa compassion féminine. Il fit semblant d'être désolé.

— Je m'excuse de vous avoir menacée avec un pistolet. Nous devions quitter cet endroit, et il fallait vous convaincre au plus vite. Je n'ai pas l'intention de vous faire du mal, croyez-moi. Je veux seulement la lettre qui se trouvait dans la boîte. Elle m'appartient.

Elle était méfiante. Il pouvait presque entendre son cerveau fonctionner. Visiblement, elle cherchait un moyen de lui échapper. Il ne put s'empêcher d'éprouver une certaine admiration pour cette jeune femme courageuse et intelligente. En d'autres circonstances, elle lui aurait beaucoup plu.

— Je vous l'ai déjà dit. Je ne l'ai pas.

— Dites-moi, Alberta, quel genre d'homme était votre père ?

La question la désarçonna.

— Quelqu'un de très bien. Gentil. Travailleur.

— Avez-vous des frères et sœurs ?

— Deux frères et une sœur.

— Moi, j'ai été enfant unique. On me demande souvent si je ne me suis pas senti seul, mais j'étais heureux de ne pas avoir à partager mes jouets, ni l'affection de mon père. Enfant, j'ai vénéré mon père. Je ne le voyais pas souvent. Ma mère et moi habitions la propriété en Cornouailles, tandis que mon père passait son temps à Londres. Les quelques semaines en été où il nous rendait visite, étaient le point d'orgue de mon existence.

Il vit un sentiment de pitié traverser le regard d'Alberta et lui en fut reconnaissant.

— J'étais l'héritier du titre. Ma vie et mon identité étaient définies depuis ma naissance. Chaque leçon, chaque pensée me préparaient pour le rôle que j'occuperais à la mort de mon père. J'y étais bien préparé. Ce fut sa mort que je ne pus accepter.

Il retint son souffle, car une haine féroce s'empara de lui à la pensée de l'homme adoré qui l'avait trahi de la manière la plus abominable qui soit.

— À vrai dire, c'est plutôt sa confession sur son lit de mort que je n'ai pas acceptée, précisa-t-il d'une voix blanche.

Il lui saisit les mains, espérant lui faire comprendre l'étendue de sa douleur, la nécessité absolue qu'il avait de se procurer cette lettre.

— Savez-vous ce que mon père m'a avoué sur son lit de mort, Alberta ?

— Comment pourrais-je le savoir?

— Ainsi, vous n'avez pas lu la lettre?

— Non. Je vous l'ai dit. Elle était écrite dans une langue étrangère. Je vous en prie, lâchez-moi, vous me faites mal...

Il l'ignora.

— Il m'a avoué qu'il avait un autre fils. Un fils aîné. D'une autre femme. D'une autre épouse. (Il lâcha un rire amer.) Mon honorable père avait épousé une traînée, qu'il avait rencontrée lors d'un voyage en Irlande. Il était bigame, ce qui signifiait que je n'étais pas légalement son héritier. Puis il eut la témérité, l'insolence d'exiger que je retrouve ce demi-frère et que je m'assure qu'il ne manquait de rien. Je n'en revenais pas que mon père me demande une chose pareille! Je l'avais vénéré toute ma vie alors qu'il n'était qu'un imbécile, un faible. Et je ne tolère pas les imbéciles.

Il la regarda dans les yeux.

— Comprenez-vous ce que signifie l'existence de cet homme? Si la vérité éclate, il pourra légalement réclamer ce qui m'appartient et tout me prendre. Ma maison. Mon titre. Mon droit de naissance. Mon existence. Selon mon père, cette lettre contient la preuve que l'autre mariage a bien eu lieu, et qu'un fils est né de cette union. Comprenez-vous pourquoi il me la faut, Alberta? Ma vie même en dépend.

— Je comprends, murmura-t-elle. Et si je l'avais, je vous la donnerais volontiers. Mais je vous jure que je ne l'ai pas.

Il sut qu'elle disait la vérité. Furieux, il se sentit floué et impuissant. Maintenant, il allait devoir trouver ce maudit Edward Smythe. Et le tuer, lui aussi. Ce cauchemar ne finirait-il donc jamais?

— C'est M. Redfern qui a causé les accidents sur le bateau, n'est-ce pas? demanda Allie. C'est lui qui m'a enlevée et a cambriolé la maison des Bradford. Tout cela pour obtenir la lettre et la bague... Pour vous.

— La lettre était ce qu'il y avait de plus important, mais je voulais aussi la bague de mon père. Un souvenir, pour ne jamais devenir le faible imbécile qu'il a été. Malheureusement, des concours de circonstances ont gêné Redfern, qui n'a pas été aussi habile que je l'avais pensé. Il était bien moins intelligent que votre mari, dont j'avais sous-estimé l'absence de scrupules. On ne peut vraiment faire confiance à personne, conclut-il d'un air ironique.

— Ainsi, c'est comme cela que David a eu la bague. J'étais certaine qu'il l'avait volée. C'est pourquoi je suis venue en Angleterre, pour la rendre à son propriétaire légitime.

— Il l'a volée à la traînée irlandaise que mon père avait épousée. J'ai engagé David pour la trouver, elle et son fils. Malheureusement, son fils n'habitait plus avec elle. Malin, David a pris sur lui de dérober quelques bijoux, dont la chevalière de mon père. Il a trouvé la lettre cachée dans le double fond de la boîte. Il a exigé une somme exorbitante en échange de la bague, de la lettre et de son silence. J'ai accepté, mais il n'a pas honoré sa part du contrat. Il s'est enfui avec la bague et l'argent.

Un nerf tressaillit sur la joue de Geoffrey.

— Après des années de recherche, j'ai appris que David s'était réfugié en Amérique. J'ai engagé Redfern et je l'ai envoyé chercher la bague. Je le pensais assez rusé pour faire le travail, mais pas assez intelligent pour me doubler comme l'avait fait David. Quand Redfern a localisé David, votre mari était mort et ses biens avaient été dispersés. Redfern a appris que David avait une femme, mais qu'elle avait déménagé. (Il secoua la tête.) Que de contretemps ! Il a mis deux ans à vous localiser, Alberta, et lorsqu'il y est enfin parvenu, vous étiez sur le point d'embarquer pour l'Angleterre.

— Alors il a pris le même bateau que moi.

— Oui. Ce qui nous amène à l'endroit où nous nous trouvons maintenant. Et ce n'est pas très plaisant, je vous l'accorde…

Quand il la relâcha, elle recula de quelques pas en trébuchant. Il tira le pistolet de sa poche et le pointa sur elle.

23

Hagard, Michael se frotta le visage. Robert contenait mal son impatience.

— Ce salaud est revenu en Irlande, et il a raconté à ma mère sa malheureuse histoire. Son père ne lui donnerait plus jamais un sou s'il apprenait leur mariage. Même s'il l'aimait, même s'il aimait leur fils, il ne pouvait envisager de vivre dans ce qu'il appelait la misère la plus abjecte. Désormais, son frère étant décédé, il devait assumer son rôle d'héritier, afin que le domaine qui appartenait à leur famille depuis des siècles ne tombe pas en ruine.

— J'espère que ta mère lui a tapé dessus avec une poêle.

— Hélas, maman avait compris que Nigel n'était plus le jeune homme insouciant qu'elle avait épousé. Elle ne voulait pas lui causer du chagrin, ni l'empêcher de vivre l'existence qu'il désirait. Elle avait deviné que si elle ne le laissait pas partir, il finirait par la détester.

— Mais elle ne pouvait pas faire annuler le mariage, puisque tu étais vivant.

— Exactement, fit Michael. Ils se sont mis d'accord pour vivre séparés. Maman a promis de déménager et de ne plus jamais parler de leur mariage, pour éviter que quiconque soit au courant. De son côté, Nigel a juré de lui donner de l'argent. Avec l'aide du prêtre qui les avait mariés, maman a utilisé l'argent de Nigel pour s'installer dans une autre ville. Elle a pris le nom d'Evers et prétendu être veuve. Elle n'a gardé de lui qu'une chevalière qu'il lui avait donnée, qu'elle a conservée dans un écrin avec un double fond. Dans la cachette, elle a rangé une lettre écrite par le prêtre, qui apportait la preuve irréfutable de la validité du mariage – une précaution pour me protéger, si jamais le besoin s'en faisait sentir. Et au cas où Nigel changerait d'avis et voudrait reconnaître leur union devant sa famille, elle lui a parlé de la lettre et de sa cachette.

« Malheureusement, la chevalière, ainsi que la boîte et son contenu, lui ont été dérobés il y a quelques années. Imagine son étonnement quand j'ai débarqué avec la lettre.

Le regard de Michael se durcit.

— Mais ce n'était rien, comparé au choc qu'elle a éprouvé lorsque je lui ai appris que Nigel avait non seulement hérité du titre de son père, mais qu'il s'était remarié et avait eu un autre fils.

D'un seul coup, Robert entrevit les conséquences de cette histoire.

— Bon Dieu, Michael ! Geoffrey Hadmore n'est pas le duc de Shelbourne. C'est toi, le duc.

— On dirait, en effet, fit Michael avec une grimace ironique.

Il prit deux papiers jaunis dans sa poche, qu'il tendit à son ami.

— Avant mon départ, ma mère m'a emmené à l'église où elle avait épousé Nigel, et où j'ai été baptisé. Voici les certificats officiels prouvant leur mariage et mon baptême.

Robert étudia les documents.

— Hadmore ne doit pas savoir que tu peux réclamer son titre. S'il le savait…

— Robert, j'ai eu le temps de réfléchir. Je ne crois pas qu'il sache que je suis l'homme qui peut lui prendre son titre, mais je suis certain qu'il sait que ce danger le menace.

Peu à peu, Robert comprit ce qu'il voulait dire, et son ventre se noua.

— Mon Dieu, tous les soi-disant accidents qu'a subis Allie… Hadmore doit savoir que la preuve se trouve dans la lettre qu'Allie avait en sa possession. C'est lui le responsable !

— Je le pense aussi.

— Nous devons la prévenir !

Il se précipita vers la porte, mais Michael lui saisit le bras.

— Elle est en sécurité. Votre majordome m'a dit qu'elle se trouvait dans la nursery avec ta belle-sœur.

— Dieu merci… soupira Robert, soulagé. Mais nous devons immédiatement la mettre au courant.

Alors que tous deux pénétraient dans le vestibule, Caroline entra en trombe. Le cœur de Robert faillit cesser de battre quand il vit la mine défaite de sa sœur.

— Dieu soit loué, tu es là ! s'écria-t-elle, à bout de souffle. Il faut venir immédiatement. Miles et Austin aussi. Nous avons besoin de pansements… Il y a eu un terrible accident.

— C'est Allie ? demanda Robert en lui saisissant le bras.

— Non, mais un homme a été blessé. Nous l'avons trouvé inconscient, allongé sur le chemin qui mène aux ruines.

— Nous ? répéta Robert.

— Allie et moi. Elle est restée avec lui…

— Allie est seule dans les bois avec cet homme ? s'affola-t-il, se retenant de secouer sa sœur. Qui est-ce ?

Caroline s'arracha à son étreinte et lui jeta un regard noir.

— Je n'en sais rien, voyons ! Mais elle n'est pas seule. Lord Shelbourne est avec elle.

Robert blêmit.

— Austin se trouve dans son bureau. Va le chercher, ordonna-t-il à sa sœur, qui s'élança dans le corridor.

Puis il s'adressa à Michael :

— Tu connais Austin et Miles. Attends-les et explique-leur, pour Hadmore. Ils connaissent le chemin jusqu'aux ruines. Venez armés. Il n'y a pas une minute à perdre.

Il quitta le vestibule en courant, heureux d'avoir son poignard sur lui, car il n'avait pas le temps de monter chercher le pistolet dans sa chambre. Dehors, il s'élança vers les bois en priant de toutes ses forces.

Dix minutes plus tard, le cœur battant, il trouva l'homme allongé par terre. Robert ignorait son identité, mais il comprit aussitôt qu'il était mort. Et seul.

Diantre ! Où était-elle passée ? Si ce salaud de Shelbourne lui avait fait du mal…

Il examina les alentours et aperçut des traces de sabots. Sans hésiter, il se remit à courir, le poignard à la main.

Allie regardait fixement le pistolet, cherchant à maîtriser sa panique. Sa vie n'allait tout de même pas se terminer ainsi, aux mains de ce fou furieux ! Mais il était impossible de s'échapper de cette clairière. Si elle se mettait à courir, il l'abattrait avant qu'elle pût atteindre le premier arbre.

Brusquement, la colère chassa la peur. Non ! Elle ne le tolérerait pas. Elle ne laisserait pas un autre homme la dominer. Et cette fois-ci, c'était sa vie qui était en jeu. Elle devait gagner du temps, en attendant les secours.

— Geoffrey… commença-t-elle, la gorge desséchée. Réfléchissez. Si vous me tuez, on vous pendra.

— On ne m'attrapera pas, ma chère. Je vous ai déjà dit mon plan pour me dédouaner. Personne n'osera mettre en cause la parole du duc de Shelbourne. (Il inclina la tête avec une expression navrée.) Je regrette de devoir vous tuer, Alberta. Vous êtes une très belle femme. Dans d'autres circonstances, nous aurions pu passer de bons moments, vous et moi.

Quand il la regarda de la tête aux pieds, elle éprouva un sentiment de dégoût mêlé d'espoir. Elle fit un effort pour lui sourire. Dis n'importe quoi, fais n'importe quoi pour gagner quelques minutes !

— Rien n'est perdu, susurra-t-elle. Je ne trahirai pas votre secret, Geoffrey. Je ne le dirai à personne.

Il réfléchit quelques secondes, avant de secouer la tête.

— Votre offre est tentante, ma chère, mais je crains qu'il n'y ait pas d'autre solution. Au revoir, Alberta…

Il leva le pistolet. Elle voulut fuir, mais ses pieds demeurèrent ancrés dans le sol.

— Arrêtez ! cria-t-on sur sa droite.

Allie faillit tomber de soulagement. Robert apparut entre les arbres, un poignard à la main. Geoffrey se tourna vers lui et pointa le pistolet dans sa direction.

— Restez où vous êtes, Jamison !

La jeune femme s'affola : Robert était seul, et le pistolet était braqué sur lui. Sans quitter Geoffrey des yeux, il s'avança lentement.

— Arrêtez, Jamison, ou je vous descends !

— Allez-y, répliqua Robert d'un ton déterminé en continuant à avancer.

Effrayée, Allie voulut lui crier d'arrêter, mais il s'élança et se plaça tel un bouclier entre Geoffrey et elle.

— Nous sommes deux, Shelbourne, dit-il. D'autres arrivent. Vous n'aurez pas le temps de réarmer après avoir tiré. C'est terminé. Jetez votre arme.

— Cela ne vous concerne pas, Jamison, lança l'autre, fou de rage. Vous n'avez pas le droit d'intervenir dans des affaires qui ne vous regardent pas !

— Je suis au courant de tout. Je connais le contenu de la lettre. Je suis au courant pour l'homme allongé là-bas sur le chemin, et pour les tentatives d'assassinat sur la personne d'Allie. Je sais aussi que vous n'êtes pas le duc de Shelbourne.

Le visage de Geoffrey s'empourpra de colère.

— La seule preuve se trouve dans la lettre. Quand je l'aurai...

— Vous vous trompez. Il existe un certificat de mariage entre votre père et sa femme irlandaise. Ainsi que l'acte de baptême de leur fils. Je les ai vus.

— C'est impossible ! s'écria Geoffrey. Vous mentez. Comment auriez-vous pu les voir ?

— Votre demi-frère, le duc légitime, me les a montrés il y a moins d'une heure. Il se les est procurés dans l'église en Irlande où sa mère a épousé Nigel Hadmore. C'est fini. Jetez votre arme.

À l'abri des larges épaules de Robert, Allie regarda Geoffrey. Elle fut frappée par la haine et le désespoir qui déformaient ses traits. Seigneur, ce fou furieux risquait de tuer Robert !

— Qui est-ce ? demanda Geoffrey.

— Je ne me répéterai pas, continua Robert. Posez votre arme.

— Qui est-ce ? hurla-t-il.

— Vous le saurez bientôt, puisque vous n'allez pas tarder à le voir. Mais puisque vous insistez... Il s'agit de Michael Evers, le boxeur. Je sais que vous le connaissez, puisque je vous ai croisé à son cercle de boxe.

Un silence pesant s'installa. Allie n'entendait que les battements de son propre cœur.

— C'est impossible, s'étrangla Geoffrey. Il n'est rien... Ce n'est qu'un vulgaire homme de la rue...

— Au contraire, c'est le meilleur boxeur du pays. Et il est le duc de Shelbourne.

— Vous vous moquez de moi ! Je ne vais peut-être pas remporter la victoire finale, mais je peux vous forcer à ravaler ces mensonges !

Il leva le pistolet et appuya sur la détente.

Robert se jeta en avant, puis s'écroula comme une masse.

24

Le claquement sec d'un coup de feu retentit, suivi du cri désespéré d'une femme.

Austin s'élança en direction du bruit. Le cœur battant, il essaya de ne pas imaginer ce qu'il allait découvrir.

— L'étang ! cria-t-il à Miles et Michael qui couraient derrière lui.

Quelques minutes plus tard, ils débouchèrent dans la petite clairière. Les craintes d'Austin se confirmèrent : Robert était allongé par terre, Mme Brown agenouillée près de lui. Le visage blême, elle pressait son jupon contre son épaule. À quelques pas de là, Shelbourne gisait sur le dos, haletant, le visage déformé par la douleur. Un poignard était planté dans son ventre.

— Occupez-vous de Shelbourne, ordonna Austin à Michael, avant de se précipiter vers Robert.

— Dieu soit loué, vous êtes là ! s'exclama Allie.

— Est-il vivant ? demanda Austin, terrifié par le visage pâle et la redingote tachée de sang de son frère.

— Oui, mais il saigne beaucoup. Je ne connais pas la gravité de la blessure.

Sa voix tremblait, mais elle appuyait d'une main ferme sur la plaie de Robert pour endiguer l'hémorragie. Le jupon devenait rouge.

— Comme je n'arrivais pas à déchirer mon jupon, je l'ai retiré. Nous avons besoin de pansements. D'un médecin.

Elle regarda Austin d'un air effrayé.

— Il m'a sauvé la vie. Il a lancé un poignard vers Geoffrey au moment où il lui tirait dessus et…

— Je sais, dit Austin. Nous avons besoin d'un médecin, Miles. Aussi vite que possible.

Son beau-frère hocha la tête, puis repartit en direction des écuries.

— Bien, nous allons faire cesser ce saignement, déclara Austin, et il appuya ses mains sur celles d'Allie, priant pour que son frère ait la vie sauve.

Michael s'accroupit près de Geoffrey Hadmore. Il respirait avec difficulté et la douleur voilait son regard sombre. Ses mains essayaient de retenir le flot de sang qui s'épanchait de son ventre. Visiblement, la blessure était mortelle. Hadmore souffrait l'enfer. Chacun savait qu'un coup de poignard dans le ventre était une vilaine façon de mourir. Bien qu'il fût difficile d'éprouver de la sympathie pour le blessé, Michael retira sa redingote, la roula en boule et la glissa sous la tête de Hadmore.

— Vous… murmura celui-ci. Espèce de bâtard…

— C'est plutôt vous le bâtard, Hadmore, rétorqua Michael. Ces dernières années, vous avez fréquenté mon cercle de boxe… Qui aurait deviné que nous avions davantage en commun que l'amour du sport ?

Geoffrey le regarda avec haine.

— Nous n'avons rien en commun.

— Je vous donne raison. L'homme qui nous a procréés tous les deux n'était rien. (Il observa le manche du poignard qui émergeait du ventre de Hadmore.) Pourquoi ? Ce titre valait-il vraiment votre vie ? s'enquit il avec une curiosité détachée.

— C'était toute ma vie, fit Geoffrey avec une grimace. Tout ce que j'étais… depuis le jour de ma naissance. Vous n'êtes qu'un misérable. Vous ne serez jamais digne de ce titre. On se moquera de vous. La bonne société vous rejettera en riant.

Il ferma les yeux. Sa respiration se fit de plus en plus haletante.

Michael se pencha vers lui.

— Au moins, je serai en vie pour entendre les rires, ce qui ne sera pas votre cas.

— Allez… au… diable…

— Peut-être un jour, acquiesça Michael en haussant les épaules. Mais vous le verrez avant moi.

Un filet de sang glissa entre les lèvres de Geoffrey. Un dernier râle lui échappa, puis sa tête retomba sur le côté.

Michael le contempla quelques secondes. Espèce d'idiot, songea-t-il. Tu es mort pour quelque chose qui ne représente rien pour moi, quelque chose dont je ne veux pas et que je ne t'aurais jamais pris…

Désormais, il devait prier pour que Robert ne meure pas lui aussi.

Allie se tenait devant la cheminée du salon et contemplait les flammes dansantes. Combien de temps encore ? Elle consulta la pendule. Trois heures s'étaient écoulées. Trois heures interminables. Ils avaient réussi à arrêter l'hémorragie, puis le duc et M. Evers – ou plutôt lord Shelbourne – l'avaient porté jusqu'à la maison. Elle avait aidé Elizabeth et le médecin à panser la plaie. Ce n'était qu'une blessure de chair, mais elle était profonde. Le pire avait certes été évité, mais il y avait toujours un risque d'infection. Et il avait perdu tellement de sang…

Hélas, il n'avait toujours pas repris connaissance. Au début, elle s'en était félicitée, car cela lui évitait de souffrir. Ainsi, il n'avait pas senti les points de suture. Mais quand elle avait essuyé son visage avec un linge humide et avait peigné ses cheveux, elle avait découvert la bosse sur son crâne. Il s'était visiblement frappé la tête en heurtant le sol.

Trois longues heures. Elle se mordit les lèvres pour réprimer un sanglot. Il n'allait tout de même pas mourir parce qu'il s'était cogné la tête ? Dieu ne permettrait pas une chose pareille.

Robert lui avait sauvé la vie. Elle ferma les yeux, le revit débouchant dans cette clairière tel un ange protecteur, se plaçant entre le fou et elle. Un fou furieux qu'il avait tué pour la protéger.

D'autres images se succédèrent : ses yeux bleus taquins, son merveilleux sourire. Debout dans le parc, un pigeon sur la tête. Chantant faux au piano. Riant avec son neveu et sa nièce. Le désir et l'amour brûlant dans ses prunelles alors qu'il lui faisait l'amour…

Seigneur, comme elle l'aimait !

Elle admirait sa bonté et sa force. Sa compassion et son courage. Il avait tout risqué pour elle. Il lui avait dit qu'il l'aimait, mais même s'il n'avait jamais prononcé les mots, elle l'aurait su. Chacun de ses gestes trahissait ses sentiments. Il ne ressemblait en rien à David, et elle avait honte de les avoir comparés. Robert lui avait donné tout ce qu'un homme pouvait offrir à une femme, mais au lieu d'accepter son amour et de l'aimer en retour, elle l'avait repoussé. Elle qui croyait avoir commis des erreurs autrefois ! Elle eut un rire amer. Elle avait commis la plus grande erreur de son existence en refusant d'accepter ce cadeau du Ciel.

Et elle avait l'intention de rectifier cette erreur.

Mais il devait survivre !

Elle avait arpenté le corridor devant sa chambre avec les autres membres de la famille, priant pour qu'il reprenne conscience. Mais l'espace confiné avait fini par devenir insupportable. Elle avait eu besoin d'air, de silence pour réfléchir, et elle s'était réfugiée au salon.

— Allie.

Au son de la voix d'Elizabeth, elle pivota. Le visage de son amie était creusé d'angoisse.

— Comment va-t-il ? demanda-t-elle, la gorge nouée.

Elizabeth s'approcha, lui prit les mains.

— Il est réveillé.

Allie se sentit tellement soulagée qu'elle eut un vertige. *Il est réveillé.* Un rire mêlé de sanglots lui échappa. Dans l'histoire de l'humanité, il devait y avoir eu d'autres mots aussi merveilleux, mais elle n'aurait su dire lesquels.

Un pansement autour de la tête, Robert était adossé à des oreillers blancs. Une migraine lui déchirait le cerveau. Son épaule et son bras qu'il portait en écharpe, l'élançaient. Mais il avait découvert que serrer les dents aggravait son mal de tête.

Toute la famille avait défilé autour de son lit, telles des poules protectrices. Caroline avait tenu sa main droite, sa mère la gauche, pendant qu'Austin, Miles, Elizabeth et le Dr Sattler se dressaient au pied du lit. Dieu merci, Michael s'était proposé pour s'occuper des cadavres, sinon il aurait probablement été présent, lui aussi. Seule Allie avait manqué à l'appel. Bien qu'il aimât sa famille, elle était la seule personne qu'il voulût voir. Il souhaitait s'assurer qu'elle allait bien.

Elizabeth était partie la chercher et, l'un après l'autre, les membres de sa famille s'étaient éclipsés. Seules restaient encore sa mère et Caroline.

Il sourit pour les rassurer.

— Si j'avais su qu'une petite blessure et une bosse à la tête entraînaient une telle dévotion féminine, j'y aurais pensé plus tôt.

Sa mère se pencha pour l'embrasser sur la joue.

— Si jamais tu me refais une peur pareille, mon chéri, je serai obligée de prendre des MD. (Elle le regarda d'un air sévère.) Des Mesures Draconiennes.

— Je ne savais pas que tu étais une telle tigresse, maman. Que feras-tu ?

— Je ne te quitterai pas d'une semelle et je te protégerai de tous les méchants en les assommant avec mon réticule, si nécessaire.

Il rit doucement.

— Je ne voudrais surtout pas te pousser à commettre un acte aussi peu digne d'une lady. Quant à rester à mes côtés tout le temps... Hum, cela pourrait poser quelques petits problèmes.

— En effet. Dans ce cas, veille à ce que je n'aie pas à le faire. Je te laisse avec Caroline, et je reviendrai te voir tout à l'heure.

— Est-ce une menace ou une promesse ?

— Les deux, répliqua-t-elle avec un sourire.

Elle quitta la pièce et referma doucement la porte.

Sa sœur l'observa d'un air désolé et coupable.

— Cesse de me regarder comme ça, Caroline. Je vais bien.

— Tu aurais pu être tué, dit-elle, une larme roulant sur sa joue.

— Je ne l'ai pas été.

— Allie aurait pu être tuée.

— Elle ne l'a pas été.

— Tout ça, c'est de ma faute. Si je ne l'avais pas laissée seule avec lui...

— Arrête ces balivernes, Caroline ! Tu ne savais rien. Personne ne savait rien. Désormais, c'est fini. Allie et moi sommes sains et saufs. Soyons reconnaissants, et cessons de nous culpabiliser pour des choses que nous ne pouvions pas contrôler. J'ai bien peur que tu n'aies encore à me supporter quelques décennies, conclut-il en essayant de la faire sourire.

Elle posa tendrement une main sur sa joue.

— Heureusement.

— Si tu veux avoir pitié de quelqu'un, occupe-toi de Michael. Je le connais bien. Il ne deviendra pas lord Shelbourne avec plaisir, et il n'acceptera pas ce rôle sans protester.

On frappa à la porte. Caroline déposa un baiser sur son front.

— C'est Allie. J'espère que tout ira bien.

Elle alla ouvrir. Il ne répondit pas. Comment les choses pouvaient-elles s'arranger ? Bien qu'Allie ne fût plus en danger, rien n'avait changé entre eux.

— Entrez, dit Caroline en souriant.

Dès que le regard inquiet d'Allie croisa le sien, Robert sentit son cœur s'emballer. Elle était si pâle... Elle salua Caroline, puis s'approcha du lit. Il entendit sa sœur refermer la porte derrière elle.

Allie lui prit la main, et une chaleur remonta le long de son bras.

— Comment vous sentez-vous ?

— Je vais bien. J'ai mal à la tête et mon épaule brûle terriblement, mais autrement je vais bien. Le docteur m'a assuré que dans quelques jours, je serai sur pied. Bien entendu, je n'ai pas l'intention de le dire à Austin, avant de l'avoir convaincu de me faire crédit de quelques centaines de points au billard. (Il fit semblant de tousser.) Je suis affreusement faible, vous comprenez…

Ainsi qu'il l'avait espéré, elle se détendit.

— Robert, je… Vous m'avez sauvé la vie, et vous avez failli perdre la vôtre à cause de moi. Comment puis-je vous remercier ? Je ne sais pas quoi vous dire, ni comment exprimer ma reconnaissance.

Il lisait la gratitude dans ses yeux et se força à ne rien espérer de plus, se rappelant qu'elle ne partageait pas ses sentiments. Il lui sourit.

— Dites « merci, Robert ».

— Merci, Robert, répéta-t-elle d'un ton attendri.

— Si vous le désirez, vous pouvez aussi ajouter : « Robert, vous êtes très courageux. »

Elle sourit.

— Vous êtes très courageux, Robert.

— « Fort et viril. Et plutôt séduisant. »

— Et fort et viril, reprit-elle avec intensité. Et extrêmement séduisant. Je trouve que vous êtes un homme superbe, si vous me permettez cet adjectif.

— Euh, oui… si vous voulez.

— Mais vous êtes non seulement beau à l'extérieur, vous l'êtes aussi à l'intérieur. Vous êtes bon, tendre et généreux. À vrai dire, vous êtes l'homme le plus merveilleux que j'aie jamais rencontré.

Le cœur de Robert se mit à battre la chamade.

— Vous êtes devenue très douée à ce jeu des répétitions…

Elle ne sourit pas. Il ne l'avait jamais vue aussi sérieuse.

— Je vous ai dit que j'avais peur de commettre les mêmes erreurs, et c'est vrai. La plus grande erreur que j'ai commise a été de vous repousser, croyant que je pourrais vivre sans vous.

Elle lui prit une main, la porta à ses lèvres et y déposa un tendre baiser.

— J'ai failli vous perdre aujourd'hui, et c'est une erreur que je ne commettrai plus jamais. Je vous aime, Robert. DTMC. (Elle lui pressa la main.) De Tout Mon Cœur.

— Allie…

Il glissa une main dans ses cheveux et l'attira à lui jusqu'à ce que leurs lèvres se touchent. *Enfin.*

Il voulut lever l'autre bras pour l'enlacer. Une douleur aiguë lui transperça l'épaule. Il grogna.

— Je vous ai fait mal ! s'exclama-t-elle, affolée.

— Au contraire, vous m'avez rendu très heureux. Dites-moi, ajouta-t-il en lui caressant la joue. Je veux juste m'assurer que j'ai bien compris, à cause de ma blessure à la tête. Vous avez bien dit que vous m'aimiez, n'est-ce pas ?

Un doux et beau sourire éclaira le visage d'Allie.

— Absolument.

Quand elle posa une main sur sa joue, il respira le délicieux parfum de chèvrefeuille.

— Je ne veux surtout rien dire pour mettre en péril ces retrouvailles, mais il reste un point important à régler. Qu'en est-il de mon passé, Allie ? Je ne peux pas le changer. Et bien que je ne veuille aucun secret entre nous, il y a des choses qui se sont passées cette nuit-là que je ne peux partager avec vous.

Son sourire vacilla.

— Je ne veux pas de secrets non plus, mais j'accepte que vous ayez des raisons profondes pour agir ainsi. Je crois en votre intégrité. Et j'ai totalement confiance en vous.

Le cœur de Robert se serra. Il devinait qu'elle souhaitait tout savoir sur l'incendie, et il aurait tout donné pour pouvoir le lui dire, mais elle l'aimait assez pour ne pas le forcer à parler.

— Merci.

— Mais il y a aussi autre chose, Robert. Pouvez-vous accepter l'idée de ne pas avoir d'enfant ?

— Vous êtes persuadée d'être stérile, alors que je n'en suis pas certain. Mais si cela devait être le cas, je l'accepterais, bien sûr.

— Vous seriez pourtant un père merveilleux…

— Allie, fit-il en glissant un doigt sous son menton pour l'obliger à relever la tête. Si nous ne pouvons avoir un enfant ensemble, nous nous occuperons de nos neveux et nièces ensemble. L'important dans cette phrase, c'est le mot « ensemble ». Tant que nous sommes deux, tout est possible.

— C'est l'une des choses que j'aime chez vous, cet optimisme, fit-elle avec un sourire.

— L'une des choses ? Je serais heureux de connaître les autres.

— Je vous les dirais volontiers, mais je crains que cela ne prenne beaucoup de temps.

— Vraiment ? Combien ?

— Au moins quarante ans.

Ils se dévisagèrent quelques instants. Tout l'amour du monde brillait dans les yeux topaze de la jeune femme.

— Quelle chance ! fit-il en embrassant sa paume. Il se trouve que je suis libre pour les quarante années à venir…

25

Le lendemain matin, alors qu'un soleil généreux pénétrait par les fenêtres, Allie ajusta le foulard beige que lui avait donné Elizabeth. Elle regrettait de ne pas posséder une robe de couleur vive pour l'occasion, mais au moins, la dentelle ivoire ajoutait une note de gaieté à sa tenue sombre. Elle ne pouvait porter la magnifique robe topaze, car c'était une tenue du soir. Heureusement, elle aurait bientôt des robes pastel à enfiler, et elle rangerait ces vêtements morbides avec le reste de son passé. L'avenir lui tendait les bras.

Elle quitta sa chambre. Dans le corridor, elle se retint de ne pas sautiller de joie. La veille, Robert et elle avaient décidé d'annoncer leurs fiançailles à la famille au petit-déjeuner. Elle n'en revenait pas ! Vingt-quatre heures auparavant, son avenir lui avait paru sombre, et voilà qu'elle entamait une nouvelle vie. Ici. Avec Robert. Dès l'annonce de leurs fiançailles, elle écrirait une longue lettre à sa famille, les invitant à venir lui rendre visite. Elle reverrait son père et sa mère, Katherine et les garçons… Décidément, l'avenir était radieux.

Elle croisa Fenton au milieu du grand escalier.

— Madame Brown, je venais vous chercher. Il y a une Mme Morehouse qui vous attend au salon.

— Mais je ne connais personne de ce nom-là, s'étonna Allie.

— Elle habite dans le village. Avant sa mort, son mari travaillait dans les écuries de Bradford Hall.

— Pourquoi désire-t-elle me voir ?

— Elle ne m'a pas dit. Elle a seulement précisé qu'elle devait vous parler sans attendre.

Intriguée, Allie suivit Fenton jusqu'au salon. Il ouvrit la porte et annonça :

— Mme Brown.

Allie pénétra dans la pièce et sourit à la femme qui se tenait près d'une fenêtre. Elle était petite et rondelette. Ses cheveux gris étaient ramenés sous un bonnet vert, assorti à son manteau. Nerveuse, elle triturait son réticule.

— Bonjour, madame Brown. Je m'appelle Sara Morehouse.

— Bonjour, madame Morehouse. Fenton m'a dit que vous vouliez me voir. Est-ce que nous nous connaissons ?

— Non, madame. Mais j'avais besoin de vous parler.

— Bien sûr, fit Allie sans rien comprendre. Asseyez-vous, je vous prie.

— C'est au sujet de lord Robert, commença Mme Morehouse. Vous allez commettre une terrible erreur.

La jeune femme tressaillit.

— Que voulez-vous dire ?

— Hier, j'ai reçu une lettre de madame la duchesse. Elle est si gentille. Elle prend toujours le temps de me tenir au courant de ce qui se passe dans la famille... Dans sa lettre, elle a mentionné que lord Robert était tombé amoureux de vous et qu'il vous avait demandée en mariage, mais que vous aviez refusé à cause de l'incendie. (Elle serra les cordelettes de son réticule.) Il ne vous dira pas la vérité à propos de cette nuit, parce que c'est un homme d'honneur et qu'il a donné sa parole. Il a fait une promesse à mon mari, et il l'a tenue toutes ces années pour nous protéger, mais je ne peux pas laisser ce secret le priver d'une épouse et de la famille qu'il mérite. (Elle redressa les épaules.) Vous avez besoin de savoir, et moi, je ne suis liée par aucune promesse.

— Madame Morehouse, fit Allie en lui effleurant la main pour l'apaiser. Je suis très touchée par votre geste, mais ce n'est pas nécessaire de me dire quoi que ce soit. J'ai accepté la demande en mariage de lord Robert hier soir. Je l'aime profondément, et son passé ne compte pas.

La vieille dame hocha la tête.

— Je suis heureuse de l'entendre, madame Brown. Et je suis très heureuse pour vous et lord Robert. Je vois bien que j'ai raison de vous faire confiance et de vous avouer la vérité. Lord Robert et la duchesse vous aiment. C'est la preuve que vous êtes quelqu'un de bien. Mais je sais que des secrets peuvent ronger une vie, ajouta-t-elle d'un ton plus décidé. Je ne veux pas qu'il y en ait entre lord Robert et sa femme. Il a tout risqué pour ma famille. Il est temps que je lui rende à mon tour un service. Mais je vous prierai de garder le secret, pour ma fille et sa famille.

— Bien sûr.

— Ce n'est pas lord Robert qui a mis le feu chez le forgeron cette nuit-là. C'est mon mari, Nate.

Allie fronça les sourcils.

— Comment est-ce possible ? Robert m'a dit qu'il avait causé l'incendie. Il m'a dit qu'il était responsable, qu'une maison avait brûlé et qu'un homme était mort.

— Lord Robert s'est fait passer pour le coupable afin de sauver mon mari et ma famille, mais c'est Nate qui a allumé l'incendie.

— Mais pourquoi ? demanda Allie, interloquée.

— Le forgeron du village, Cyril Owens, avait violé ma fille Hannah. Elle avait seize ans à l'époque. En une nuit, cette jeune fille rieuse était devenue une personne triste et renfermée. Nate et moi, on ne comprenait pas et on était très inquiets.

Prise de pitié, Allie posa à nouveau une main sur celle de Mme Morehouse.

— Quelle terrible épreuve ! Je suis désolée.

— Lord Robert a appris la vérité par hasard. Alors qu'il était dans une taverne, il a entendu Cyril se vanter de ce qu'il avait fait. Il est aussitôt venu le dire à Nate, promettant à mon mari d'en parler au duc le lendemain afin que justice soit rendue. Mais Nate n'a pas eu la patience d'attendre. C'était un homme bon, qui respectait la loi mais, après avoir appris ce que Cyril avait fait à notre Hannah, quelque chose s'est brisé en lui. Il est allé chez le forgeron. Il a libéré les chevaux, puis il a renversé de l'huile et il a mis le feu.

— Mon Dieu, murmura Allie.

— Le lendemain de l'incendie, Cyril est allé trouver le duc, accusant Nate d'avoir mis le feu. Il voulait le faire pendre. Il a dit qu'il avait vu Nate libérer les chevaux, puis mettre le feu à sa forge. Nate était alité. Il avait du mal à respirer parce qu'il avait abîmé ses poumons en inhalant la fumée. On s'attendait à ce qu'on vienne le chercher pour le déporter ou le pendre. Nous étions prêts à accuser Cyril d'avoir violé Hannah, mais c'était notre parole contre la sienne et, quoi qu'il arrive, la réputation d'Hannah aurait été ruinée.

« Puis lord Robert est venu nous trouver. Il a dit que tout était arrangé et qu'il ne fallait pas s'inquiéter. Cyril était parti pour un autre village, quelque part dans le Nord. On lui avait remboursé ce qu'il avait perdu. La forge serait reconstruite, et cela ne nous coûterait rien.

Elle s'interrompit pour regarder Allie dans les yeux.

— Savez-vous comment c'est arrivé, madame Brown ? Lord Robert est allé trouver son frère le duc pour lui dire, ainsi qu'à toute sa famille, à Cyril et au village entier, que c'était lui qui avait mis le feu ! Le pauvre garçon se sentait tellement coupable. Aussi coupable que s'il avait frotté l'allumette. S'il n'avait pas dit à Nate ce que Cyril avait fait à Hannah, rien ne serait arrivé.

La lèvre inférieure de Mme Morehouse se mit à trembler.

— Ce n'était pas la faute de lord Robert, mais on n'a pas réussi à l'en convaincre. Il a dit que si les gens pensaient que Nate avait mis le feu, notre vie au village et l'avenir d'Hannah seraient ruinés. En revanche, il savait que les commérages à son sujet finiraient par être oubliés, à cause de l'influence de sa famille, et qu'ils n'auraient pas les mêmes conséquences sur son avenir.

Elle sortit un mouchoir et s'essuya les yeux.

— Les rumeurs sont allées bon train. « Le frère du duc a mis le feu ! disait-on. C'est un pyromane ! Un criminel ! » Les choses auraient été plus faciles pour lui, s'il avait déclaré que l'incendie était un accident, mais il ne l'a pas fait. Il avait un trop grand sens de l'honneur pour atténuer ce qu'il considérait être sa responsabilité. Je crois que la famille de lord Robert a deviné qu'il y avait anguille sous roche, mais ils ont décidé de se taire et de lui faire confiance.

« Quant à Nate et moi, on était déchirés. On ne voulait pas que lord Robert se dise responsable, mais il fallait penser à Hannah. Une fille qui a été violée et dont le père est un criminel n'a aucun espoir d'avenir.

« Hélas, les choses ont empiré par la suite. Deux semaines après l'incendie, Nate est décédé. (Une larme glissa sur sa joue.) Lord Robert s'est senti responsable de sa mort, et rien de ce que je pouvais dire ne l'apaisait. Dans son esprit, il était coupable. Juste avant sa mort, il a promis à Nate qu'il ne parlerait jamais de son rôle dans l'incendie, et mon Nate s'est endormi en paix, sachant que son geste n'avait pas gâché l'avenir d'Hannah. Lord Robert a lui-même payé la restauration de la forge. Une fois qu'elle a été reconstruite, les rumeurs ont cessé. Les gens ont dit que c'était une bêtise de jeunesse qui avait mal tourné. Personne au village n'était triste de voir partir Cyril. J'ai entendu dire qu'il est mort d'une maladie des poumons il y a deux ans, et personne ici ne l'a pleuré.

Une nouvelle larme glissa sur sa joue.

— Même si lord Robert n'en voulait pas, je lui ai versé des réparations chaque mois – pas grand-chose, bien sûr, mais au moins c'était une façon de le rembourser. Savez-vous ce qu'il a fait avec l'argent ? Il l'a mis de côté, et quand Hannah s'est mariée l'année dernière avec un jeune homme très bien, il leur a donné l'argent comme cadeau de mariage. (Elle marqua une pause pour se moucher.) Lord Robert veille à ce que je ne manque de rien. Vous ne trouverez pas de meilleur gentleman que lui.

Saisie d'émotion, Allie sentait les larmes lui piquer les paupières. Seigneur, ce qu'il avait fait pour cette famille ! Il avait risqué sa réputation pour éviter à un homme la prison – ou pire – et pour sauver l'avenir d'une femme et de sa fille.

Elle réprima un sanglot. Comment avait-elle pu être assez sotte pour le comparer à David ?

Elle pressa la main de Mme Morehouse.

— Je vous suis très reconnaissante de m'avoir raconté cette histoire. Je vous promets que je ne trahirai jamais votre confiance.

— Merci, madame Brown, dit la vieille dame avec un sourire. Hannah et son mari attendent leur premier enfant. C'est grâce à lord Robert. Je ne voudrais pas l'empêcher de trouver le bonheur que ma fille a connu grâce à lui. Je ne vais pas vous retenir plus longtemps, conclut-elle en se levant. Que Dieu vous bénisse tous les deux !

Allie l'accompagna dans le vestibule, où elle lui serra chaleureusement la main avant de lui dire au revoir.

Dès que Fenton eut refermé la porte derrière Mme Morehouse, Robert entra dans le vestibule. Le pansement autour de sa tête et son bras en écharpe lui donnaient un air d'aventurier. Son doux sourire réchauffa le cœur d'Allie.

— Avons-nous déjà eu de la visite ce matin ? demanda-t-il.

— J'ai reçu une visite, en effet. Mme Morehouse est venue me voir.

Il s'immobilisa.

— Veuillez nous excuser un moment, Fenton, dit-il au majordome. Que voulait-elle ? s'enquit-il lorsque celui-ci se fut éloigné.

Au lieu de répondre, Allie s'approcha de lui. Elle lui prit le visage entre les mains et plongea dans ses yeux. Il avait des yeux merveilleux. C'était un homme merveilleux. Et c'était si merveilleux qu'il l'aime…

— Elle m'a parlé de l'incendie, murmura-t-elle. Elle m'a tout raconté. Nate, sa fille… ce que vous avez fait pour elles.

Une lueur douloureuse passa dans son regard.

— Je n'ai rien fait pour eux, Allie. L'incendie était de ma faute.

— Non, protesta-t-elle en posant un doigt sur ses lèvres. Vous n'étiez pas plus responsable du geste de Nate que je ne l'étais des actes de David. Nous ne pouvons pas contrôler les agissements des autres.

— Pourquoi... Comment a-t-elle su qu'il fallait venir ?

— Elizabeth lui a écrit. Elle lui a dit que vous vouliez m'épouser, mais que j'avais refusé à cause de votre passé.

— Elizabeth ? s'étonna-t-il. Mais pourquoi aurait-elle fait une chose pareille ? Elle ne connaît pas la vérité au sujet de l'incendie... (Ils échangèrent un long regard.) Il est vrai que l'on n'a pas toujours besoin de dire quelque chose à Elizabeth pour qu'elle le sache.

— Robert... Ce que vous avez fait pour cette famille... je n'ai pas les mots pour exprimer mon admiration. Quoique... à vrai dire, je crois que je les ai quand même, précisa-t-elle avec un sourire. Je peux dire : « Je vous admire profondément, Robert. Vous êtes l'homme le plus honorable, le plus respectable que j'aie jamais rencontré. Et je vous aime passionnément. »

Il lui saisit la main, la porta à sa bouche et lui embrassa la paume.

— À quel degré de passion ?

Elle éprouva une bouffée de chaleur, puis éclata de rire.

— Très passionnément. Mais ce n'est pas l'endroit pour vous le prouver.

— J'espère que vous ne souhaitez pas de longues fiançailles...

Quelqu'un se racla la gorge dans l'escalier. Ils se tournèrent et regardèrent Elizabeth descendre les marches. Elle semblait à la fois nerveuse et heureuse.

— Bonjour, lança-t-elle en les rejoignant.

— Bonjour, Elizabeth, répondit Robert. Allie et moi étions en train de discuter de la visite de Mme Morehouse.

— Je vois, dit Elizabeth prudemment.

— Tu connais la vérité au sujet de l'incendie ?

Elle hésita avant de hocher la tête.

— Oui.

— Tu n'en as jamais parlé.

— Cela ne me regardait pas. Et cela ne me regarde toujours pas. Mais quand j'ai réalisé que cela risquait de vous séparer, Allie et toi, à cause de la promesse que tu avais faite à Nate, j'ai écrit à Mme Morehouse et j'ai mentionné votre problème, dans l'espoir qu'elle viendrait. J'espère que vous me pardonnez de m'être mêlée de ce qui ne me concernait pas.

Robert inspira profondément et arqua un sourcil.

— Je ne sais pas. Est-ce que nous lui pardonnons, Allie ?

La jeune femme haussa les épaules.

— C'est aussi bien. Si on prétend le contraire, il lui suffira de nous toucher pour deviner que nous mentons.

— Très bien. Ma fiancée dit que nous devons te pardonner. Alors, nous le faisons.

Elizabeth sourit.

— Fiancée ? répéta-t-elle.

— Oui. Allie a accepté ma proposition hier soir, avant même la visite de Mme Morehouse.

Soulagée, Elizabeth ouvrit les bras et serra son amie sur son cœur.

— Merci pour tout, lui murmura Allie à l'oreille.

Elizabeth attira Robert à son tour, et tous trois s'embrassèrent avec affection.

— Donnez-moi chacun une main, dit Elizabeth.

Elle se concentra. Il y eut un silence de quelques secondes, puis elle rouvrit les yeux.

— Quelque chose ne va pas ? s'inquiéta Robert.

— Non, mais je suggère des fiançailles écourtées.

— Nous en parlions justement à l'instant. Pourquoi ?

— Parce que votre liaison a entraîné la conception d'un bébé, conclut-elle en regardant Allie.

— En es-tu certaine ? s'exclama Robert.

— Oh oui ! s'amusa Elizabeth. Et si tu crois qu'Austin a été un futur père nerveux... (Elle éclata de rire.) Le malheureux tapis va terriblement souffrir avec Robert ! Et maintenant, cessez de prendre cet air abasourdi et venez déjeuner. Je vous promets de faire semblant d'être très surprise, quand vous annoncerez vos fiançailles.

Elle s'éloigna dans le corridor.

Bouche bée, Allie la suivit des yeux. Puis elle se tourna vers Robert.

— Est-ce qu'elle a parlé d'un bébé ? s'enquit-elle d'une voix rauque.

— Oui.

Elle pressa ses mains sur son ventre et laissa couler ses larmes. Aussitôt, Robert la saisit tendrement par l'épaule.

— Chérie, ne pleurez pas...

— Je ne pleure pas.

— C'est une bonne imitation, dans ce cas, plaisanta-t-il en lui caressant la joue.

— Je ne pensais jamais... Cela fait des années que je me suis résignée à ne pas être mère. J'avais enterré tellement de rêves. Et voilà qu'ils se réalisent tous !

Robert contempla ses yeux emplis de bonheur et

d'amour. C'était la femme du portrait. Celle qu'il avait attendue toute une vie.

— Ma chère Allie, bien sûr qu'ils se réalisent. Ne vous ai-je pas dit que je jouais toujours pour gagner ?

Il l'attira à lui et déposa un tendre baiser sur ses lèvres. Ce « quelque chose », cette magie indéfinissable qu'il avait ressentie la première fois qu'il l'avait vue, l'enveloppa à nouveau. Il était comblé.

Enfin.

ainsi que les titres de la collection

Escale Romance

De nouveaux horizons pour plus d'émotion

Le 5 décembre

La maison de l'ours de Mélanie Daniels (n° 6585)

Voyages et séances photos accaparent tout le temps d'Elisa, célèbre mannequin. Jusqu'au jour où elle réalise, après avoir oublié l'anniversaire de sa fille, qu'elle passe à côté des plus belles années de sa vie. Elle décide de tout quitter et l'emmène, dans le plus grand secret, près d'un merveilleux lac canadien. Tout serait parfait si elles ne craignaient pas d'être découvertes. Elles auraient bien besoin d'être protégées. Mais leur plus proche voisin est un véritable ours...

Le barrage de Soui-Manga de Valentin Dumet (n° 6805)

Depuis la mort de son mari, Béatrice se consacre corps et âme à son petit garçon, Théo, et à leur domaine, Soui-Manga. Cette réserve naturelle située au cœur du Zaïre est un vrai bijou. Hélas ! ce paradis est condamné à disparaître. Le barrage est dans un état critique : le séduisant Van Eyck, un ingénieur hollandais venu constater les dégâts, réalise qu'il peut rompre à tout instant. Cette terrible nouvelle risque de briser le cœur de Béatrice... et tout espoir de la conquérir.

6772

Composition Chesteroc Ltd
Achevé d'imprimer en France (La Flèche)
par Brodard et Taupin
le 5 novembre 2003. 21159
Dépôt légal novembre 2003. ISBN 2-290-33148-1

Éditions J'ai lu
84, rue de Grenelle, 75007 Paris
Diffusion France et étranger : Flammarion